编 委 会

鹤鸣九皋 闻于天

一份来自通榆县的脱贫报告

中共通榆县委宣传部 ◎ 组织编写

人民出版社

《诗经·小雅·鹤鸣》有诗云：

"鹤鸣九皋，声闻于天"。

鹤，

虽鸣于湖泽深处，

其声亦空灵悠远，绕云霞飞。

百年鹤乡，曾走石飞沙，淡烟寒日。

时逢国家扶贫大业盛举，

尽锐出战，重整山河。

今呈交鹤乡脱贫攻坚答卷，

奋斗足迹，

激励后人，彪炳史册。

美丽的向海

鹤乡公园

放飞的希望

——为《鹤鸣九皋闻于天》序

邴 正

习近平总书记在庆祝中国共产党成立一百周年大会上的讲话开篇即庄严宣告:"经过全党全国各族人民持续奋斗,我们实现了第一个百年奋斗目标,在中华大地上全面建成了小康社会,历史性地解决了绝对贫困问题,正在意气风发向着全面建成社会主义现代化强国的第二个百年奋斗目标迈进。这是中华民族的伟大光荣!这是中国人民的伟大光荣!这是中国共产党的伟大光荣!"

摆脱贫困,是百年来广大中国人民梦寐以求的生活愿景,是百年来无数仁人志士拍案奋起、不惜抛头洒血的初始缘由,更是中国共产党人对中国人民的庄严承诺!早在两千多年前,战国时期文学家屈原在《离骚》中吟叹:"长太息以掩涕兮,哀民生之多艰"。唐朝诗人杜甫在《茅屋为秋风所破歌》中悲诉:"安得广厦千万间,大庇天下寒士俱欢颜"。毛泽东在《中国革命和中国共产党》中指出,在半殖民地半封建社会,"中国人民的贫困和不自由的程度，是世界所少见的"。方志敏烈士在《可爱的中国》中这样预言革命胜利后的中国："到那时，中国的面貌将会被我们改造一新。所有贫穷和灾荒，混乱和仇杀，饥饿和寒冷，疾病和瘟疫，迷信和愚昧，以及那慢性的杀灭中国民族的鸦片毒物，这些等等都是帝国主义带给我们可憎的赠品，将来也要随着帝国主义的赶走而离去中国了。朋友，我相信，到那时，到处都是活跃的创造，到处都是日新月异的进步，欢歌将代替了悲叹，笑脸将代替了哭脸，富裕将代替了贫穷，康健将代替了疾病，智慧将代替了愚昧，友爱将代替了仇恨，生之快乐将代替了死之忧伤，明媚的花园将代替了暗淡的荒地！这时，我们民族就可以无愧色地立在人类的面前，而生育我们的母亲，也会最美丽地装饰起来，与世界上各位母亲平等的携手了。"

为了实现这一天，数千万英烈倒在血雨腥风和枪林弹雨中；为了实现这一天，新中国的劳动者和建设者们留下了创业的汗水和跋涉的脚步；为了实现这一天，改革开放的开拓者们创造出空前的经济奇迹。特别是党的十八大以来，中国特色社会主义进入新时代，以习近平同志为核心的党中央把脱贫攻坚摆在治国理政突出位置，全面打响了脱贫攻坚战。2015 年到 2019 年，全国贫困人口从 5575 万人减少到 551 万人，年均减贫 1000 万人以上，贫困发生率从 5.7%降至 0.6%。2020 年，全国 832 个贫困县全部脱贫摘帽，我们如期完成了新时代脱贫攻坚目标任务。这一天，在中国共产党成立百年的庄严时刻，终于实现了！

汪洋大海是由无数浪花组成的，一滴水可以透视太阳的光芒。《鹤鸣九皋闻于天》一书，就是从全国脱贫攻坚战许许多多动人的事迹中汲取的吉林省通榆县的一些普通而又感人的浪花和水滴。吉林省通榆县地处吉林省西部科尔沁草原，土地面积8496 平方公里，人口 281589 人。长期以来，通榆是吉林省两个国家级深度贫困县之一，风沙盐碱，兼农兼牧，经济落后，生活贫困。在革命战争年代，通榆人民积极参与了抗击日寇和东北解放战争，卓有贡献。新中国成立以来，通榆人民在党的领导下艰苦创业，不断发展。改革开放以来，通榆人民在党的领导下开拓创新，力争脱贫致富。党的十八大以来，通榆县委、县政府积极响应以习近平同志为核心的党中央的号召，认真贯彻落实吉林省委、省政府的工作部署，脚踏实地，埋头苦干，锐意进取，攻坚克难，到 2020 年 4 月，实现了农村贫困人口全部脱贫、全部摘帽，向党和人民交上了一份圆满的答卷。

本书始终把一个县的脱贫攻坚，作为全国脱贫攻坚战的一个缩影来把握，用水滴浪花凸显脱贫攻坚战的深远意义。作者着力描绘了各级党组织和广大党员如何紧密围绕习近平总书记指出的"治国之道，富民为始"的精神，从始终坚定人民立场，强调消除贫困、改善民生、实现共同富裕是社会主义的本质要求出发，把脱贫攻坚的核心落实到体现我们党坚持全心全意为人民服务根本宗旨上，落实到党和政府的重大责任上。

本书深耕基层，深入脱贫攻坚战第一线，围绕通榆县贯彻中央关于"实行扶持对象、项目安排、资金使用、措施到户、因村派人、脱贫成效'六个精准'的要求实行发展生产、易地搬迁、生态补偿、发展教育、社会保障兜底'五个一批'"的要求，全景式展现了扶贫过程中的安居扶贫、饮水扶贫、科教扶贫、社保扶贫、产业扶贫等专项工作，着力解决贫困地区群众最为关心的基本生活条件的改善和生产能力的提高、经济收入的增加等关键问题。

本书以人物为核心，着力描写了各级党组织、政府领导、基层干部、知识分子和科技人员、驻村干部、农村基层党员的先进事迹，通过他们的故事塑造了共产党员的高大形象，印证了习近平总书记所指出的："各级党组织和广大共产党员坚决响应党中央号召，以热血赴使命、以行动践诺言，在脱贫攻坚这个没有硝烟的战场上呕心沥血、建功立业。广大扶贫干部舍小家为大家，同贫困群众结对子、认亲戚，常年加班加点、任劳任怨，困难面前豁得出，关键时候顶得上，把心血和汗水洒遍千山万水、千家万户。他们爬过最高的山，走过最险的路，去过最偏远的村寨，住过最穷的人家，哪里有需要，他们就战斗在哪里。"

本书用鲜活的事迹、生动的故事、栩栩如生的人物，充分体现了伟大的脱贫攻坚精神。习近平总书记指出："伟大事业孕育伟大精神，伟大精神引领伟大事业。脱贫攻坚伟大斗争，锻造形成了'上下同心、尽锐出战、精准务实、开拓创新、攻坚克难、不负人民'的脱贫攻坚精神。脱贫攻坚精神，是中国共产党性质宗旨、中国人民意志品质、中华民族精神的生动写照，是爱国主义、集体主义、社会主义思想的集中体现，是中国精神、中国价值、中国力量的充分彰显，赓续传承了伟大民族精神和时代精神。"

本书紧紧抓住中国文化特色和通榆县地方特色。通榆是珍稀动物丹顶鹤的栖息地。鹤在中国传统文化中，是吉祥、纯洁、优美、高雅的象征。作者借用《诗经》中《小雅·鹤鸣》的诗句"鹤鸣九皋，声闻于天"为主题，以"鹏举鹤翔""鹤来春早""鹤迁新巢""鹤饮仙泉""鹤立乾坤""鹤戏新曲""丹鹤初心""鹤舞蹁跹""鹤鸣闻天"为章节，全书洋溢着丹鹤鸣翔的祥和与淡雅，把脱贫攻坚这样一个充满辛苦奋斗的过程写得洋洋洒洒，浸染着艺术品格，大大提高了作品的可读性，升华了意境，体现出虚实结合、文理并茂、文图双衬、人艺共染的文风，展示了作者扎实的文学功底和深厚的美学造诣。

21世纪初，我任吉林省社会科学院院长时，曾应通榆县委邀请去作过专题报告。后来我返回吉林大学任常务副校长，通榆县恰是吉林大学的扶贫点，也曾率队参与扶贫工作，参与见证了通榆县取得脱贫攻坚战胜利的部分过程。通榆县委、县政府的领导集体认识理解中央关于脱贫攻坚的重要决定深刻准确，贯彻落实行动迅速，采取措施果断有效；通榆县各级干部积极响应，主动实干；广大驻村干部不辞劳苦，深耕基层，成为深得群众信任的纽带桥梁和脱贫致富带头人。吉林大学党委高度重视扶贫工作，几任书记、校长亲临亲躬；全校师生员工广泛动员，积极参与，捐钱捐物；相关负责部门及派赴通榆的挂职干部全力以赴，踏实工作；参与科技扶贫的专家学者和教师积极响应习近平总书记的号召，"把论文写到大地上"，富农成果初见成效，深得基层赞誉。截至目前，学校扶贫工作办公室已获吉林省脱贫攻坚表彰2次，学校有2人获国家级脱贫攻坚表彰，6人次获吉林省脱贫攻坚表彰。本书作者亦有吉林大学的同事，他们为此书问世，奔走在乡间，秉笔于宵夜，其诚可感，殊堪嘉许！

为作序阅读此书稿，我仿佛又回到因工作与扶贫奔走与通榆大地的那些岁月，仿佛又见到丹顶鹤在向海的草原碧波间蹁跹起舞，婉转鸣啼。衷心祝贺通榆县胜利脱贫，在新一轮乡村振兴和东北振兴中再传佳音！

2021 年 8 月

目　录

1

改造这最基本的民生所需，通榆人民迎难而上，啃下这块脱贫攻坚的"硬骨头"，彰显前所未有的"通榆速度"。

"资源换项目，馒头换面包"，巧妙引转型，合作促发展。因地制宜，发展特色产业、特色经济，实现弯道超车，筑牢发展根基，抢占新一轮先机，通榆经济正在迈上新台阶。

"伟大事业孕育伟大精神，伟大精神引领伟大事业"，征途漫漫，唯有奋斗，只争朝夕，不负韶华，未来的通榆在乡村振兴的路上，昂首向前，再展宏图。

"治国之道，富民为始。"我们
始终坚定人民立场，强调消除贫
困、改善民生、实现共同富裕是社
会主义的本质要求，是我们党坚持
全心全意为人民服务根本宗旨的重
要体现，是党和政府的重大责任。

——习近平

百年瀚海曾苍凉，

风沙干旱人惆怅。

渴盼千载逢机遇，

鹤舞冲天振翅翔。

1992 年，时任国务院总理李鹏带着一部宣传片《家在向海》，参加在巴西举行的世界环保大会，把位于吉林省通榆县的向海推介给了世界。从此，向海以"美在天然，贵在原始"的美誉家喻户晓。

向海自然保护区有面积 10.55 万公顷。1986 年晋升为国家级自然保护区；1992 年被列入《世界重要湿地名录》，同年被评定为"具有国际意义的 A 级自然保护区"；1993 年纳入中国生物圈保护区网络；2005 年被评定为国家 4A 级旅游景区。向海是"吉林八景"之一，在吉林省内与长白山齐名，有"东有长白、西有向海"之称。

向海自然保护区内有林地面积 2.9 万公顷，其中，蒙古黄榆面积 1.9 万公顷；湖泊水域 1.25 万公顷；芦苇沼泽 2.36 万公顷；草原 3.04 万公顷，形成沙丘榆林、湖泊水域、蒲草苇荡、羊草草原四大生态景观。保护区内有植物 595 种、鸟类 293 种、兽类 37 种、鱼类 29 种。其中，有丹顶鹤、白鹤等国家一级重点保护野生动物 10 种，丹顶鹤自然成为向海一张靓丽的名片。

丹顶鹤俗称"仙鹤"，在中国人的传统观念中，它是吉祥、长寿、忠贞和幸福的象征。早在殷商时期，丹顶鹤就出现在雕塑

和青铜礼器上。自古以来,以丹顶鹤为题材的文学作品,不胜枚举。春秋《左传》有卫懿公好鹤;陶潜的《搜神后记》有"去家千年化鹤归"之说;苏东坡有《放鹤亭记》;道教中有张道陵天师骑鹤飞天的典故。明清时期的一品文官补服,绣的就是丹顶鹤。丹顶鹤朝着太阳的方向,振翅高飞,好一幅"指日高升"的吉祥图。

据资料显示,全世界丹顶鹤的数量不足2000只,但有很多丹顶鹤都要在向海自然保护区逗留或生活,那里水草丰美,食物充足,空气新鲜。在鹤乡通榆这样一个半干旱地区生活,鲜有

向海风光

苍凉的盐碱地

  的湿地、芦苇加上专职工作人员的服务，以及通榆县政府投入1000万元，陆续疏通改造了三大水系，给丹顶鹤营造了赖以生存的天堂。然而，这种"优先政策"，显然不能解决900多万亩农田和牧场的需求。

  丹顶鹤在向海湿地的上空自由翱翔，这个被列入"国鸟"候选名单的珍稀鸟类，在东北生活了数千年。它们见证了这片土地的繁华富庶，也见证了草原从郁郁葱葱到枯黄凋零的变迁。

  走出向海自然保护区，处处可见白花花的盐碱地、灰褐色的风沙土、无边的草原绿被黄色的沙尘代替，纵横交错的河流、湖泊和泡子，像流干的眼泪，大多消失在历史的印记中。

光绪二十八年（1902年），洮儿河两岸放荒招垦。两年后，在此增设开通县，治所富平镇。光绪三十四年（1908年），科尔沁右翼中旗放荒招垦，宣统元年（1909年）在此增设礼泉县。民国三年（1914年），改礼泉县为突泉县，并在其南端增设瞻榆县。1958年，开通县和瞻榆县合并，各取一字，得名通榆县。关于通榆的前身瞻榆还有一段美丽的传说。

几百年前的一个夏季，天下大旱，土地龟裂，就连最有生命力的牧草也是一片枯焦。屋漏偏逢连夜雨，恰恰又发生了一场罕见的龙卷风，把这里的树木、土屋顷刻间夷为平地，残状至极。

村庄里只逃出一个小伙子，名叫占榆。他被昏天黑地的场面惊呆了，大风过后，他把父母及乡亲的尸体从废墟中扒出，一一

结义三榆

埋葬，并跪在父母坟前痛哭。

夜里，他做了一个梦，梦见了自己的父亲。父亲对他说："孩子，你一定要坚强，无论何时不要忘了自己叫占榆，为父给你取这个名字，就是想让你像站着的榆树一样，永远不会倒下。"占榆醒后下定决心，要凭一己之力重建家园。

他便到野外采摘榆树的种子，让最有生命力的榆树在这里生根，固沙防风，建设家园。一日，他正在聚精会神地种树，忽然，一声鹤唳，划过长空，直透耳底。只见一个骑马的蒙古族少女向这里疾驶而来，在她的头顶上一只美丽的丹顶鹤嘴里衔着榆树钱也一起快速飞来。据说这个少女是个蒙古贵族，而且是答己与铁木迭的女儿，名叫乌兰格。

乌兰格经常骑上心爱的枣红马，带上知心的丹顶鹤在草原上练习射箭，占榆看到了，便在一旁加油鼓劲儿。久而久之，乌兰格与占榆相爱了，为了实现心中的梦想，占榆和乌兰格不停地种树，为的是改变穷乡僻壤。

一年过去了，两人有了爱情的结晶，三百余株小树也已经长成半人多高了。一天，乌兰格正在哺育孩子，忽必烈的孙子铁穆耳带人找上门来，把乌兰格强硬地带走了。占榆回来，不见了妻子和孩子，只见知心的丹顶鹤盯着南方哀唳不止。于是，占榆跟随丹顶鹤朝南一路追去。最终，占榆和乌兰格未能逃脱厄运，临死时还拥抱在一起，中间夹着一棵亲手栽种的小榆树，殷红的鲜血渗到了沙土里，染红了这棵小榆树。

人们为了纪念这棵树，称它为"神树"。说它"神"有两层含义：一是它的存活充满神秘色彩，因为榆树的种子来源于丹顶鹤，所以这棵树也充满了灵气；二是它象征着爱情的延续，占榆夫妻临死时紧紧拥抱这棵小榆树，把它当成了自己的孩子，意味着宁可自己死，也要把树留下，让它繁衍生息。

如今，这个故事已经流传六七百年了，可这棵"神树"仍然郁郁葱葱。多少年来，许多信男善女们络绎不绝赶往这里，他们不远百里甚至千里为它上供、烧香、盼子求女、祈求平安，让梦想成真。那枝枝权权上，新旧更替系满的红线、红布就证明了这一切。人们为了纪念占榆，就以占榆为他的家乡命名。后来，人们都来瞻仰这棵"古榆树"，又将此地改名为瞻榆。

边昭镇 900 年古榆树

通榆县位于科尔沁草原东陲，地处吉林省西北，隶属白城市。在酷似雄鸡的中国版图上，大概在眼睛的位置，向海让这只"眼睛"更加清澈明亮。

蓝天白云下，丹顶鹤扇动洁白的翅膀在芦苇丛中舞蹈；一望无际的良田中，大型机械代替人力在田间繁忙地耕作；机器轰鸣的工厂里，一扇扇几十米长的风机叶片正在装车；即将达产的数百万头规模的现代化养殖场房，在县郊拔地而起；宽敞明亮的教室里，传出孩子们琅琅的读书声；两条宽阔的高速公路绕城而过，幸福的人们在美丽的墨宝园中讲述着甜蜜的生活和对未来美好的憧憬……

不了解这里的人难以想象，如歌如画的通榆曾经是榆树疙瘩、芨芨草墩遍地；盐碱斑驳、土壤贫瘠、风沙茫茫；十年九旱、乡路坑洼、土坯房低矮，部分地域的地下水质更是堪忧。匮乏的自然条件加之发展缓慢的工业，使通榆县成了全省最穷的地方，被列为国家扶贫开发工作重点县、大兴安岭南麓集中连片特困地区县和全省深度贫困县之一。

通榆，经历了哪些跌宕起伏？翻开历史画卷，可以领略这里的鹤唳鹰飞，生生不息；领略这里的峨冠博带，繁华富庶；领略这里的金戈铁马，王朝更迭。

早在五六千年前的红山文化时期，通榆这片土地上就居住着远古的人类。考古人员在通榆境内陆续发现了182处文物遗址，它们包括红山文化圈生活遗址、新石器时期的陶器、石器和骨器，两汉鲜卑和扶余的古城堡、古墓遗址。还有隋唐靺鞨和室韦人，两宋时期的契丹、女真人，以及元明清三朝的蒙古人遗留的

■ 金马牌饰

墓葬、寺庙、村落等文化古迹。

　　类似的考古发现，在通榆县8476平方公里的地域内比比皆是，它们就像一幅"清明上河图"，鲜活地呈现在这片热土上，涌动着生机与活力，让人们穿梭于时光隧道，徜徉在先祖们梦幻般的世界里。

　　从900岁的古榆，可以窥见历史的沧桑巨变；从原始的黄榆林，可以回味南极仙翁造福人类的传说；从天水相融的向海，可以领略这片湿地的魅力；从关东庙会和查玛舞，可以与先祖们灵魂相通。

　　据史料记载，通榆可考的最早民族为东胡，东胡是生活在北方的古老游牧民族，通榆就是东胡人活动的东部边缘地区。秦末汉初，东胡退出历史舞台，通榆境内为鲜卑族居住地。到了隋唐时期，鲜卑势力走向衰落，通榆被契丹人占据，这段时期，生活在这片土地上的人们创造了勤劳、坚韧、自给的通榆农耕文化的先源。元明清时期，通榆由快速发展逐步进入了一个萧条的时期。

铅华洗尽，鹤唳长空。那么，这片热土是如何变得破败寒凉了呢？那个曾经到处都是森林，遍地都是绿草，碧水缠绕、鸟语花香的世界去哪儿了呢？

清朝中后期，随着国力的增长，人口迅速繁衍，曾经人稀地广的科尔沁大草原，不得不接受两大冲击：传统的草原游牧生活很难养活暴增的人口；中原人口不断向东北迁徙所带来的耕地紧张。

人类的发展，经历了狩猎文明、游牧文明、农业文明和工业文明几个阶段，两河文明就是典型的农业文明。而北方大草原上的马背民族，则是游牧文明的代表。这里提到的鲜卑、契丹、靺鞨、室韦、女真等，都是游牧民族。他们逐水草而居，广袤的草原养活大批的牛羊，为生活在草原上的牧民提供基本生存条件。不过，游牧文明的生产效率极其低下，自给率也很低，往往需要农耕文明给他们输血，这就是游牧民族与中原汉民冲突不断的根源。

当牧场成了农田，牧民成了农民，粮食多了，可灾难也随之而来。

牧场一般是一年放牧几年休养，草皮也对风沙土起到了水土保湿和固沙作用。可变成农田后，这两项功能都失效了。在水土

▌优美的蒙古舞

流失的同时，农业对水资源的消耗加重，而通榆年平均 400 毫米的降雨量，已经逼近干旱地区的标准。

当草原人口稀少的时候，单位面积的产出虽低，尚可支撑人们的生存。一旦人口突破某个界限，那就超出了草原所能承受的供养能力。

这时候，如果再有外来人口冲击，对草原来说，就是雪上加霜的事，怎么办？办法只有一个：变草场为耕地，以效率更高的农耕文明改造游牧文明。

于是，清廷实施了移民实边的政策，科尔沁大草原兴起了"放荒招垦"的高潮。所谓"放荒招垦"，就是由清政府官方组织的将草场转卖给农民，并转化为农田的政策。为此，清廷在科尔沁成立了专门的"蒙荒行局"。

当然，出卖草场所得，有很大一部分收益要归于科尔沁四部十旗的王公贵胄。因此，那些历经十余代、逐步走向没落的博尔济吉特家族的后人们，拿出了最后的疯狂，使劲抛售祖上留下来的草场。

为了获得更大的利润，某些王公们甚至抛开官府，私下抛售草场。科尔沁右翼前旗的第十二代扎萨克图郡王乌泰，就因此被撤销了哲里木盟副盟长职务。

这场声势浩大的"放荒招垦"，最大的受害人就是草原牧民。牧场被王公们抛售后，他们失去了赖以生存的草场。发生在科尔沁左翼中旗的嘎达梅林起义，就是这种尖锐社会矛盾的一次大爆发。

"放荒招垦"让科尔沁大草原迅速萎缩，仅剩下不到20%的面积。由此，包括黑龙江、吉林和辽宁的北部，一大批从牧业转化为农业的县级行政机构，首次出现在历史舞台上，通榆县就是其一。

晚清以后，中国进入多灾多难的时期，列强入侵，战火烧到家门口。国内军阀混战，各地匪患严重，老百姓成了他们任意压榨的对象。伪满洲国时期，日本人对华资源进行疯狂掠夺，大片的森林被伐，煤矿、铁矿等矿产资源的开采，又加重了东北自然环境的恶化。新中国成立之初，刚刚诞生半个世纪的通榆，在满目疮痍中艰难挺立。

在通榆境内，过去有数不清的河流和泡子，在历史车轮的碾压下，渐渐失去了青春的光泽，甚至永远消失，就连水源充沛的乌力吉木伦河都已经干涸。在水利工程实施以前，通榆仅剩下霍林河、额木太河支流和文牛格尺河三条季节性断流的河流。过去的科尔沁草原，已经变成了科尔沁沙地，沙沟、沙丘、沙包、沙坨子随处可见。这种沙漠化的倾向依然在恶化，它以每年1.9%的速度不断扩大。大地就像乳水缺乏的母亲，艰难地供养着通榆的父老乡亲。

通榆在接连遭受环境和战争两大灾难之后，又在改革开放的大潮中，把自己绊了个跟头，故步自封的思想，让他们被时代的步伐远远地甩在了后面。

通榆地广人稀，人均耕地面积远远领先于全国水平。靠着这个独特的优势，即使在最艰难的岁月，也具备基本生存的条件。

通榆一隅

他们以粗放的耕种方式，广种薄收，半年种地半年清闲，日子过得也算相对轻松。

也正因为如此，当迅猛的工业化大潮来临之时，通榆人民始终感受不到改革的春风，甚至固守农业社会的生存状态，本能地排斥社会变革所带来的冲击。

通榆的落后是全面性的，就连他们最大的资本——农牧业产出，也一直停留在低效率的水平，先进的科技、生产工具、组织结构，都难以被接受。当南方发达省份已经与世界先进水平接轨之时，通榆人民终于意识到自己的差距。然而，他们觉醒后不是奋起直追，而是选择了加入背井离乡的南下潮。

中国已经走在世界前列，通榆的父老乡亲难道以逃离的方式，放弃掉这片热土吗？答案显然不是，故土难离是中国人的传统观念。那么，面对苍凉的土地，鹤乡人民有何感想呢？又是如何用实际行动交出脱贫答卷的呢？

干事业不能做样子，必须脚踏实地，抓工作落实要以上率下、真抓实干。特别是主要领导干部，既要带领大家一起定好盘子、理清路子、开对方子，又要做到重要任务亲自部署、关键环节亲自把关、落实情况亲自督查，不能高高在上、凌空蹈虚，不能只挂帅不出征。

——习近平

鹤来春早

旭日东升跃海上，

朝霞万里放光芒。

鹤来春早当空舞，

风清明德书华章。

党的十八大以来，以习近平同志为核心的党中央以高度的政治感、使命感和责任感，把脱贫攻坚提升到治国理政新高度，为2020年全面建成小康社会奠定坚实基础。在吉林省通榆县脱贫攻坚战中，时任省委副书记、省长的景俊海曾多次深入通榆检查指导工作。

当时社会上流传一句话，叫作"东北脱贫看吉林，吉林脱贫看通榆"，通榆县是吉林省两个深度贫困县之一。

通榆以干旱著称，在这里流传着"通榆县不普通，一年四季两场风，从春刮到夏，从秋刮到冬"，"十年九旱，靠天吃饭，不敢多投，赔了咋办"，"春旱无苗，伏旱叶焦，最怕秋吊，三成难保"，"碱不落，不长苗，干活没有待着好"等民谣。

景俊海于 2017 年 12 月，从北京市委副书记调到吉林省履新，这几年，正是举国脱贫攻坚战关键节点，他带着使命和责任而来。2018 年 4 月，正是春风刺骨、乍暖还寒、春寒料峭的季节，到吉林省任职不过百天的景俊海急不可待地到白城市通榆县和松原市乾安县开展调研。此时，车辆正行驶在通榆地界颠簸的乡道上。风沙肆虐，卷起白色的"烟尘"，铺天盖地合围而来，尤其在风口的路段上堆成粼粼"沙梁"。这里虽然不是大漠，但这狂

野的风，吹起了瀚海千重浪，黄沙漫天。一个羊倌儿正赶着羊群"打道回府"，透过车窗，但见狂风将他刮得顺风倾斜，站不住脚。风尘瞬间将羊倌儿扮成"灰人"，整个人都看不清面孔，也根本看不到表情，看到的是两只眨动的眼睛，透露着无奈。

在听取了通榆县委、县政府脱贫攻坚工作汇报后，景俊海引用习近平总书记的话说："脱贫攻坚任务艰巨、使命光荣。各级党政部门和广大党员干部要有'不破楼兰终不还'的坚定决心和坚强意志。要综合施策、打好组合拳，做到多政策、多途径、多方式综合发力。聚焦深度贫困地区，全力冲刺推进精准脱贫攻

拥抱向海

坚，全面兑现党对人民的庄严承诺。"景俊海顾不上舟车劳顿，当即决定下乡走走看看，要"看真贫、扶真贫、真扶贫"。

车辆一路东行 20 多公里，来到通榆县什花道乡新富村村委会。景俊海对村干部说："要增强服务意识，强化抓落实能力，带领大家共同奔小康"。他走村入户，看望贫困户，鼓励他们把日子过好。

车辆又西行 50 多公里，进入了通榆县乌兰花镇陆家村。这里曾是吉林省一个深度贫困村，2016 年华丽转身，成为全省易地搬迁试点成功第一村。易地搬迁后，原宅基地复垦耕地改造为高标准水田 103 公顷，村里每年可增收 60 万元，成为全县持续增收第一村。

景俊海坐在新楼房客厅里与村民拉家常，村民们高兴地说："我们啊，真是易地搬迁一步登天了！以前住着低矮的土房，现在住上宽敞明亮的楼房，我们的幸福生活一点儿也不比城里人差。"

景俊海一边听着，一边点头称赞。他对随行人员说："要总结推广通榆陆家村的扶贫易地搬迁的有益经验，加快脱贫攻坚进程。"

通过全县人民的共同努力，通榆的易地搬迁成效显著，南有边昭镇的"昭福家园"，北有鸿兴镇的"鸿福家园"，西有乌兰花镇的"陆家新村"。

调研返回省城后，景俊海第一时间在《一个贫困村的蝶变》

调研报告上签批："请省扶贫办借鉴、复制、推广"。

边昭镇边昭村是景俊海扶贫包保的贫困村，他始终牵挂着这里贫困群众的生活。

2019 年 1 月，景俊海来到这里访贫问苦、深入调研。他走进贫困户竭长生家中，看到老两口都已年逾古稀，行动不便，他嘱咐当地干部一定要照顾好老人的生活。在贫困户谢立荣家，景俊海与她算收入、拉家常、聊变化，勉励她直面困难，艰苦奋斗，尽快脱贫。谢立荣告诉省长："在党和政府的支持和关心下，我有信心把日子过得越来越好。"贫困户孙云涛因残致贫，看到卧床的他，景俊海亲切地与他握手，鼓励他保持积极乐观的生活态度，党和政府一定会帮助他渡过难关。

景俊海说："希望你们自强不息、自力更生，努力创造更美好的生活，党和政府一定做你们的坚强后盾。你们生活有了保障，我就放心了。"

景俊海还来到贫困户谢青生家，察看饮食饮水保障等情况。他一再强调，要聚焦"两不愁三保障"要求，完善教育、医疗、住房等基本保障，把工作做细做实做到位，把精准措施落实到户到人，确保真脱贫、脱真贫、稳脱贫。看到贫困户生产生活条件得到改善、言谈举止中流露出乐观自信，景俊海非常高兴。

正当通榆县脱贫攻坚处于攻坚决胜的最艰难时刻，李德明同志迎难而上，肩负着组织的重托，勇敢地挑起了脱贫攻坚的重任，于 2019 年 4 月到通榆任县委书记，带领全县人民一同踏上了艰苦卓绝的脱贫之路。

李德明，1970 年出生，吉林省洮南人，中央党校大学本科

全县脱贫攻坚现场观摩会

毕业。他来通榆之前，曾先后在三个县市区领导岗位上工作过，特别是他曾任白城市住建局局长，在任白城市住建局局长期间，出色地完成了国家海绵城市试点工作和白城市老城改造任务。艰难的工作造就了他敢打善拼的工作作风，这也为完成脱贫攻坚工作奠定了强有力的基石。然而，脱贫攻坚工作对于他毕竟是一项全新而又艰难的工作，他到任后，没有被困难所吓倒，创新采取了不同寻常的招法，为通榆县的脱贫摘帽探索出了成功之路。

"今天是我来通榆的第十二天，从我来到通榆起就开始考虑，是否开这个会？怎么开？什么时候开？如何把这个会开好？我一直在想这些问题。后来决定这个会议还得开，因为'磨刀不误砍柴工'。"

这是 2019 年李德明就任通榆县委书记后的第一次全县干部大会上的开场白。

李德明对着参会的千余人发出了掷地有声的号令："现在脱贫攻坚已经到了真正攻坚的时候了，已经到了需要大家真正进入状态的时候了，已经到了需要大家真正扑下身子大干的时候了！"

李德明用"杀鸡理论"与参会的各级领导干部摆事实讲道理，他说："我们的干部，包括我，大部分都来自农村。我们家里来客人了，往往都会用杀鸡来款待客人，抓鸡时抓哪只鸡？哪只鸡跑得最慢就抓哪只鸡。在鸡都跑快的时候，抓那些不下蛋的鸡，一是抓慢的，二是抓不下蛋的。"他用"杀鸡理论"提醒大家，在通榆县脱贫攻坚正处在爬坡过坎、滚石上山的关键时期、艰难时刻，需要一大批一往无前、担当作为的干部。对领导干部中出现"占着茅坑不拉屎，占着鸡窝不下蛋"的现象，采取零容忍的态度。

这次会议规模很大、很重要，也很有意义，这是李德明与大家第一次的集体见面会，是和大家的一次认识会和集体思想交流会，也是一次让大家熟悉李德明的"了解会"，更是他给大家开的鼓劲儿会、打气会、撑腰会。目的只有一个，就是统一思想、坚定信心、消除顾虑、提振精神、激发斗志、凝聚力量，厘清工作思路、明确工作打法，举全县之力，全力打好脱贫攻坚这场战役。

万事开头难，新班子、新气象、新施政。从 2019 年 6 月 1 日至 11 月 30 日，李德明利用半年时间深入 100 个村书记家吃一顿饭，与村书记面对面交谈，带动敦促村书记真正行动起来，快速融入到脱贫攻坚战役中来。县长刘振兴到 100 个社主任家吃一顿饭，进一步将压力传导到基层。半年时间内，万名包保干部自己带米带菜，到每个包保贫困户家吃三顿饭，与百姓拉家常、交朋友，听取百姓的真实反映。

在脱贫目标上，实现不愁吃、不愁穿"两不愁"相对容易，实现保障义务教育、基本医疗、住房安全"三保障"难度较大。

——习近平

第三章

鹤迁新巢

安土重迁自古传，

改善民生破万难。

筑起广厦百千座，

鹤乡百姓尽欢颜。

　　土房是通榆农村沿用多年的居住形式，直到20世纪90年代，砖瓦房才零星出现。受深度贫困及农民生产生活习惯影响，通榆县农村的私搭乱建、柴草乱堆、垃圾乱扔现象严重，农村环境极度破败，环境整治任务十分艰巨。

　　当时通榆县农村危房有3272户，建档立卡户2337户，非建档立卡户935户。这是一项硬性的任务。至此，一场轰轰烈烈的危房改造攻坚战就此打响了。

　　拆迁，是危房改造的第一步，也是关键的一环。尽管满心希望早日住进环境舒适的楼房，但村民们仍对原来的房屋留恋不

易地搬迁之前的土坯房

舍，他们已适应眼前的平淡生活，面对不确定的未来却充满忧虑，对于村民来讲，放弃旧宅配合拆迁，就是一场需要经过三思而后行的"思想战役"。应该说，在这之前的相当长的一段时期内，人居环境整治没有找到根本性解决措施。进入脱贫攻坚以来，通榆县明确了"大拆、大建、大清、大干一百天"的奋斗目标，力求达到"拆得彻底、建得完美、清得干净"的效果。

所谓大拆，拆的是危旧建筑。根据相关规定，县里确定了"六必拆"的拆除对象：即享受过危房改造政策而没有灭迹的危房必拆；农民自建新房后没有拆除的破旧危房必拆；因一户多房而闲置的残损、危险房屋必拆；多年外出务工农民废弃、闲置的危旧房屋必拆；闲置废弃的鸡狗猪羊等各类畜禽圈舍必拆；

再见了，土坯房

30

其他一切有碍观瞻或存在安全隐患的房屋、围墙等建筑物必拆。

通榆县以社会稳定为前提，站在保护农民利益的高度，从长远发展的眼光解决拆除危旧闲置房问题，又打出独特的"四张牌"：

第一张牌是友情告知牌。县分管业务部门向全县广大农村朋友发出了一封信，将"六必拆"告知广大农村朋友，以此明确了拆除范围，百姓对拆除工作的认可度大大提升。

第二张牌是典型引路牌。以党员干部为突破口，拆党员家的、拆村干部家的、拆党员干部亲属家的，以此作为典型引领，促动农民群众主动拆除。

第三张牌是亲情感化牌。对不愿拆、不配合拆的农民，采取部门包村、干部包户的办法进行动员，通过与他们"攀亲戚、交朋友、找关系"等措施，劝其拆除。

第四张牌是安全警示牌。以县安委会的名义发出通知，告知农民：危旧建筑可能随时坍塌，危害公共安全，警示其必须拆除，且对主动拆除的，由乡村承担拆除费用。

这四张牌各有千秋，刚柔相济，共同发力。农民由"不想拆"变成了"不好意思不拆"；由"不愿拆"变成了"我要拆"；包保干部由"对拆除有畏难情绪"变成了"见到危旧土房就想拆"的氛围。

一场大拆大决战就此拉开序幕，一向缺乏变化的农村猛然间被一场巨大的拆迁浪潮裹挟起来。

大建，建的是安全住房。

危房改造不但是脱贫摘帽的硬指标，也是进行农村环境整治的关键一招。县委、县政府立下誓言，坚持一户不落。这不但将危房改造作为一项政治任务，还将其作为农村环境整治的一个重点任务来抓。

首先是搞好危房全面排查。邀请第三方评估机构和市住建局组成 40 人的排查队伍，对全县农村所有房屋进行了全面科学摸排，共摸排出农村危房 6261 户，全部列入改造范围，做到危房改造全覆盖、无死角。

紧接着又实施危房改造攻坚，抢工期、赶进度，采取了多人多队伍同时进驻建设的办法和工程进度日报告、周调度制度进行推进，全县参与人数最多的时候，达到 787 个施工小队 6641 名施工人员同时进行危房改造建设。就这样仅用两个月时间改造危房 5314 户。危房改造速度快、质量好、全覆盖，老百姓欢欣鼓舞。

大清，就是清理垃圾废物。

全县 12777 名干部在深入到 16 个乡镇 172 个行政村开展包保脱贫攻坚工作的同时，又开展了为期 100 天的全方位、无死角、集中整治环境，使多年积存的垃圾废物全部得到清除。同时，县政府每年投入资金 3350 万元，通过政府购买服务，引进专业企业，使用专业队伍，对全县 16 个乡镇全面采取农村垃圾治理市场化运作模式。又在各村全部组建了稳定的保洁队伍，保洁员优先从建档立卡贫困户中招聘，工资利用光伏扶贫村级收益资金解决，既解决了部分建档立卡贫困人口就业增收问题，又实现了美化环境的公益目标。

农村环境卫生整治在行动

■ 通榆县双岗镇长青村村规民约新民谣

在危房改造过程中，只要一个环节出现问题，或者一些贫困户对政策理解不充分、不全面，都会导致这样或那样的问题。为了更好地开展这项工作，在脱贫攻坚最后的关键时刻，县委、县政府决定选派卢成林牵头，继续去啃这块难啃的硬骨头。

2019 年 4 月末，天气已经回暖，吹面不寒的杨柳风悄然拂过，努力将春天的颜色刷遍整个通榆大地。

在通榆县委办公楼会议室内，正在进行常委会的一项重要议题——研究部分重要部门主要领导人选。而原本应该参会的通榆县市场监督管理局局长卢成林却被通知，因需要回避一些问题，不能参加会议。此刻，卢成林的心里忐忑不安。

让卢成林心里忐忑的，不是怕自己出了什么问题。因为他自己心里有数，他对自己此前的工作成效和作风纪律心里有底，自己一定不是县委书记"杀鸡理论"中跑得慢的鸡和不下蛋的鸡。最大的可能性，恐怕是要被推上一个风口浪尖的工作岗位。

想到这儿，卢成林下定决心：要真是这样，一定不能接这项工作。因为此刻，脱贫攻坚决战冲锋号已经吹响，特别是 2019 年 4 月县委书记李德明到任后，把危房改造、饮水工程作为通榆脱贫攻坚的主要大事，喊出"大拆、大建、大清、大干一百天"的口号，而作为在通榆工作、生活近 30 年的卢成林来说，他深知这项工作的难度和艰辛。

他想：通榆的危旧房数量多、百姓的工作难做，资金的保障都是未知数。况且，自己已经是 50 多岁的人了，身体和精力不一定能受得了啊！再说，对于住建工作而言，自己是一个完完全全的门外汉……他越想心越急，他立即关掉办公桌上的电脑，拿起公文包，径直地向县委书记办公室走去。

"来来来，我还正要找你呢。"刚敲门进屋，还没等卢成林说话，县委书记李德明微笑着起身，边说边把卢成林迎到自己办公桌对面。

"刚才，县委班子集体决定，拟任命你为县住建局局长，后天的人大会上将研究通过，你需要准备一下。"

果然不出卢成林所料。

"李书记，不是我推卸责任，我实在是不敢领这个军令状啊！住建局要求专业这么高，我怕担不起这个重担，而且……"

没等卢成林说完，李书记态度一转，立刻严肃了起来。"都这节骨眼了，还跟我谈什么？你不用考虑太多，我们都充分酝酿了，而且各位领导首推的人选都是你，你我此前也不认识，就冲着大家对你这个口碑、这份认可，你也应义不容辞！"

李书记态度相当明确和坚决，经过近一个小时的思想工作和对住建工作的展望后，卢成林步履坚定地走出了李书记的办公室。仅仅两天后，他便火速上任，同时领下了打赢脱贫攻坚战的军令状。

卢成林深知：脱贫，解决"两不愁三保障"是关键，而住房问题，又是这关键中的关键。

通榆县的贫困人口多、经济条件差，危房改造量在全省最多，任务重且难度大。经过摸底调查、反复调研、多次协商，很快这个曾经自称是住建工作门外汉的卢成林，创造性地拿出了一套既符合通榆实情又严密、完整、科学的通榆农村危房改造方案。

方案将"四个统一"贯穿整个改造的全过程。

统一设计标准：根据人口数量、面积大小、补助标准、居住需求，聘请专业设计单位设计改造图纸，对人口数量在 3 人以上的，给予每户 4000 元补助。

统一质量标准：坚持把危房改造质量达标、群众满意作为出发点和落脚点。配备专业监理，邀请市局技术人员和外聘质量专家团队，巡回进行质量监督。

统一施工标准：对屋面用料、屋架结构、保温材质、墙体砌筑、地基基础、门窗规格、室内装饰、外涂颜色、室外护坡及台阶等全部进行规范统一，坚持一个模式管全县，一把尺子量到底。

统一验收标准：面对农村危房改造工作质量的最后一道关口——竣工验收，制定了《通榆县农村危房改造竣工验收实施方案》，明确了验收方式、验收内容、验收标准和验收要求等。对验收程序、验收资料进行了规范统一，"建完一户、验收一户"。坚持建档与建房同步，标准与质量统一，形成了要素齐全、内容全面、逻辑性强的农村危房改造分户档案模版。

就这样，城镇老旧小区改造和农村危房改造同时轰轰烈烈地展开了。

卢成林和同事们用了一年多的时间，基本走遍了全县的172个自然村涉及7000多套房的施工现场。一座房从拆迁到建成交工，只用三天，这种"通榆速度"，是卢成林自己，更是李德明书记和刘振兴县长最为骄傲的事情。

在这场"战役"中，参战的工程技术人员有300多人，建筑工人超万人。不但通榆县所有的工人都参加了，临近县区包括镇赉县、乾安县的工人也都请来了。

卢成林回忆说，"那段时间，似乎有当年建设大庆油田的感觉了，大家真是啥都不顾了，什么家庭啊，老人孩子的……"。

卢成林的得力干将、住建局工程科科长李茜，对他们的"老大"既钦佩又感慨："卢局没到住建局那时候，是县里出了名的'帅'干部，每天都西装革履。可这一年多，他每天早上六点多出发，晚上八九点回到县里，不是穿运动服就是迷彩服，再配上一双运动鞋，一点也看不出是个大局长了，他的头发也花白了，人也渐瘦了。"

功崇惟志，业广惟勤。在各级扶贫部门、上级住建部门的大力支持和精细指导下，通榆县超额完成了脱贫攻坚农村危房改造任务。当卢成林向李德明书记交上成绩单的那一刻，两个人的手紧紧地握在了一起……

"累计改造危房 24649 户，我们实现了住房安全率 100%、群众满意率 100% 的双百目标……"在 2019 年吉林省住房安全保障工作会议上，李德明代表通榆县自豪地做着经验介绍，全场雷动的掌声是全省各级干部群众对通榆交上的这份答卷的肯定。

边昭村有个叫朱明清的老人，今年 70 多岁了，提起危房改造，他眼含热泪激动地说："我这一辈子都没住过砖房，是共产党好啊！让我 70 多岁终于住上砖瓦房。"

2020 年春节前，新春村的张万丽一家三代 5 口人搬进了温暖舒适的新房，"我是实心实意地感谢孙（乃涛）县长、感谢卢局长啊！他们亲自来我家里做工作，孙县长跟设计人员亲自帮我家设计户型……这是我们一家人的福啊！"

2020 年 12 月，当卢成林把吉林省脱贫攻坚"组织创新奖"的奖状挂在住建局荣誉室的那一天，正是他来到住建局的第 600 天。这 600 天，对于卢成林而言，是不辱使命的 600 天。他不仅创造了"通榆速度"，也书写了一份完美的通榆答卷。

在通榆县脱贫攻坚战中，诞生了一个大名鼎鼎的"陆家模式"，乌兰花镇陆家村就是这个模式的创造者。如果把"陆家模式"比作一串精美的项链，那么，让整村搬迁后荒废的宅基地结

陆家新村

出的"金元宝"，就是这串项链上最璀璨的珍珠之一。

2016 年，陆家新村小区建成了。当村民们高高兴兴地搬进新区后，曾经人来人往、鸡犬相闻的老陆家村成了一片死寂沉沉的荒原。在那里，白天不再人声鼎沸，夜晚不再灯火通明，103 公顷的土地，在黑色的夜幕下静静地沉睡。

脱贫攻坚的算盘必须精到骨髓里，这一大片宅基地绝不能让它荒废，复耕是它必须要承担的光荣使命。问题是宅基地不同于熟地，它到处都是生活垃圾，且生土裸露、土壤贫瘠、养分含量低、保水保肥性能差，根本不适合种植。

经商找旺铺，这是商人的成功秘诀；种地要肥土，这是农民的成功必要条件。看着残垣断壁、砖头瓦砾遍地的荒村，所有人都摇头：这地种也白种，连种子化肥都得赔进去！

为了打消农民的顾虑，村书记武凤友特地请来了吉林大学高产水稻专家都兴林教授。都教授高调宣布："宅基地虽然土地贫瘠，但这恰恰是它的优势，没有受过化肥和农药污染的土地，正好适合种植绿色水稻。"

没想到村民们顿时哄堂大笑："开什么玩笑？种水稻？咱这地方祖祖辈辈就没人种过水稻，还在这种死土上种，信口开河骗人玩呢吧？"

武凤友气得直挠头，人往往就认死理，没见过的东西打死也不信。这些种了一辈子地的老把式，固守并信奉祖祖辈辈传下来的种地经，自信到听不进任何不同建议和意见。村班子经过研究协商，决定把这103公顷复耕地，全部流转给一个家庭农场承包，集中县、乡、村三级资源和扶贫专家的帮扶打攻坚战，让这片荒地成为村里的摇钱树，进而引领村民脱贫致富。

会上几番讨论研究，大家一致把目光盯在了一个人身上——武勇。

武勇得知这一消息，第一反应就是顾虑，但他身上的两个特质，也让他作出了不同的选择：理想和信任。回忆当初的抉择，武勇说："我初中毕业后就四处打工，虽然一事无成，但心中的渴望一直没有减弱过。我虽然没种过水稻，也不懂土壤改良技术，但是我相信党和政府，相信专家的力量。别人不敢选择是怕担风险，可是没有风险哪有成功，政策这么好，错过了就太可惜了！"

就是在这种心态下，武勇咬牙流转了全部复耕宅基地。事实证明，他作出了一个自己有生以来最英明的一个决策。

■ 都兴林教授做现场工作汇报

　　让武勇感动万分的是，刚刚跟村里签订土地流转承包合同，吉林大学的都兴林教授就带领他的专家团队进驻了村里。他们兵分几路，一边带着测量仪器下地测绘、一边取样做土壤成分分析，同时又开会研究方案、撰写研究报告，忙得热火朝天。

　　一个月后，都教授把一份报告送到武勇手上，厚厚的一摞资料，瞬间折服了的武勇说："咱只听过科学种田，根本没接触过。这会儿才知道，种田还有这么多门道，什么腐殖质含量、有机质比例、水分子渗透率、水分利用率、硝态氮淋失，一大堆数字把我都看蒙了。虽然我那时候云里雾里，但拿到报告一瞬间，我心里无比踏实，有都教授在，我不可能失败！"

　　都教授用深入浅出的方法，让武勇大体明白了这 103 公顷土地的自然状况，并由此提出了详细的改造方案。用什么配方的有机肥、多少用量、时间间隔、田埂跨度、宽度，沟渠开挖工程、灌水量，等等，说得清清楚楚。

武勇感慨地说："从那以后，我又变回了小学生，老老实实拿起课本学习，跟着老师们身后请教。以前种田是跟着感觉走，凭经验，肥料用什么，用多少，什么时候用，都没个准数，全凭感觉。有这些理论数据，种不出好稻子，打死我都不信！"

在村民们一片惊叹声中，武勇赢得了一个丰收年。2017 年，他的绿色水稻达到每公顷 13000 斤。2019 年，他再接再厉，产量又突破了 16000 斤；2020 年，又达到惊人的 18000 斤！

让武勇更加惊喜的是，他没有遇到增产不增收的烦恼。通榆水稻地很少，稻谷根本不愁销售，再加上他在都教授的帮助下，走绿色种植之路，种出来的稻米口感好，即使价格高达每斤 8 元，依然供不应求。如今，通过电商平台，他已经实现了订单式销售，提前一年就实现了零库存销售的目标。

武勇因此更加信心满满，他注册了自己的商标"碎白玉"。他说，他正计划自己建稻米加工厂，减少稻谷销售，扩大自有品牌的成米销售量，让全国人民都有机会吃上他的绿色有机稻米，让"碎白玉"品牌为祖国的粮油事业助力。也让祖国看到，他们贫困县老百姓的新面貌，他们没有辜负大家的帮助，没有辜负党和国家的期望！

武勇毫不隐讳地透露：2020 年他的纯收入已经突破了 70 万元。在自己富起来的同时，他始终没有忘记武凤友书记对他的嘱托："你要想办法带领乡亲们走向富裕路！"几年来，武书记的话成了武勇鞭策自己的内动力。

武勇说，虽然自己做得还远远不够，但是看到那些在他的帮助下脱贫的乡亲们，他打心眼里高兴，觉得自己所做的事是那么有价值。

在武勇雇佣的工人中，有40多个贫困户，他们人均收入5000元，长工年收入超过3万元。

贫困户赵月强兴奋地说："以前家里欠了几万块钱饥荒，一直没能力还上，在武勇这里上班后，收入有了保障，去年还清了所有欠债。"

▌开心的瓜农

村民张福仁提到武勇连声感谢，他说是武勇改变了他家的生活。张福仁一家四口人，两个孩子未成年，他爱人患有严重的甲亢长年服药。一家人种了三四垧地，每年也就三四千块钱收入，常年入不敷出，还欠下四五万块钱饥荒。自从在武勇的博元家庭农场上班后，他的收入增长了十倍！

张福仁说，打工不担风险轻巧就赚这么多钱，真是天上掉馅饼。平时还有时间照顾家里，真是一举两得。

村书记武凤友说，武勇的博元家庭农场，帮村里盘活了资产，每年可以为村里贡献 60 多万的土地流转费，未来几年他的贡献率会更大。这些钱为村里的脱贫致富事业，立下了不可磨灭的功勋。

王永义是双岗镇绿海村的村民，2017 年家中遭遇变故，儿子去世，让他一度失去了生活的信心。第一书记张超看在眼里急在心上，盘算着如何帮王永义走出悲痛的心理阴影。

多次交流安抚后，王永义打开了心扉。他提出了一个愿望，就是希望能把自家的房子翻修一下，因为这个"小窝"只要外面下大雨，屋里就下小雨，实在住不了人了。

见王永义提出了这个要求，张超感到他走出阴影有戏了。不过，张超也不敢贸然答应。第二天，他就和村干部一起，仔细将王永义的老房子检查了一遍。经查看，这房子确实存在安全隐患。于是村里专门开了一次会，又经村民代表大会同意，提请专家对王永义的房子做一次质量鉴定。

经过县里聘请的第三方对这房屋的鉴定，认定为 D 级危房，于是按照政策给他新建了一座 40 平方米的新房。

王永义的脸上难得露出了笑容："就我这房，我基本上没花多少钱，就自己填巴点边边拉拉的，剩下都是共产党给盖的，好啊！特别好！"

通过驻村干部的帮扶，王永义打开了心结，生活也有了信心，干劲也越来越高，他全身心地投入到生产劳动中来，开始大力发展庭院经济。

王永义指着绿油油的大葱说："去年种的是花生，今年种的是大葱，庭院经济一年也得收入七八千的吧！这个还给补呢，一亩地一年给补助一千多呢！今年这个大葱，一亩多地我估计得出万八千元的。真心感谢党，感谢张书记他们，没有他们就没有我的今天。"

同样满怀深情说出感人肺腑话语的，还有边昭镇天宝村拉户嘎屯建档立卡三星户杜桂芹。

这天，杜桂芹又起了个大早，春风和煦，她满脸笑容地挥着铁锹平整场院，"新砖房盖起来了，心里头亮堂了，好日子来了。"

杜桂芹 50 多岁，小儿子患有先天性脑瘫，生活不能自理。母子俩相依为命，挤在两间破旧的土坯房里，盖新屋从来是"想都不敢想"。

没想到这个梦想就变成了现实，驻村队员来协调危房改造相关工作后，对低矮的土坯房进行危房灭迹。一个月后，一间崭新的砖瓦房出现在眼前，望着眼前高耸的新房，杜桂芹感慨万千："一分钱没出，就住上新房了，这样的美事儿以前真是不敢想啊！"

"低矮潮湿，跑风漏雨"是八面乡阳光村建档立卡户张万山老宅的真实写照，在脱贫政策扶持下，老张既盖起了新房子又顺利脱贫，去掉了他的一块"心病"。老张说，住上新房子这心里甭提多高兴了。

张万山掏出一张纸儿让大家看，上面写满了政策性补助项目："粮食补贴共产党给的一千多，庭院补贴一千多，养老金两千多，光伏这块加一块五千多，共产党补贴四万多，又给盖了房子，脱贫就脱在共产党政策好啊！"

提起房子，妻子鲁志英有一肚子话，她抢着说："老张体弱多病，家里有4个儿子既上学又娶媳妇的，这些年来花了一大堆钱，差点要了老两口的命，如果不是国家政策好，这辈子都住不上这样的好房子。"

"哎呀妈呀！原来破房子真破得不行，房顶漏，耗子盗的洞啊，三头两日进来耗子，不像样啊！这国家给盖的，灯泡都给安现成的，多好啊！我就说，这就是国家好。我说的都是实话、心里话，真的，我大孙女说：'奶啊，你四个儿子谁也没给你盖房子。'生活在这样的国家多好！"鲁志英滔滔不绝地说着。

白城市政协工作人员到通榆县鸿星镇东风村走访慰问困难党员

鲁志英继续说："这几年，我家的喜事可不只是住上新房子、享受着各种补贴政策。今年春天，各级包保干部还为我家协调打了一眼井、扶持养殖，可谓好事一个接着一个，让我们老两口心里乐开了花。包保户也给买油，一户又拿2袋大米，给5只羊、50个鹅仔，还有饲料，多好啊！赶上这社会就是好！"

张万山老两口的日子是一年一个新变化。现在，老两口每天都在筹备着如何过一个不一样的春节："过年杀两头猪，脱贫了，咱们也庆祝一下，孩子们外出打工回来好好热闹热闹！"

2019年10月的一个清晨，一轮红日从东方冉冉升起，柔柔的光线暖暖地映射在宫彪庭院里那幢新建的大瓦房上，朱红的琉璃瓦在阳光下熠熠生辉。

宫彪起了个大早，迈着轻快的步伐走进新房子里，弯腰站在炕沿上，他仔仔细细地铺起一层又一层的褥子。

宫彪打算今天抱着老妈搬进新房子。

宫彪是边昭镇天宝村天宝屯范淑芹的儿子，72岁的范淑芹是这个屯三星级贫困户，老人患有类风湿关节炎，手脚严重变形，已经失去了劳动能力。十多年前老伴因一场大病离开了人世，从此，范淑芹便和儿子宫彪生活在一起。

范淑芹住的房子是两间土坯房，老房子已经有20多年了。由于年久失修，屋里阴暗潮湿，墙皮一块一块脱落下来。

面对破落的房子、重病的婆婆，宫彪的爱人不堪眼前艰辛的生活，和宫彪办理了离婚手续，扔下两个孩子离开了这个家。那年，宫彪才40岁出头。

儿子离婚后，范淑芹老人很少说话，经常坐在炕沿儿上长吁短叹，病情也由此越来越严重。三年前，老人卧病倒炕再也起不来了，失去了自理能力，吃喝拉撒全靠身边的儿子宫彪来照顾。

媳妇走了，上有瘫痪的老妈，下有求学的两个孩子，宫彪默默承受着常人难以承受的负担和痛苦。

但是，生活的种种磨难并没有压倒这个农家汉子，宫彪依然和平常一样日出而作、日落而息。屋里院外他收拾得井井有条，家里卧炕老妈被他照顾得无微不至。

即便这样，宫彪还是高兴不起来。大夫曾告诉他说，老太太这个病怕风怕冷怕寒怕湿。老人住的老房子阴暗潮湿，一到冬天墙上总会挂满白霜，炕怎么烧屋里也暖和不起来。看着老妈痛苦地蜷缩在被子里，宫彪心里有种说不出的难受。

2019 年 5 月，县里在精准识别贫困户的基础上，把目光瞄准了经济最困难、住房最危险的贫困户，全面调查走访、登记造册，将住房困难的贫困户全部纳入危房改造范围，不漏一户，范淑芹老人的房子也如期纳入了危房改造工程。

国家给盖新房子了，这是宫彪做梦也没有想到的事情。盖新房了，老妈再也不遭罪了，四十几岁的男人乐得几宿睡不着觉。

7 月中旬，宫彪将老妈从老房子里抱了出来，暂时搬进旁边的厢房里。在对老房子进行灭迹一周以后，危房改造施工队走进他家，开始打地基砌砖墙，半个月以后，一栋崭新的砖瓦房替代了老旧土房。

"妈，咱们搬进新房子里喽！"10 月 4 日，宫彪将瘫痪在床的老妈小心翼翼地用被包裹起来，就像抱着婴儿一般轻轻地抱入

▎易地搬迁后的村民新居

怀里，大踏步从厢房里走出来，沐着金色的阳光，开心地走进了崭新的房子里。

　　五一小长假，团结乡人大主席姚喜权和全乡的数十名干部放弃假期，一直忙碌在村屯环境整治的第一线。木围栏施工、房屋拆迁、帮助村民搬家……

　　现在的团结乡幸福村，干净、整洁。绿色的围栏、迎风摆动的小树，一幅美丽乡村的画卷徐徐展开，这里已成为全县六清工作的标杆。而这些，离不开姚喜权磨破了嘴、走断了腿，一家家、一户户地做工作努力的结果。

　　已经多日没有回家的姚喜权，匆忙回到家里看望生病的老母亲。母子对视沉默了好一阵，看到黑瘦的儿子，母亲有些哽咽。后来，母亲的一句玩笑话"这前段时间的一场大雨，咋还把儿子弄丢了呢？"让这个连续工作十几个小时都不喊累的男人一下子湿了眼眶。

姚喜权母亲于淑珍心疼地说："儿子已经两三个月没回家了，有一回到家瞅瞅就走了，晒得黢黑，回来我都不认识了。心疼啊，看不着也想啊！我也寻思了孩子是工作忙啊……"

姚喜权妻子苏秀芬说："在这期间开两次会回来过，到家瞅瞅就走了。老妈说吃完中午饭再走，他说不行，没时间啊！现在脱贫攻坚和环境整治特别忙，我也理解他，家里活我自己干，竭尽全力做，夫妻之间相互理解吧！"

像姚喜权这样的事，在通榆县比比皆是，他们在平凡的岗位上默默奉献，把党的阳光带给了基层百姓，照亮了他们的路，也温暖了他们的心。

白城市残联工作人员走访慰问通榆县向海乡金星村患病老党员李柏春

危房改造时间紧任务急，这都是工作组意料中的事。然而，免费返修危房这种利民的大好事，居然会遭到很多村民的抵制，这是让人万万想不到的事，苏公坨乡天利太村第一书记赵永刚就遇上了这样的事儿。

当赵永刚满怀欣喜地告诉陈凤亭老人，他家的房子属于 D 级危房，因为他是建档立卡户，所以可以享受免费政策时，没想到老人回应他的是冷冷的两个字：不拆！赵永刚睁大了双眼，愣了半天，才问出一句为什么？

老人的回答，更让赵永刚意外："好好的房，折腾啥？"

赵永刚耐心地给老人解释："您家这土房年头多了，都开裂了，房梁很多都弯曲了，随时都有坍塌危险，属于危险级别最高的房子。建房款不需要您花一分钱，甚至都不需要您垫资，就等着住新房。"

可无论赵永刚怎么解释，陈凤亭就是坚持不拆。同样的情况，在其他村里也常常出现，理由各不相同，有的简直让人哭笑不得。

鸿兴镇绿化村的村民杨占茂说，家里这房住了五代人，祖宗留下来的，拆了不就没了？还有一位村民的理由是，儿子在劳教，他要在老房子里等他回来，拆了他就找不到家了。也有村民想搭政策快车，要求扩大面积，否则就拒绝拆房。

赵永刚跟陈凤亭反复交流，才发现老人有顾虑，一是不相信有这么好的事，二是怕自己岁数大了，应付不了拆迁过程中的麻烦。

赵永刚笑了："您也别不信，我来村里也不是一天两天了，我骗过你们吗？即使我走了，还有你们村书记在。解决住房问题是国家政策，不光是针对您老，您可以问问村里的年轻人。搬家、建房过程中，您什么都不用伸手，我们来，您动动嘴指挥指挥就行……"

如此反复多次，老人终于同意拆房。工作组抓紧时间签协议，协议落笔，立刻组织给老人搬家。通常村民搬家后，铲车立马进场，十几分钟旧房就被拆除，第二天建筑队就开始施工。

通榆县委宣传部扶贫队员荀光辉，在她的扶贫日记中，记录下了一段后来被媒体传为"八小时建连心桥"的温暖瞬间。

2019 年 5 月 30 日　星期四　晴转多云有阵雨

10 时 10 分

"我们在边昭村发现了一户户籍在五井子村的非建档立卡户，他们住着三间土房，看上去很破旧……"正在进行地毯式危房排查的通榆县委宣传部、边昭镇五井子村包保部门领导姚斌接到了另外一组排查组长范明实的电话。

10 时 27 分

"大姐，你家在五井子村属于无房户，7 年前在边昭村买了房子，按政策你家三口人，可以享受政府无偿建造 40 平方米危改砖瓦房的政策，不用你家掏一分钱！"

"是啊！大姐，你看这要是再下几场大雨，你家这房子可就不保险了，要是同意危改建房，这土房子咱得马上拆……"

坐在危房户赵桂兰家的土炕上，姚斌与边昭镇五井子村的村党组织书记邹运平一同给赵大姐讲危房改造的惠民政策，耐心地做危改灭迹思想工作。

"政策倒是真好！但马上拆房可是件大事儿，我自己也做不了主，等下午 2 点以后你们再来，我们家再商量一下！"

"下午，不论多难也要把工作做下来，把这土房子拆掉，不然赵大姐和家人的安全都无法保障！"无功而返的姚斌和邹运平二人不但没有灰心反而达成共识。

14 时 08 分

"你们说的也真在理儿，也看得出来你们是真心实意为我们家好。拆也行，但要是今天就拆我们一点准备都没有啊！临时住的地方我们能找到，但是你看看这东西没人搬、房子也没人能拆啊……"经过又一番摆事实、讲道理、说政策，赵桂兰大姐一家终于同意危改了。

"这都不是问题，我们找人一起帮你家搬东西、拆房子！"姚斌和邹运平终于松了口气，露出了笑容。

14 时 36 分

通榆县委宣传部的扶贫队员陆续从边昭村不同的危房排查片区赶到赵桂兰家，迅速投入到危房灭迹工作中，邹运平又调来了一辆铲车。

抱行李、拿盆碗、端锅灶、搬家具、拆门窗、掀屋瓦、扒房梁……忙碌的扶贫队员全然忽略掉了不知何时飘起的细雨。

18 时 32 分

随着铲车"铁臂"推出的最后一铲，赵桂兰家破旧不堪的土坯房，此时已完全不见了踪影。

"这一大下午都给你们累坏了，大家伙儿连口水都没顾得上喝，晚饭也不吃，我们咋能过意得去呢……"赵大姐拉着队员的手，不停地感谢着。

"大姐，给你家盖新房，我们全程都参与，天天都会来！"队员们婉言谢绝了赵大姐一家人的诚心挽留，准备上车回家。

"快看，多美的彩虹！"天气放晴，不知什么时候一道七色彩虹横贯长空，映照在村庄的上空，让赵大姐和队员们的心情变得格外美丽。

从 10 时 10 分到 18 时 32 分，短短 8 个多小时的时间，扶贫队员们不仅精准排查出危险住房，还高效完成了灭迹任务，更重要的是用实际行动架起了一座情意相通的干群"连心桥"！

那位舍不得离开住了五代人老房子的杨占茂，也终于搬进了新房。老伴儿高桂芹说，搬进新房后，杨占茂兴奋得三天睡不着觉，当初的恋恋不舍一扫而空。

杨占茂笑了，他说："我家那两间土房是 1958 年建的，整整住了五代人。经历了六十年的风吹雨打，房梁先后断了两根，房盖铺上的几层塑料破败不堪，老式的小格窗也早已变了形，冬天屋内潮湿阴冷，夏天墙体起硝发霉。就这样了，当时还是有点舍不得。这对比一看，差距太大了，现在多亮堂，干干净净的，还装上了自来水。"

高桂芹插嘴："房子建着的时候，他天天溜达过来看，屋前屋后转。施工队员说，他又来当监工啦，放心吧！政府有专业的人来验收，比你懂。其实他哪是监工，就是高兴坏了，回来就跟我说今天建多高了，明天又高了多少，我都怕他兴奋大劲儿了。"

有人问杨占茂："现在还想老房子吗？"

"想那玩意干啥？嘿嘿！"杨占茂不理睬众人的笑声："人家书记说得对，土房子早晚要倒，再想它也不顶用。推倒那前儿还有点舍不得，到工地看几天就慢慢不想了。真不一样，没想到新房这么好啊！"

如今的杨占茂，对党的政策和政府信心十足，什么事都要抢在前面，还主动帮工作组做村民思想工作。随着庭院经济的推广，杨占茂种辣椒摆脱了贫困，他常挂在嘴边的一句话就是，"我这辈子做梦也想不到，能住上这么好的房子，不出门就能赚这么多钱，好日子都是共产党给的。"

与杨占茂有同样感受的还有边昭镇王丙仁，他逢人就夸党的政策好。"真是做梦也想不到的好事啊！我们老两口再也不用住透风漏雨的泥坯房了，真是要感谢党和政府的好政策……"

原来他家泥坯房建于 20 世纪 70 年代，早已破败不堪，一到刮风下雨，老两口就担心房子会倒塌。危房鉴定通过后，相关部门仅用两个月时间就完成了危房拆除和新房建设。从提出申请到入户鉴定、开始施工、检查验收、兑现资金，王丙仁老两口基本没有跑腿，如今刮风不愁、下雨不怕。

王丙仁不禁感叹："除了安全感之外，更多的就是幸福感！"

在危改新房建成后，王丙仁和老伴儿准备了丰盛的菜肴招待女儿、女婿，新房宽敞明亮，墙壁粉刷一新，洁白干净、简单大气。女儿、女婿看在眼里，感动在心里："没想到咱家变得这么好，我们在外边打拼也就放心了。"

初夏的一个晌午，艳阳高照，凉爽了一夜的大地，热气开始升腾，大半人高的苞米地里人头攒动。

苞米进入快速生长期，杂草也跟着争营养，连续一个月没下雨了，土地也变得灰白干裂。再过一个时辰就是烈日当空，什花道乡曙光村的农民们要趁着这点凉爽，抓紧除草浇水。

有人对村妇女主任刘立新喊道："刘主任，又给老孙头忙活啦？"

刘立新抬头擦了一把汗："他腿脚不好，能帮一点是一点呗。"

村民笑笑："啥时候是个头啊？没个家就是不行，老孙头算是废了，这些年要不是你们帮他，老头儿饭都吃不到嘴。你看看都晌午了，他也不起床，来拔根草也好啊，就指着你了。"

刘立新吃力地提着水桶，边走边说："他心里有疙瘩，谁摊上他这事都不容易，等他疙瘩解开了就好了。"

接近中午时分，人们开始收拾工具，陆陆续续收工回家。

一座低矮的土坯房前，干裂的门板半掩着，乌黑的门框上，褪了色的对联仅剩巴掌大的一块，懒懒地蜷缩着。孙红正斜倚在墙边，墙土顺着他污渍斑斑的灰衬衣窸窸窣窣滑落一地。他拿着一块馒头，漫不经心地送到嘴里嚼着，粗刺刺的胡须，随着咀嚼吃力地蠕动。

"老孙头，你这是早饭还是午饭？"路过的村民随口打趣。孙红正不答话，目光游移地盯着远方。

没有人知道孙红正在想什么，忙忙碌碌的人们，也很少关注到他。自从老伴去世，他就成了沉默寡言、远离人群的孤老头。

村里的年轻人，从有记忆起，孙红正就住在那座破旧的土坯房，那房子里唯一的电器就是几只泛着黄光的灯泡。

孙红正家里几乎没人来，准确说，人们总要绕着他家门口走，否则门缝里窜出来的怪味，呛得人想呕吐。

刘立新说："我们几个村干部，忙活了四五天，才看见他家桌子的木头色。"

村民忍不住说："刘主任，你们就这么扶贫？他要是脱贫了，太阳要打西边出来！"

村民们说的一点都不错，就连孙红正自己也是这么想的。夜深人静的时候，孙红正蜷缩在炕头，听着门外的风，摸着老伴儿遗像，仿佛又回到从前。

那时候，他们两口子日子虽然不算富裕，还种了两三垧地，养几十只鸡，几头猪，院子里还种点菜。一茬庄稼收获收入三五千，再卖点鸡蛋鸡仔，农闲时孙红正偶尔出去打点工，赚点贴补钱，无儿无女的他们日子也算过得去。

不幸的是，一场疾病夺走了老伴儿的命。为了给老伴儿看病，孙红正花光了所有的积蓄，还欠下一屁股债。老伴儿走后，孙红正倍感孤独，精神上受到很大打击，对他来说老伴儿就是家。

巨大的债务，压得孙红正喘不过气来，20年时间他都没有还清欠债。屋漏偏逢连夜雨。2015年，孙红正自己又得了严重的脑血栓，几乎丧失了劳动能力。那一刻他想到了死。幸运的是，因为有了新农合，孙红正报销了绝大多数医疗费用，可还是增加了五千元的债务。

自己健康的时候，一年攒下五千元都不容易，如今不能干活了，新债加旧债，孙红正感觉到了五雷轰顶。这日子哪有个头儿啊？他时常抚摸着老伴儿的遗像，独坐到天亮。

从此，孙红正心如死灰，地不能种，鸡也不养，家里也懒得拾掇，灰尘污垢沾满家具，破烂的炕席四季不换，一张铺盖卷黑得发亮。就连吃饭也变得毫无规律，做一顿吃三天，凉的硬的抓过来就吃。

本来就已破旧不堪的房子，他懒得修，风吹日晒，斑斑驳驳像要塌了似的。房顶逐渐塌陷，屋里变成水帘洞。窗户早已经用木栅钉死，只有风的呼啸，才让人意识到它的存在。

刘立新已不记得她和她的同事们来过多少次了，也只有她的到来，孙红正板着的脸，才能恢复一些活力。

刚刚从乡里开会回来的刘立新，给孙红正带来好消息：光伏项目第一笔分红到账了，马上就可以分到村民手中。按分红细则，孙红正可以拿到一千多元。

听到这个消息，孙红正干枯的眼窝，突然闪过一丝光芒，他不敢相信这是真的。光伏项目启动前，村民们谁都不相信：哪有这好事，什么都不用干，坐在家里就分红？

孙红正半天没说话，他低头扒拉手指算了算，情不自禁地露出笑容。刘立新知道，老孙还再算他的债务，她也禁不住笑了。别看老孙活得那么让人操心，可心眼好，一直惦记着欠下的债。刘立新趁热打铁，又送给老孙两条好消息。

一条是村里要成立合作社，村民可自愿加入，以耕地入股。像孙红正这样丧失劳动力的贫困户，再也不用担心耕种问题，合作社的产出不仅可以确保农户粮食保障，还可以分到一笔现金收入。

第二条好消息是，县里的危房改造工作即将开始，孙红正这种住房条件，一定会在扶持范围内。以孙红正的低保状况，他几乎不用花一分钱，就可以住进简单装修的新房。

一连串的好消息，让孙红正有点反应不过来。他两眼放光，迫不及待地问东问西，因脑血栓后遗症而伸不直的双手，不停哆嗦，一副难以置信的表情。

刘立新乐了，她一边帮孙红正整理屋子，一边笑着说："早先跟你说有专人对口帮你，你不信，后来跟你说光伏分红你也不信，我啥时候骗过你？"

孙红正咧开嘴，笑了："对对对，习主席说了绝不放过我们，哈哈。"

刘立新扑哧笑出声："什么不放过我们，是不漏掉一个贫困户。"

笑声第一次穿过孙红正家破旧的庭院，荡漾在初夏的天空。

刘立新又说："看把你乐的，这才哪儿到哪儿，咱村里要修大马路了，还要通自来水，通有线电视，以后我们跟城里人一样！"

刘立新擦擦手，掏出一个小本本，坐在炕头，对孙红正说："叔啊，你不知道党和政府为咱操了多少心，接下来还有好多项目要启动，你那点债很快就能还清。以后看病有医保、有新农合，还有项目分红。对了，你这院子还能种点辣椒什么的，县里安排企业收辣椒，还给补贴。"

“种辣椒我在行啊，早些年前院种老多了，也卖不出去，都烂地里了。”

“这回你放心，种多少都有人收，价格比市场都高。”

“那敢情好啊，啥时候种啊？”

“你就等消息吧。我说叔啊，没事的时候家里拾掇拾掇吧，衣服洗洗，咱得活出精气神呐。”

孙红正孩子似的挠挠头，刘立新知道，老孙的心里终于亮了。

贫困是一种病，心病。多少贫困户因为看不到希望，破罐子破摔，活了今天不想明天，连等靠要的心思都不想。孙红正就是这样。

刘立新清晰地记得，她第一次将慰问金送到老孙手上时他那麻木的眼神。那一刻，刘立新才明白，心死了输多少血都不管用。那一晚她失眠了，心里沉甸甸的。

第二年的五月，孙红正住进了新盖的砖瓦房，40平方米简装一分钱没花。那天他刚刚搬完家，天降大雨，大雨中，他那土坯房轰然倒塌！

回想起往事，孙红正感慨万千，话也变多了：“那时候一进屋像猪窝似的，困了躺下就睡觉，醒了出外头就溜达溜达，吃饱饭就拉倒，能跟这一样吗？这坐着也好躺着也好，这是什么心情？那时候桌子搁纸能粘上，就别说干净埋汰了，干净能粘上吗？炕要说一年不扫是瞎话，那是有限的。”

刘立新直夸孙红正：“老爷子变化可大了，以前他基本猫在家里，一年跟人说不了几句话，整天吊着脸。现在时常出去溜达，还主动帮我给别的家做思想工作。他常挂在嘴边上的一句话，'共产党照顾咱，还有帮扶单位帮扶咱，咱不能赖着不动。'"

老孙插话："可不咋的，这么些人帮咱，给这么好的政策，你再不抓住机会，那不傻嘛！"

有人问："那你都得到啥好政策啦？"

"那可老多了，"老孙抹抹嘴，"你看我这样的建档立卡户，医保不用我交，看病报 90%。要是早先有这政策，我还愁啥？咱农村人，也没啥大开销，各种收入还多了。"

"都有啥收入？你一年能有多少钱？"

"我去年 14000 元，"老孙扒着手指头，"粮食直补、庭院经济补贴、五保金、光伏补贴、合作社养羊、养猪分红，刘主任她们还隔三岔五给钱，送米送油。"

"以前你想没想到过会有今天这日子？"

"妈呀，别提了，"孙红正摇摇头，"那前儿死的心都有，你别笑话我，家里值钱的都卖了还拉那么多饥荒。我这样也打不了工，债就把人压死了。刘主任她们跟我说，你不用愁，我们帮你。我寻思，你咋帮我，那么多饥荒你能帮我还吗？看病、吃饭、盖房子，哪一样不要钱？把我敲成骨头渣子也变不来钱。对，就是破罐子破摔了，你说啥我都不信。"

"现在还有饥荒吗？"

"早还上了！手里还有俩余钱。"

村民插话："老孙正托人给他找老伴儿呢！哈哈！"

孙红正不好意地笑笑："老了嘛，找个老伴儿相互照应，头

白城市国税局有关负责同志走访慰问通榆县开通镇路杨村贫困户

疼脑热的时候，有人给端碗水，活得也充实点。以前没那条件，也不敢想。一个人过了这么多年，现在我也想有个家了。"

　　"安得广厦千万间，大庇天下寒士俱欢颜。"这是数千年来底层老百姓内心的呼唤，因为有了党的政策，住上新房不再是梦想。然而，很少有人知道，在老百姓们开开心心地乔迁新居的背后，扶贫工作队又是付出了怎样的艰辛呢。

着力补齐贫困人口义务教育、基本医疗、住房和饮水安全短板，确保农村贫困人口全部脱贫，同全国人民一道迈入小康社会。

——习近平

第四章

鹤饮仙泉

波光潋滟晴方好，

清水护城将绿绕。

创造美好新生活，

鹤鸣声声传捷报。

景俊海曾反复叮嘱："要扎实做好安全饮水工作，让群众一年四季喝上干净水、安全水。全面排查危房隐患，加快改造进度，保障住房安全。加快农村人居环境整治，着力建设美丽乡村，大力发展乡村旅游。易地扶贫搬迁要加强产业引领和就业保障，保证群众生产生活条件得到改善。因地制宜推进厕所革命，宜旱则旱、宜水则水。激发庭院经济活力，促进农民收入增加，培育脱贫攻坚、乡村振兴新的增长点。"

多年来，由于通榆县农村地广人稀，农民居住分散，加上以往管护不到位等原因，大部分村屯农村饮水不达标，部分村屯

喝上一口干净水

农村饮水中的铁、锰、氟严重超标，不但严重影响农民身体健康，而且直接涉及"两不愁三保障"退出指标任务。

2016—2020 年，通榆县在国家、省、市的大力支持下，在通榆县委、县政府的正确领导下，先后投入各类资金 3.16 亿元，对全县 648 处农村饮水集中式供水工程进行改造提升，直接解决了 4.89 万贫困人口的饮水安全问题，一举实现了 24.48 万农村居民饮水安全供水保障率、水质合格率"双百目标"。

农村饮水安全工程"三分建七分管"，为了稳定持续保障农村饮水安全，通榆县创新务实举措，采取"一提升、两驱动、三必清、四统一"的工作模式，竭力提升管护水平。

"一提升"，就是通过搭建监管平台，实现饮水安全智能化监管的全面提升。

2020 年，通榆县投资 366 万元，新建了吉林省首个农村饮水安全视频智慧监管系统平台，以云计算、物联网、大数据、人工智能等技术为支撑，采用"分布多级、统一管理、集中监管"的总体架构模式，构建互联互通、信息共享及协同应用的水利服务监控和管理平台，实现了农村供水点远程智能化管理，能够实时智能监控冲洗和反冲洗，实时反馈农村供水点破坏、卫生安全、水质安全以及其他问题，达到饮水安全监管质的飞跃。

"两驱动"，就是县级领导高位推动、成员单位统筹联动，坚决把饮水作为解决民生的生命线工程。开展"以房查水"工作和饮水安全有保障专项行动，确保了饮水安全不落一户、不落一人。

"三必清"，就是按照周边污染源必清、人井混居必清、监管房室内外卫生必清的三个标准要求，解决水源地污染问题。

"四统一"，就是统一管理模式、统一管理制度、统一技术规程、统一维修养护，制定出台了相应的管理办法和管护指导意见，将饮水安全工程由原来的村屯分散管理改为由乡镇统一管理，县、乡两级分别成立了农村供水管理中心。

2019年8月22日，在吉林省农村饮水安全视频会议上，通榆县作为全省仅有的五个县之一做了典型经验交流发言；水利部对通榆县进行专项检查后，给予了充分肯定；2020年9月，吉林

白城市同志到瞻榆镇调研扶贫工作

省农村饮水安全现场会在通榆县召开；2020 年，通榆县水利局被省水利厅和省扶贫办推荐为全国农村饮水安全脱贫攻坚先进集体。

在脱贫攻坚的关键节点，县级领导清楚地认识到：必须骑快马、乘快车、出奇兵、动狠招，不能有丝毫懈怠和半点马虎，只能前进，不能后退。

"饮水问题，是'两不愁三保障'的重要内容之一，通榆县饮用水氟、铁、锰超标严重，严重影响了村民的身体健康。我们必须让老百姓喝上安全水、放心水。"县长刘振兴说到做到。

刘振兴多次深入农村调研，每次都要到井房和农户家中去看一看，在水源井详细查看周边是否有污染源，井房内的环境卫生是否达标。

通过调研，他发现多数井房内水源井眼外露，存在卫生安全和管护人员人身安全隐患，有的水井房没有取暖设施，有的管护工作严重缺失，发现的问题他均一一研究解决。

每到农户家中，刘振兴都十分关注水的问题，总是用农户家的水舀子舀一碗水，看一看，闻一闻，尝一尝，问一问，再用随身携带的水质检测器测一测，确定农户的水质如何。一旦发现水质存在问题，立即研究解决。

"开闸！"

随着一声令下，白花花的水流顺着水管冲进脸盆，晶莹剔透的水珠欢快地蹦起，激起清脆悦耳的水声。

鸿兴镇乌努格尺村书记徐喜武捧起一汪水，俯身一饮而尽：

甜！他拿起碗从水缸里舀起一碗，与盆里的水放在一起，对村民王德海说："你瞅瞅，一样吗？都俩色儿！"

王德海的眼中压抑不住兴奋，双手却局促不安地揉搓，终于他忍不住问徐喜武："这水来了，是不是真不管我要钱啊？"

在场的所有人愣了几秒，继而一片哄堂大笑。在大伙儿爽朗的笑声中，王德海感受到了善意，他紧张的心慢慢松了下来，笑意逐渐爬上了他紧绷的脸庞。

借着王德海的"笑资"，满脸泥污的井队队员们尽情欢笑，尽情释放，眼角的泪伴着汗水悄然滑落……

"不要问我为什么我的眼里常含泪水，因为我对这片土地爱得太深沉。"诗人艾青的独白，激发起人们的浓浓乡情。此刻，通榆县水利系统的工作人员们与艾青心灵相通，他们的泪水中所饱含的情愫，早已化作清泉流进千家万户……

过去通榆县有一张"金光闪闪"的名片。

边昭镇水管站站长田自富笑着说："以前坐火车，大伙儿闲扯，只要通榆人一笑，立刻就有人指出'你是通榆的吧'，大黄板牙就是咱通榆人的标签！"

拿黄板牙当名片，勇于自嘲的修辞充满通榆人的乐观，也充满通榆人民的无奈。通榆县个别地域地下水含氟高，水质状况很差。过去人们靠浅水井提供生活饮用水，不光牙齿发黄发灰，骨骼疏松也是常见病。

20世纪90年代，县里曾经给村民们打过一批深水井，让大伙儿喝上了120米以下的四系地下水。不过，那时候资金紧张，管道入户需要村民们自行承担费用，所以普及率大打折扣。随着年头的增多，铁质管道锈蚀老化，管道泄漏，水源又没有净化处理，导致断供、水质不达标，严重影响了百姓的健康和正常生活。

水是生命之源，通榆县将饮水安全列入脱贫攻坚的"生命线工程"，承担这项重任的"突击手"就是通榆县水利局局长刘宝辉。

从会议室走出来，刘宝辉满脑子就八个字——压力山大，使命光荣。几项简单的决议，让水利局上下一片紧张：成立通榆县农村饮水安全领导小组，县委书记和县长任双组长，主管副县长为副组长，水利局、扶贫办、财政局、卫健局、农电局及各乡镇为成员；安全饮水工程所需资金敞口供应；县委书记和县长"吃百家饭"，下乡暗访；每次脱贫攻坚例会，水利局局长必须到场汇报工作。其目标就是：全县所有村民都必须吃上安全饮用水！

熟悉通榆饮水状况的同事们不由得倒吸一口凉气："就咱这个现实状况，想一户不落地吃上安全饮用水，简直是痴人说梦。不说原有设施、管网几乎全部需要更换，单单新增用户就有五万户之多，还有不少村屯由于地质条件限制，多次尝试都无法突破技术瓶颈。"

饮水工程有个特殊性，它的工作量不是越做越少，而是越做越多。所谓"三分建七分管"，这个特性决定了前期施工量越大，后期管理工作量将成倍增加。以水利局的有限人手，人人都是三头六臂的哪吒恐怕都难以承受！

这是一场充满艰辛的政治任务，从一个个最不起眼的小角色，就能让人领略这场润物细无声的安全饮水工程。

▍通榆水库

　　"小角色"张锐，是个30出头的小伙，他爱好跑步、打篮球，长得高大帅气，青春阳光。2017年6月，当时他在瞻榆水利工作站从事水电站管理工作，一天突然接到水利局的调令：增援脱贫攻坚安全饮水工程，借调到水利局从事档案资料系统管理工作。

　　张锐按捺不住内心的狂喜，从镇里到县里，对个人来说就是一次重大的转折，也是领导对自己的信任。当他把消息告知在医院工作的父亲时，父亲也对他表示了支持，同时又意味深长地告诫他，脱贫攻坚工作很艰辛，要有充足的心理准备。

　　张锐根本没听进去，档案资料管理，多简单的一项工作，敲敲电脑而已，小菜一碟！

上班的第一天，张锐就被重重地打了当头一棒：满满一桌子的纸质材料堆在那里，他只有一个星期时间必须完成系统录入。张锐蒙了，这才知道水利局以前没有管理系统，甚至电子化办公率都不高。更让他抓狂的是，水利系统的信息是动态化的，以前的很多电子数据都失效了。

局长拍拍张锐的肩，语重心长地说："咱局里人手紧张，你没有任何帮手，你的工作是所有工作的开端，你的及时性和准确性是后续工作的基础。周一要召开方案研讨会，所以你必须提供现有设施、村民饮水入户状况、管网分布、水井分布及使用现状等所有资料。我知道工作量很大，但我相信你有能力克服困难！"

看着局长充满期待的眼神，张锐咬咬牙满口答应。

从那以后，张锐没时间跑步了，也跟心爱的篮球告别了。他本以为只是与它们暂别，却没想到这一别就是三年。三年后的张锐，由于长期缺少运动，加之超负荷工作导致内分泌失调，体型横向发展，体重从180斤暴增至260斤，完全变了个人。

张锐挑灯夜战，反正是快乐的单身汉，他买了一堆面包饮料，一头扎进纷乱的纸堆中。一天天下来，张锐搓揉双眼，不停地捏捏资料的厚度，又薄了一些，离终点又近了一点。

当他终于顺利完成任务时，张锐看着自己打印的资料，整整齐齐地被放置在会议桌上，局长冲他竖起的大拇指，他感到无比满足。

一个星期未见女朋友姚剑了，张锐高兴地给她拨通了电话，约好共进晚餐，再一起看场电影。

　　可张锐的好心情只维持了两个小时，会议还没结束，局长的新任务就下来了。听到电话那头，姚剑略显失望的语调，张锐的心如同掉进冰窟窿。

　　好在同为扶贫干部的姚剑，非常理解张锐的现状，她下班后，常常带一份便餐到水利局陪同张锐加班。"红袖添香"的福利，往往让张锐在疲惫中迅速充电。别人花前月下，他们却相伴案头，后来二人准备走向婚姻的时候，张锐充满内疚，姚剑却俏皮地说："要不是看你有正事，我能看上你吗？"

　　2018年，供水施工逐渐进入高峰期，张锐忙得晕头转向，各种资料雪片般向他飞来。"张锐我要某村供水管网资料""小张

▌水利局工作人员现场调研

立刻给我某屯所有村民档案""我需要今年所有施工状况详细资料，明天就要""张锐这一批两千新增用户资料需要更新""张锐、张锐、张锐"……张锐的脑袋嗡嗡作响，他竭力向前看，似乎前面是永远不见光的黑暗。

旧任务还未完成，新任务又一个接一个排队等候。每当电话铃响起，张锐都忍不住头皮发炸。他开始后悔当初的选择，这不是工作而是折磨，他想退缩了。

终于有一天，当电话那头又下达新任务后，张锐爆发了，他使出浑身力气，将手机摔得粉碎。然后他冲进局长办公室，将一份磨得皱巴巴的辞职书交给刘宝辉局长。

刘局长看着气呼呼的张锐，沉默了一会儿，缓缓地说："我非常理解你的心情，工作压力确实很大，不过我们要理解脱贫攻坚是一项历史性的伟大事业，需要我们的奉献。我们是真真正正为老百姓做事，正因为难，它才是宝贵的精神财富，值得我们一辈子回忆，我相信你能和我们一起，站在胜利的终点。"

走出局长办公室，张锐决定回趟家，他已经快半年没回家了。辞职这么大的决定都没跟父亲商量，他觉得自己太草率了。

母亲对儿子的归来有点惊喜，忍不住唠叨："你们爷俩都忙着扶贫，谁也不回家。"张锐大吃一惊，原来作为医生的父亲，也一样承受着繁重的扶贫工作任务。

那一晚，父子俩很难得地聊了很长时间，父亲说："千万别拿它当工作，要先接纳它，就像接纳一个朋友，慢慢的心态就变了，事情反而顺了。"

那一夜张锐失眠了，刘局长和父亲的话不停闪现在脑海，他想起自己的同事们，整个水利局的同事们不都是在超负荷工作吗？当夜深人静自己离开办公室时，会议室里的灯光依旧亮着；当自己躺在床上入睡时，施工队的同事们却只能挤在废弃的屋子里，一连数天甚至数月不回家；一身病痛的刘局长，不也是没日没夜地操劳吗？

瞬间，张锐仿佛看到了自己的渺小。

那是张锐一生中重要的蜕变，从那以后张锐如获新生。2019年，脱贫攻坚的"总决战"到来，张锐的工作量再次"爆仓"。这期间，在他身上发生了两件大事。

第一件事张锐结婚了，由于时间紧张，所有的程序从简。那是一场很特别的婚礼，整个婚礼过程中，张锐一遍遍接听工作电话。婚后第三天，张锐提前结束了婚假回到工作岗位上。他淡淡地说了一句，特殊时期所有的情感都要压制。显然是一副平静如水的坦然。

第二件事岳母被查出肺癌，需要到长春手术治疗，姚剑的情绪跌落到冰点。张锐和姚剑都是独生子女，照顾老人的事，全都落在了姚剑一个人头上。一向通情达理的她，在重压之下爆发了，在电话里对张锐大吼一声"离婚"。

提到这件事，张锐满怀歉意，这种"忠孝两难全"的窘境，让他学会了一个本领：如何哄老婆。

说到这儿，张锐的脸上露出了甜蜜的笑容："或许真有因果吧！这三年我付出了，也收获了，如今我有一个幸福美满的家庭！"

相对于张锐的"侠骨柔情"，他的同事李传海在"对付"妻子的"手段"上则充满智慧。

李传海于 2019 年调入水利局，他来得虽晚，但却以拼命的劲头，成了局里的业务"大拿"。

要说 2019 年水利局哪个办公室最晚熄灯，门卫王大爷最有发言权，四楼有个屋子每天都 11 点以后关灯。

王大爷这样说："我睡得正香，就听大门吱嘎一声，我就知道李传海下班回家了，我可以锁门了。要说这孩子确实不容易，不分周六、周日，家里面还有个刚上小学的孩子需要照顾，每次我问他，小李啊，你每天都这样能行吗？家里也需要照顾啊！他都会说忙完这段时间就好了，可这话一说就是两年。"

同事们也都特别关心他，工作重要身体也很重要，他也总是那句话，没事的，忙完这段时间就好了。他每天接着一个又一个的电话，县里让报自来水改造进度的、用水户反映饮水问题的、施工单位需要业主帮忙协调解决的，最多的时候一天之内接打电话超过了 100 多个。大家都说，饮水有啥事找农饮办小李，他最了解情况。

2019 年 12 月，李传海获得了全省事业单位脱贫攻坚专项奖励，他在朋友圈发了这样一条微信："今天特别高兴，人生中第一次获得荣誉，我会加倍珍惜！ 210 个日日夜夜，风雨兼程！感谢组织的信任，感恩一路同行的你们！脱贫攻坚任重而道远，我会继续努力，不辜负给予我支持的领导和同事。"

然而，总这样早出晚归，他的妻子有意见了，十天半个月回家晚点也就罢了，成年累月一直这样谁能受得了？有一次，李传海刚进家门妻子就质问他："干啥每天都这时候回来？你再忙也要照顾下孩子吧！我每天也要出去工作，孩子只有她姥姥一个人管，姥姥又没啥文化，孩子刚上一年级，你又不管，学习落下了，长大能干啥啊？"

李传海连连点头："孩子没有照顾好是我的责任，孩子学习落下还能补，可我的工作也耽误不得。"

不等妻子开口，李传海又接着说："咱大姨家的水你是不是喝过，那水混浆浆还发黄，一口下去满嘴金属的味道，你宁可渴着都不愿意喝。干了这份工作我才知道，这是因为水中的铁锰含量超标造成的，经常饮用会带来啥后果知道不？"

李传海睁大眼睛盯着妻子："食欲不振、呕吐、腹泻、胃肠道紊乱、大便失常。"

妻子忍不住打断他："你快别说了，恶心死了！"

李传海一脸严肃："这还是轻的，重的可引发心脏病，甚至比胆固醇高更加危险！"

妻子一惊："有这么严重吗？咱大姨怎么办？哎呀，还有咱叔、大爷和哥哥姐姐呢！"

李传海安慰妻子说："放心吧，我们已经给大姨她们屯安装了铁锰处理设备，下次去你就放心大胆地喝水吧！"

妻子松了口气，李传海趁热打铁："所以啊，我的工作耽误不得，早一天完成安全饮水工程，大伙儿才能早一天避免伤害。这份工作我必须干好，干不好对不住家家户户还没有喝上安全水的百姓。"

听他这么一说，妻子许久没有说话，最后重重地点了点头："老公我支持你，咱们全县的老百姓都是一家人，你要好好干，

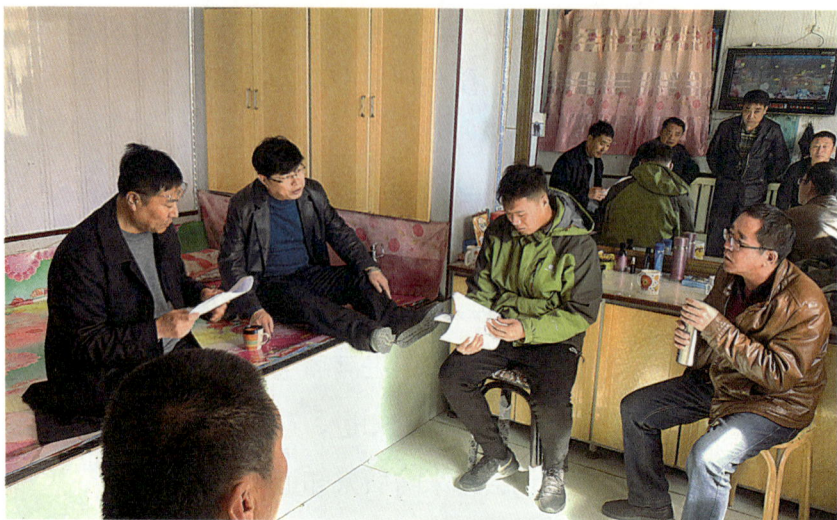
水利局工作人员现场工作会

孩子你就放心吧！我和妈能照顾好。"

李传海一心想给百姓喝上安全饮用水，可到实际工作中，却有人不买账，甚至有人担心自来水有害，宁可相信自家的浅水井，什花道乡光辉村就有这么个"倔老头"。

当乡水管站站长带着施工队第一次来到陈万友家中的时候，他的脑袋摇得像拨浪鼓，嘴里不停地重复着两个字："不安，不安。"

水管站的人见状，决定先去其他村民家里安装，当村里的自来水安装得差不多的时候，陈万友会受到村民们的影响，或许就回心转意了。

全村自来水安装完毕后，施工队再次来到了陈万友的家中。此时正是园子里的蔬菜瓜果刚刚种植完，陈万友又有了新理由：穿管道会伤了瓜苗。工作队的人说："老哥，那你看这样行不行，我们等到园子里面的蔬菜成熟了，再来给你安自来水，到时候也不会影响收成。现在大家都已经安装了自来水，方便省事，只有你家还在用压水井，你不嫌累吗？"

陈万友眼一瞪，说："你懂啥？压水井出来的水更甜更好喝，我就不安自来水，你们走吧！"工作队临走的时候，有人说了一句："看你冬天怎么办？"陈万友一听当时炸了，他情绪激动地高喊："你们都从我家出去，再也别来了！"

一言不慎，就把事情搞僵了！

驻村工作队看陈万友的态度比较坚决，只好向光辉村书记陈英杰请求支援。没想到陈英杰直摇头："这个陈万友平时就是一个很'轴'的人，我也搞不定，不过有个人或许可以试一试，什花道乡乡长郑立伟，郑乡长是光辉村包保干部，与陈万友关系不错。"

那边，工作队走后陈万友却陷入了纠结中，原来他看到村民们都安上了自来水，不交一分钱，水质透亮，大伙儿都说好，他有点后悔了。可泼出去的水收不回来，他又不好意思主动开口了。

几天后，陈万友家的大门被推开了，工作队又来了，同行而来的还有郑乡长和村书记。

郑乡长看见了陈万友，就笑着说："老哥，怎么回事儿啊？跟我说说，你看大家都安了，就差你自己了。"陈万友嘿嘿一笑，挠挠头说出了心里的担忧。

施工队的人听见了二人的对话，就笑了出来，说："您就放心吧！自来水过滤后对人没有一点伤害，再说全国这么多人喝

79

自来水，你还怕什么啊？而且现在安装自来水的费用都是国家拿，我们说的话不信也就算了，邻里乡亲的话你还不信啊？"

陈万友听了，咧嘴一笑，说："好吧，那我就同意安了。"听了他的话，大家都放下心来，商量着明天就开始动工。突然陈万友又大喊一声："不行！"把所有人都吓得一激灵。

陈万友说："明天不行啊，我园子里的庄稼还没熟呢。"大家听了都笑着摇了摇头，工程队的负责人说："老哥，我之前忘了告诉你了，现在的自来水施工非常先进，采用水钻、顶管方式，都不需要进你的园子了。"

"哦。"陈万友这才放心地点点头。

第二天，施工队来到陈万友家中，只用一个上午便完成了自来水管的安装，中午时分工程完毕。陈万友看着清澈的水从水龙头中流出，忍不住自言自语："要是早点安就更好了！"大伙儿哄堂大笑。

村民们的不接受完全在刘局长的意料之内。水对人体的伤害很多时候眼睛看不见，一段时间也很难体现，即便呈现出来，大家也都习以为常，不认为是水的问题。可县委、县政府知道，安全饮水不解决，就不能切断因病致贫的根。所以，李德明一再强调：饮水是"生命线工程"。

为了提高村民们安全饮水意识，刘宝辉利用各种媒体，竭尽全力扩大宣传，报纸、电视、网络，甚至村民的微信群全都利用起来，他还数次亲自登上通榆县电视台，做科普讲座。

即便如此，还是有相当一部分村民停留在固有的思想中。

跟陈万友的"轴"不同，施工队在包拉温都蒙古族乡迷子荒

鹤饮仙泉

村迷子荒屯，就遇上了一个"钉子户"，差点儿让全村的管网铺设都无法施工进行。

当施工到村民张玉芝家时就受阻了。原来张玉芝怕损坏园子，她当众声明，她家不上安全水，也不准许水管从她家园子里过！

张玉芝这一举动，可急坏了在场的乡村干部和她家下边的十几户村民。乡村干部跟张玉芝磨破了嘴皮子，无奈她态度坚决，不容商议。

事情反映到乡政府，乡长包振东立刻想到一个人：张树森不就是迷子荒屯的吗？再一细打听，巧了，张树森竟然还是张玉芝的邻居。包乡长口中的张树森是位年过七旬的老党员、乡政府退休干部、全国模范人民调解员，在乡民中威望极高，被人尊称为"张老"。

那一天，张玉芝家院子里围观很多人，张老展现了他独特的魅力，他先给张玉芝抛砖引玉："妹子，你平时经常和我说，没有习总书记为首的党中央的好政策，就没有我们的家，你这样做是咋回事啊？"

张老轻而易举就打开了张玉芝的话匣子，她忘记了管网施工的争执，滔滔不绝地向围观的人讲述其家庭的不幸。

张玉芝前些年连遭不幸，先是丈夫去世，接着大儿子和女婿又相继病故，紧接着二儿子又瘫痪在床，小儿子又得了严重的糖尿病。

四个儿女家庭都遭遇了严重变故，她自己又患上红细胞增多症。红细胞增多症是个不治之症，张玉芝每天都得吃药打针，药物在当地没有，每个月得去长春市购买，按当地人说法，她这是拿钱续命。可按照她们家的经济状况，连吃饭都成问题，甭提买药了。

说到这儿，张玉芝两眼泪汪汪："在我家步履维艰之时，是习近平领导的党中央挽救了我们的家。"

脱贫攻坚中，政府把张玉芝家作为重点帮扶对象，给予了特别关注。

张玉芝的大儿媳家被立为低保户，孙子享受了教育扶贫政策，如今他们家不光脱了贫，小伙子还结婚成家，在省城长春上班了。女儿家，外孙女上了大学，享受国家优待政策，现在已经毕业，母女都在当地从事教育工作。二儿子家也评上低保户，媳妇和孙女在乡党委政府支持下开了饭店，脱了贫。老儿子家也评上了低保户，在乡里几十名共产党员的捐款资助下，他购买了羊羔，现在已经成为养羊专业户，脱贫致富带头人。

张玉芝本人也被评上了低保户，享受着国家的医保政策，还给她盖了低保房。张玉芝至今都不忘盖房时的场景，为了让建材进场，乡党委书记刘国华和十几名乡干部，忙活两个多小时帮她清理了柴火垛，期间连一口水都没喝。

张玉芝哽咽着说："在我平时遇到困难时，总是有当地领导和共产党员为我解难，他们不但帮助我家干活，还捐款。俺老张大哥（张树森）就先后给我捐款4000多元钱，使我家渡过了一道道难关，让我家过上了幸福生活。"

张老见火候差不多了，他不失时机地插了一句："安全饮水工程就是习近平总书记的号召，轮到你用实际行动响应号召的时候了，你家不但要上，而且要让水管从你家园子过！"

张玉芝顿了一下说："是我一时糊涂，阻挡了上安全水施工……"说到这里时，张玉芝举起手来说："我要响应习总书记号召，支持乡建设新农村工作！我家要上安全水，水管可以从我家园子过！"人群中顿时响起一阵掌声……

那年的10月20日上午8时，是张玉芝家和全屯的村民高兴的日子——全屯家家户户的安全水开始通水了。张玉芝高兴得燃放爆竹表示庆祝，她接了一碗水，大口大口地饮了起来，连声说："这是习总书记给我们送来的安全水，甜在嘴里，暖在心里！"

"喝上自来水的村民才会体会到安全饮水的好处，"刘宝辉说："有些地方的村民，吃自来水的梦做了一年又一年，却年年期盼年年空，比如向海乡红旗村。"

向海乡是蒙古族乡，在上世纪 90 年代饮水工程中，这个地方成了被遗忘的角落。原来这里的地质构造太特殊，在浅水层和深水层之间，一道坚硬的石板层挡住了钻井头，所以红旗村的村民有史以来就没吃过这么清澈的深水井。

面对这块难啃的骨头，刘宝辉带着技术员和施工队，踏遍了红旗村的每一个角落，钻井头若干次试探，却一次次铩羽而归。

村民们看着这个熟悉的画面，不由大失所望："你们到底行不行啊？""下来溜达一圈糊弄糊弄领导吧？""看起来还得用破净水器。"……

村民们的冷嘲热讽，让刘宝辉面红耳赤。给村民们发放民用净水器实属权宜之计，根本无法让发黄发红、散发着浓浓碱臭味的浮水达到安全饮用水的标准。再不解决红旗村的饮水问题，自

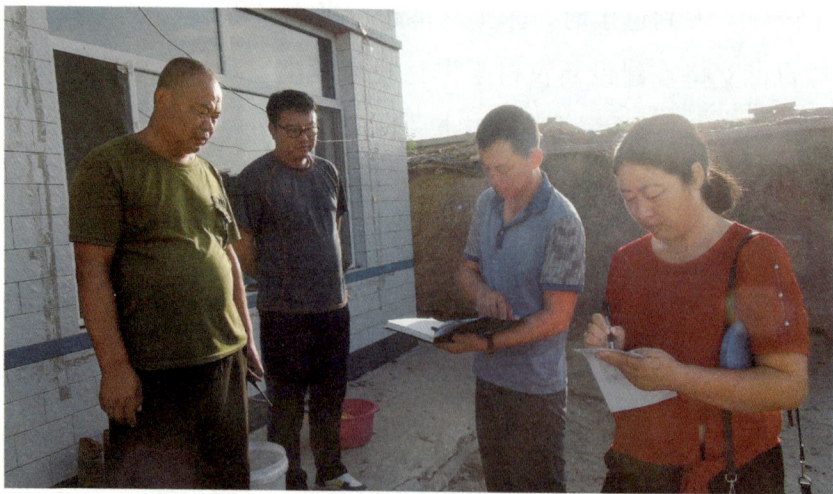

■ 水利局工作人员在进行饮水安全的逐屯、逐户的问题排查

己枉为水利局局长，刘宝辉暗下决心。

既然县里的技术解决不了，就向上级请求支援，刘宝辉拨通了省水利厅技术处王强处长的电话。

几天后，王处长亲自带领五人技术团队和一应勘探设备来到红旗村。经过数天的取样勘测，专家们得出了结论：红旗村的地质结构属于混杂岩加基岩，且基岩分部连片，石板材质属于花岗岩，硬度Ⅱ级。解决的方案只有一个，采用合金钻头慢磨的方式，打透混杂岩后换牙轮钻头钻井，草原打井队的设备完全可以做得到。

听到专家们可以解决的结论后，刘宝辉一颗悬着的心总算落下了："咱们干实际工作的同志，解决不了问题哪怕跑断腿也等于零！"

一个月后，红旗村六个屯的村民们，第一次喝上了清澈透亮的深水井的水，看着珍珠般透亮的水珠哗哗流出，村民们的脸上绽放出抑制不住的笑容："别了净水器，别了黄牙时代！"

啃下红旗村这块硬骨头后，刘宝辉马不停蹄，又奔向另一个战场——双岗镇双岗村前长山屯。相对于红旗村的"硬"，前长山屯则遇上了"软"，这地方土层太过松软，一钻头下去，土层就塌方，根本没法打成井。

2018年，刘宝辉三次带队，都记不清换了多少个地点试探，结果无一例外地都失败了。打深水井看似简单，其实风险很大。因地质结构限制打不成井的情况不少见，有时候即便打成了，使用不久就出现漏沙、塌方。还有的因地下水流不稳、枯水期和旺水季水层变化，引发出水量和水质的剧烈波动。

前长山屯老百姓的反应更干脆："看来咱村就这命，这辈子只能吃浮水了。"刘宝辉却当众作出了个庄严的承诺："前长山屯吃不上安全水，我这个局长就不当了！"

经过专家们的集体讨论，他们提出一个新方案：既然土层松软，能不能选择在冰冻期结束前施工？这个时期土层处于半冻结状态，不容易塌方。

大伙儿眼睛一亮，不过立刻有人提出质疑："井的深度足足一百多米，穿越了几个地质层，每层的冻结状况并不相同，如何保证我们选择的时节，恰好保证塌方层处于半冻结状态？"

唉，细节折磨死人！

有方案总比没方案好，于是大伙儿顺着这个思路，查询土层在不同季节的冻结程度资料。又结合前几次塌方数据，最后得出结论：三月份钻井，并结合碱土回填二次、三次钻井方式，成功的概率最高。

或许连老天都感动了，2019 年 3 月，前长山屯的深水井真的打成了！

对施工队来说，拒绝安装自来水、阻挠施工都不算事，很多时候并非群众不讲理，而是存在顾虑，总有解决的办法，可一旦遇上"混不吝"，事情就很麻烦了。

在向海乡创业村和平屯的施工过程中，井队遭遇了一次险情，一名队员差点被村民用刀砍伤！

2018 年 4 月，正当施工队紧张地开挖干线管道沟时，一个满身酒气的年轻人摇摇晃晃地出现在施工队队员李光面前："你们干啥啊？"他歪着脖子，一脸怒气，"干啥在我家门口挖沟啊？"

李光抬头看了他一眼，客客气气地说："给你们屯子通自来水，管道需要从你们家门口经过。"他心里想，这明明是屯子里的公共道路啊，话到嘴边他忍了忍："个把钟头就完事了，不影响你通行，都是为了屯子里的老百姓……"

他深吸一口气，不再搭话，继续忙活手上的事。醉汉见李光不理他，越发嚣张，不停扒拉李光，满嘴酒气和污语，摇摇晃晃向院子里走去。

李光趁空当对大家说："这小子喝多了，千万别搭理他，不行咱就撤，请村里协调……"话音未落，只见醉汉拎了一把菜刀冲出来了。

众人大吃一惊，原以为对方也就过过嘴瘾，骂两句也就算了。"快跑！"李光大喊一声，"手上东西都扔这儿，别管了！"施工队员瞬间撤到现场三十米开外。

醉汉见施工队走了，自己也追不上，骂骂咧咧地踢地上的管道和工具。

这边，李光将现场情况迅速向队长杨亚明汇报。半小时后，杨队长和村书记赶到现场，同时赶来的还有醉汉的哥哥。

村书记严肃地对醉汉的哥哥说："饮水工程事关全村老百姓，你弟弟不光扰乱正常施工，还携带凶器，如果你制止不了我就报案！"

醉汉的哥哥连连道歉，将弟弟连骂带拽拖回了家。然后他对施工队保证："我就在现场看着，如果他再来闹事，责任我来负。"

李光是施工队的一名普通施工人员，他所在的单位就是水利局草原打井队，一支奋战在饮水工程最前沿的队伍。

草原施工队200多号人，全体加入了这场农村饮水安全改造工程，他们被分成17个施工组，分散在全县各个村屯，三年新打深水井302眼，新增用户10万户，让全县农村自来水入户率达到100%。

与这些成果对应的则是他们艰辛的工作环境，误解、辱骂、阻挠只是"开胃菜"，他们所克服的种种困难，远比想象的要严重得多。

徐刚，钻井机台机长，管网施工组组长，黑黝黝的脸庞让人过目不忘，那都是常年风吹日晒留下的痕迹。

徐刚说："对我们这些大老爷们来说，吃多大苦都不算啥，习惯了，最大的困难是长期不能回家，集体挤在破旧的平房里，吃不好睡不好。"

原来，为了保证工期，所有施工队员只能居住在工地周边，常常一两个月也不能回家。所以，他们要么租住民房，要么住进被废弃的民房。一群"单身汉"挤在一起，做饭、洗衣、睡觉，生活条件很差。

问题是，这些"单身汉"们大多数是有家的，家里也需要他们。那几年，施工队所有人都体会到了"舍小家为大家"的分量，那份沉甸甸的承诺，恐怕只有汉子们眼角的泪光才能照见。

2018年，正是施工的高峰期，徐刚的父亲突患重病，限于通榆的医疗条件，老人家不得已转院到长春住院治疗。面对突如其来的变故，徐刚陷入了两难的境地，老人70岁了，跑那么远治疗，作为长子他不在身边照顾怎么也说不过。可作为施工组组长，工程队的事千头万绪，一刻都离不开自己。

又一个"忠孝不能两全"！徐刚只得硬着头皮跟亲人们商量。"工作比爹还重要吗？""就你有工作，我们都是闲人吗？""你是老大，你看着办吧！"

面对亲人们的不理解，徐刚一边赔着小心，一边给他们讲述同事们的小故事，两三则故事没讲完，家人们打断他："行了，你不用说了，你忙的是千家万户的大事，爹交给我们吧，你安心工作去吧！"

那几天，徐刚心乱如麻，只能拼命干活，让自己努力不去想家里的事。可每当休息的时候，又忍不住拨通家人的电话。面对父亲病情的反复，几天下来徐刚满嘴大泡，有时候打着打着电话，忍不住泪珠滚滚。

就这样，一直到父亲出院，队长杨亚明才得知他家里出了这么大一件事。杨亚明忍不住埋怨徐刚："你怎么不早说？"徐刚笑笑："说了有用吗？队里能离得开吗？你不也一样吗？这几天腿还能撑得住吧？"

杨亚明点点头："咬咬牙就过去了。"他边说边轻轻捶打麻木的大腿，估计今天又是一两万步。

47 岁的杨亚明一直在草原打井队工作，从一名普通的打井工到技术员，再到党总支副书记，又到队长，一步一个脚印，汗水洒遍了科尔沁中旗草原的每一个角落。

繁重的体力劳动让他的身体严重透支，又患上了股骨头坏死。2017 年，他疼痛难忍，去北京做了一次检查。医生告诫他，你这种状况必须减少活动，保持静养，否则就要置换骨头。

可是他的工作哪能允许静养啊？为了不拖全县扶贫攻坚工作的后腿，为了早日让村民喝上纯净安全的自来水，他拼上了自己的健康。本来他可以坐在办公室里指挥生产，可是为了掌握实际施工情况，加快施工进度，他仍然坚持拖着病腿，每天下村跑工地，常常一天下来一万甚至两万多步行程。

杨亚明说："整个水利局都在坚持，其实全县干部都在坚持，脱贫攻坚是通榆历史上最伟大的一项事业，谁愿意落后呢？这可是永载史册的时刻啊！不光我们，连供应商都拿出了积极奉献的精神。"

杨亚明一指上海健水环保科技有限公司的施工人员，只见狭小的管道洞口，挤着两三个人，洞里传来沉闷的喊话声。

原来这是一段需要拆卸冲洗的供水管道，由于洞口太窄，只能从排污口爬进去操作，否则只能等专业设备。为了抢工期，施工员二话不说，爬进了散发出阵阵恶臭的地沟。就在这种令人窒息的环境下，几个小伙子轮流作业了四天！

上海健水通榆分公司总经理张振辉说："脱贫攻坚需要全社会的参与，我们能参与进来就是一种荣誉，能为家乡父老做点实事我们心甘情愿。"

为了配合进度，张总经理也常常扮演了现场指挥员的角色，他给大家讲了一则小故事。

2019年12月的一天，天上飘着大雪，寒风刺骨。下午5点多钟，已经下班了的张振辉接到水利局电话："兴隆山镇莲花泡村六合屯需要紧急安装水处理设备，为了保证明早村民们能喝到水，你们只有一夜的时间。"

张振辉放下电话，立刻给安装队打了个电话，此时他们正在十几公里外的路上往县城赶。张振辉立刻发令："你们兵分两路，一路前往六合屯做现场准备工作，一路回到公司取设备。"

雪后的道路非常滑，张振辉带队给每个人准备了一份快餐，在车上他们一边吃一边沟通施工方案，等他们赶到现场时，已经是晚上十点多钟了。

零下 20 多度的寒冷，将大家的手套都冻硬了，手指都冻麻了。看井房的是一位年过六旬的老人，热心肠的老人家给大家烧了两壶热水："看到你们来我真的是太高兴了，看你们一直忙进忙出，觉得也挺对不起的，你们真的是太辛苦了，这大冷天真的是麻烦你们了……"

"哎呀，有什么麻烦的，我们辛苦一点不算啥，能让这么多百姓不受苦我们高兴。"

老人递过来一杯水，在灯光的照耀下，那朴素面庞下带着愧疚，又带着殷切的希望。那一刻虽然身处寒冷的环境，但大家的心是暖呼呼的，施工中那些非议、质疑、否定，在大爷的目光中瞬间冰释。

那一刻，通榆是一个整体，无论你来自机关还是单位；那一刻，所有人都只有一种信念；那一刻，这片 37 万人口的土地上凝结成四个字——通榆精神！

正如刘宝辉所说，饮水工程就是个细活，涉及的面太广。这不，一场水源地污染源清理攻坚战又拉开了帷幕。

鸿兴镇青山村有一位 69 岁的老书记张成，他亲历了饮用水

■ 水源保护清理后的水井管理房

改造工程的全过程，其中清理水井污染源的艰辛，让他一直难以忘怀。

按照水利局水源地一级保护区管理规定，为确保农村饮用水安全，要求清除水井 30 米以内的厕所、家禽牲畜圈等一切有可能对水源形成威胁的污染源，有条件的地方，保护区要扩大到直径 60 米，工作时限 60 天。

由于早年条件有限，无法对水井保温，加之需要护井员值守，所以水井都就近设置在了护井员家附近，甚至就在家里。可是农村家家户户都有户外厕所和家禽牲口圈，要想水源保护达标，要么污染源搬家，要么水井搬家。

文件一下达，涉及拆除污染源的五六户村民炸开了锅："地上的这点水还能影响到地下一百多米？""凭啥拆我家房子，谁动一下试试！""我们的损失谁负责，赔多少钱呐？"

张书记不顾年老体弱，挨家挨户宣传政策，做思想工作，并向村民们表示：所有拆建费用一律由村里负担，不会让大伙儿吃亏，但也绝不允许漫天要价。饮水涉及全村人的健康问题，国家花大本钱造福村民，咱得有觉悟配合。

东新立屯村民任艳文一开始拒绝配合，人家也是理由充分："你把我家鸡圈、猪圈挪得远远的，我认了。厕所也给我挪那么远，给我家带来多大麻烦？"张书记再说，任艳文干脆把他轰出了门。

张书记见任艳文难以攻破，就从任艳文的儿子任广旭身上打开突破口。任广旭是个有大局观的好青年，他对张书记保证："吃水是全屯人的事，做点牺牲是应该的，我会做父亲的思想工作。"

"人心都是肉长的，"张书记说，"多去几次呗，白天不行晚上摸黑去，村民也不是不讲理，就是一时想不开。"

说到村民的老思想，张书记笑了："西新立屯王金贵家，为拆迁还哭上了。"

原来西新立屯这口井正处于屯子中央，周边居民集中，王金贵只能举家搬迁才能满足水源保护需要。听到这个消息王金贵立刻跳起来："给多少钱我都不搬，我家祖辈就在这里，我死也要死在这里。"

为了做通王金贵的思想工作，村里、镇里、水利局的领导轮番上阵，最后王金贵眼泪八叉地答应搬家。

"后来，王金贵的女儿回娘家，还跑到老房子哭了一场，这家人太留恋旧居了，所以我们得理解人家，人跟人毕竟不一样。"

张书记说："农村工作没啥大事，都是鸡毛蒜皮的事，完全不讲道理的人不多，只要有耐心，相互体谅，还是可以获得大伙儿支持的。比如青山屯李桂枝家，当初坐那里不让拆，后来理解了，拆迁中死了一只羊耙子（种羊），只要了3000元赔偿，正常情况下还不得四五千？"

跟青山屯情况类似，60天内全县共计清理了污染源317处，其中厕所103个，畜禽圈舍195个，柴草垛17座，粪堆2处；又清理"人井混居"206处。

刘宝辉说："这次水井管护房也被列入整治范围。以前的井房非常不安全，房子破、木头窗户、铁皮门，连仓房都不如，既不保温也不利于水源安全。"

这次改造按照白墙、灰裙、蓝瓦统一要求，对所有管护房进行建设与修缮，统一安装了围栏防护、室内保温，门窗更换为防盗门窗。制定了"无尘无土无杂物"的卫生标准，对所有管护房室内实施彻底的清扫和严格的日常监管。现在的通榆农村，最美、最干净、最安全的房屋就是水源井管理房。

张书记说得好："军民鱼水情，干群一家亲，工作思路对了，总会得到百姓的理解和支持。有些村民，为了不给政府添'麻烦'，宁可自己默默忍受也不开口求助。"

有一天，瞻榆镇水利工作站站长刘宝森例行巡查，走到新胜村六家子屯时，发现村民田玉华老人提着水桶，在雪地里艰难前行。他赶紧上前接过水桶，诧异地问老人，为何要到外面接水？

老人这才不好意思地说，家里自来水冻了。刘宝森很吃惊："多长时间了？怎么不给我打电话？"老人说："怪麻烦你们的，天气暖和点就有水，也不是天天都冻，自己能克服。"

田玉华老两口是贫困户，以前住在一座破破烂烂的危房里，前年县里按扶贫政策，给老人盖了新房，把老两口高兴得像个孩子，对扶贫干部们一个劲道谢。随着各项扶贫政策的落实，田玉华夫妇不仅脱了贫，养老也得到了妥善安置。

每次扶贫干部到老人家里探视，老两口总是一个口吻，"我们什么都好，感谢党，感谢你们。"从来不主动提要求，生怕给国家添麻烦。

刘宝森进到老人家里，一番检查后发现，管道冻得很死，热水都化不开，根本不像天气稍暖和就有水的样子。老人这才不好意思地说了实话，他们已经停水两个多月了。

刘宝森忍不住责怪自己失职，光听群众口头反映，没有注意入户检查。他赶紧给水利局负责维修的同事打电话，请求带挖掘设备，重新铺设深埋管道。

"国家花了大代价解决了自来水入户，后期维护工作做不好，所有的努力就等于零！"刘宝森如是说。

刘宝森是这么说的也是这么做的，为了保证信息的及时性，他向所有村民公开电话，并保证 24 小时开机。在瞻榆镇，"刘管水"的雅号比"刘宝森"名气更大，这个称谓来自一位老人的"即兴创作"。

那是 2019 年春节的除夕夜，刘宝森在北京工作的儿子回家了，全家人坐在一起看春晚唠家常，他的脸上堆满了幸福。

9点钟刘宝森的电话响了，儿子喊道："老爸，是我叔吧？电话快给我，我先给我叔拜个年"。刘宝森笑着拿起了电话，电话那头传来的却是丰盛村党支部书记战春山急切的声音："刘站长，楼区停水了，大过年的，没有水老百姓吃不上年夜饭啊！"

刘宝森边接电话边穿衣服，对妻儿说："等会吃饭不用等我了，我得去一趟丰盛村，今年是丰盛村易地扶贫搬迁小区的第一个春节，那里停水了，我得去看看。"还没等妻子和儿子缓过神儿，门"啪"的一声就关上了，儿子跑过去趴着窗户朝外喊"老爸，注意安全……"

刘宝森赶到丰盛村供水房，发现已经有40多名老百姓在那里等着呢。他拿出工具，仔细检查停水原因，经过十多分钟的排查终于找到了故障点，排除故障恢复了供水。

刘宝森还没有起身，周围就响起了掌声，70多岁的费景春老人又"诗兴大发"："刘管水真管水，人来了就有水，我们能吃上年夜饭喽！"

维护工作抢的就是时间，早一分钟就能让老百姓多一份满意度。

2019年12月，开通镇五一村的水管员范海泽正在县城办事，突然接到村民肖亚杰的电话："海泽啊，村里停水啦！"

范海泽立刻放下手里事，急匆匆赶到村里的供水站。按照常规操作，他采取手工启动方式连续试了几次，始终无法出水。他立刻拨通维修人员的电话，一番沟通后维修员判断，应该是天气寒冷导致继电器接触失灵，需要下到井坑维修。

维修员告诉范海泽，他正在别的村维修设备，下午才能赶到五一村。按职责要求，范海泽只需要静等维修员到来即可，可他觉得这么长时间会对村民们的生活造成很大影响，于是他决定在维修师傅的指导下，自己尝试解决问题。

范海泽切断所有电源，跳下 2.5 米深的井坑中。零下 20 多度的低温，范海泽一边哈手，一边拆卸电路，忙活了半个小时，手已经冻麻了。结果很完美，再次通电后顺利出水了。

肖亚杰还奇怪："怎么这么快就修好了？没看见维修师傅来啊。"范海泽一脸得意："小意思，用不着师傅出手。"

肖亚杰一竖大拇指："你管看井，怎么还管维修呀？这天死冷的，冻死啦！真不愧是党员，有觉悟！"

管道封冻、电器毛病、过滤设备故障，这些常规问题都算不上难事，最麻烦的是水井出问题。比如范海泽所在的五一村、兴隆山镇九龙山屯，都曾经出现过井底开裂、漏沙现象，导致自来水中出现细沙、水质混浊等问题。

这些状况往往源于地质构造的特殊性所带来的偶然，虽然很罕见，可一旦发生就只能废弃该井。为了减少村民们受影响的程度，保证饮水安全，水利局制定了紧急处理机制，要求一旦出现这种情况，技术专家必须在 24 小时以内决策，选定新址并在 48 小时以内成井，并重新接通新水源，恢复正常供水。

正是这些细致入微的维护管理措施，让通榆县安全饮水事业做成了"贴心工程"，让通榆百姓真切地感受到党始终与他们站在一起。

在刘宝辉局长的心目中，维护管理要占了整个安全饮水工作的七成，那么他们又是如何抓好"管"的呢？

首先，在县委、县政府的支持下，建立了乡、局联动的动态管理机制，由各乡成立"农村供水管理中心"，乡长兼任中心主任，由水利局成立"农村饮用水安全工程服务管理中心"，局长兼任中心主任。两个中心一个侧重人员管理，一个侧重技术服务，并出台了两个管理办法和实施意见，进行划分职责，协调管理。

其次，由水利局牵头，制定了11项规章制度，统一管理模式、统一管理制度、统一技术规程、统一维修养护四统一的长效运行机制。这些制度的出台，既保证了管理队伍的专业性，又保证了管理方法的科学性。

最后，县委、县政府花巨资，建立管理平台，购置监测设备，实现饮水安全智能化监管能力的升级。

在脱贫资金缺口大的情况下，县里拨款366万元，新建了吉林省首个农村饮水安全视频智慧监管系统平台，以云计算、物联网、大数据、人工智能等技术为支撑，采用"分布多级、统一管理、集中监管"的总体架构模式，构建互联互通、信息共享及协同应用的水利服务监控和管理平台，实现了农村供水点远程智能化管理，能够实时智能监控冲洗和反冲洗，实时反馈农村供水点破坏、卫生安全、水质安全以及其他问题。

县里又投入200多万元，为县疾控中心购置了水质检测设备，确保了县疾控中心对所有水样能够及时检测并及时出具报告。

在刘宝辉和他的同事们共同努力下，安全饮水工程获得了普遍赞誉，2020年水利局被省水利厅和省扶贫办，推荐为全国农村饮水安全脱贫攻坚先进集体。

黑发积霜织日月，换来夜空满天星。年过五旬的刘宝辉，回顾这几年来走过的路，百感交集，他说："我们是一个敢于担当的集体，在巨大工作压力下，很多人从崩溃边缘走过，以高度的责任感和使命感，不负党和人民的嘱托，成就事业也完善了自己。"

像张锐一样，水利局的同事们大多保持了常年后半夜下班的工作强度，也出现过一些在重压下畏缩的情绪。刘宝辉坦言："这种精神压力下别说他们年轻人，连自己都一度怀疑能不能顶得住，给自己不断打气的同时，我不断用使命感来振奋团队士气。"

时过境迁，从这些简单的话语中可窥见其内心的激动，却看不见他负重前行的身影。其实，清瘦不是刘宝辉原本的体型，原本健硕的他，因为工作压力大，生活不规律，患上了严重的糖尿病、高血压和心脏病，一个月身体猛然瘦了30多斤！就是在这种情况下，他却毅然接过了安全饮水工程的重任，

水利局工作人员在农户家里检查水质

全然不顾疾病的威胁。局里的同事们都知道，刘局长的衣兜里，鼓鼓囊囊装的都是药。

同事们劝刘宝辉："您身体不好就不要下乡了，都交给我们吧，您在局里指挥就行了。"刘宝辉笑笑："连书记和县长都'吃百家饭'了，我哪有资格坐办公室？我不下去你们遇到问题谁来协调？"

大伙儿沉默了，所有人都很清楚，这么繁重的任务，如果没有一个高效的决策指挥，是不可能达成目标的，只有局长坐镇才是提高效率的唯一途径。

就这样，刘宝辉几乎天天都要下乡，或明察或暗访到现场，他手上不停地拍照摄像。回到局里，这些影像资料迅速被制成PPT，晚上的工作协调会上，他会将每一个细节"看图说话"呈现在大家眼前。哪里需要改进，哪里需要返工，哪里是管理上的问题，哪里是技术上的问题，谁做得好，谁做得差，一目了然。

刘宝辉说："这叫一竿子插到底，让全局的工作每个细节都逃不过自己的眼睛，高效率就是这么来的。"

他的这种工作方式，既让同事们压力倍增，也让他们的责任感和信心倍升。李传海说："局长的亲力亲为，既是鞭策也是精神鼓舞，我们谁都不好意思不努力，很多实际问题协调起来也非常快，不存在'研究研究'，而是马上决断，立刻执行。那时候确实累，可大家劲头足。"

除了每天下乡，刘宝辉还要组织水利局每周两次的工作总结会、技术方案研讨会，还要参加县里每周两次的脱贫攻坚汇报会。当然，每天的工作汇总也是必不可少的。

　　高强度的压力，让刘宝辉身体亮起了警报灯。2019年初夏，他感觉腰部隐隐作痛，像是肋骨被撞击了一般，一两天后出现大面积红斑。

　　那天，他正在赶往向海的车中，一边跟同事们谈工作，一边被潮水般的疼痛搞得忍不住咬牙。有人眼尖，关切地问您是不是身体不舒服，他摸摸腰："没事，红肿发炎，可能是皮炎吧？"

　　同事有经验："不对，皮炎不可能那么疼啊，您让我看看。哎呀，您这是蛇盘疮（带状疱疹）啊，看看，都红了半个腰圈了！"

　　带状疱疹，是典型的由于长期精神压力和生活不规律引发免疫力下降的病症，它会迅速发展到皮肤溃烂，患者常常被剧烈的疼痛搞得彻夜难眠。在医疗不发达的旧社会，因蛇盘疮腰部双侧溃烂，导致丧命的概率极高。

　　即便在这种状况下，他一天都没有耽误工作。

　　妻子吴立言对刘宝辉既心疼又无奈，她知道自己说也是白说，只能把担忧藏在心里。其实吴立言身体状况也不好，需要丈夫的照顾，她曾因左眼眼底疾病，导致视力接近于零。刘宝辉顾不上家，吴立言只能一个人承担起家庭责任，起早摸黑，忍受着身体的煎熬。

　　2020年7月的一天，视力不佳的吴立言在楼梯间失足，重重地摔了一跤，导致脚踝骨折。对爱人的摔伤，刘宝辉非常歉疚，由于子女不在身边，他只好请假，送妻子去长春接受手术治疗，那是他脱贫攻坚期间，唯一的一次"脱岗"。

　　就在妻子住院期间，他想起自己嗓子总不舒服，于是顺便做了一个检查，居然被查出食道上皮增生癌变！庆幸的是，病情发现得早。世间的事就是那么离奇，妻子的意外，却让刘宝辉在"捡来"的空闲时间，及时发现了自己身上的隐患。

刘宝辉不由倒吸一口凉气："好在安全饮水工程已经顺利画上了句号，否则的话，自己如何能兼顾得了？"就这样，刘宝辉在长春接受了微创手术，又获得了极其"奢侈"的 20 天住院时间。

轰轰烈烈的安全饮水工程终于落下帷幕，通榆百姓对政府口中的"生命线"工程是否真的满意呢？令人惊喜的是，在有限的抽样调查范围内，群众对饮水工程的满意度竟然达到了100%！

在边昭镇边昭村村民沈丽艳的家中，爽直的沈大姐一连说了好几个满意，她说："整个施工过程他们家没动一根手指头，没花一分钱，施工队半天时间齐活。院子里没动一锹土，除了厨房出水口打了个出水管眼，一点动工的痕迹都没有，太先进了。"

沈大姐还说："以前吃浅水井，闻着那水就一股说不清的臭味，水里明显有漂浮的东西，发黄，蓄水桶两天就得清洗一次，烧水的锅底结了厚厚一层嘎巴。现在水清亮了，水桶一个星期不洗都不脏，我有时候不烧就这么喝也没事。"

村民江玉杰说："过去最麻烦的就是停水，总停，一停就好几天。没办法只好用浇园子的浅水井，明知脏也没办法。有一年过年前整个村子都停水了，田站长搁一个村民家屋子里（防冻）临时打了一眼井，全村都去他家接水，老不方便了。"

江玉杰指指自己的牙齿："我们这一辈人大多是大黄牙，老一辈更是，孩子们基本都不黄了，我家孩子就是一口白牙。要问我还有啥不满意的，还真没有，挺好的。一个月一个人三块五，不贵。免费？那不可能，维修还要花钱呢，这点钱我们愿意出。"

村民刘晓云的回答最精彩，爽直健谈的她做了个令人捧腹的比喻，她说："过去那水煮的饭都不香，不好吃，现在又吃到了以前的味道，饭米粒跟小虫子似的，肉乎乎的感觉！"

"我们家农村的，以前家里特别穷，我到十几岁才吃上米饭，那叫一个香，肉乎乎的米粒亮得跟抹了油似的！"

"这次水改造后，我家把过滤器都拆了。以前不行，不过滤没法喝，过滤了也不行，还是有味。"

刘晓云感慨："我们喝上自来水，要感谢他们。"她一指边昭

金杯银杯不如老百姓的口碑

镇水管站站长田自富，"没日没夜地加班，还常常被有些村民骂，有些人就是斤斤计较，院子里传根管都不让，三哥他们受了老鼻子气了，我都看到眼里。"

当问到他自己的具体事迹时，被称为"三哥"的田自富却斩钉截铁："没啥可说的，都是鸡毛蒜皮的事，咱水利局哪个不比我辛苦？"

是啊，在长达三年的农村饮水安全工程建设过程中，水利局全体职工及相关单位数百人，都在这场"生命线"工程中夜以继日、默默承受了巨大的压力，他们以高度的责任感和使命感，无惧工作的艰辛，忍着被误解的委屈，一次又一次突破了个人承受力的极限。

当到达胜利的终点时，他们除了默默地给自己点了一个赞外，都悄悄地躲到了鲜花和掌声的后面。在这里，真诚地向他们道一声祝福，为所有在饮水工程战场上流过汗水的人们，为所有关心、关注和关爱这项事业的人们，为那些积极配合作出个人奉献的村民们，也为我们的党、我们的国家、我们伟大的母亲，更为我们这个民族即将来临的伟大复兴，共挽手，齐协力！

摆脱贫困首要并不是摆脱物质的贫困，而是摆脱意识和思路的贫困。扶贫必扶智，治贫先治愚。贫穷并不可怕，怕的是智力不足，头脑空空，怕的是知识匮乏、精神委顿。脱贫致富不仅要注意"富口袋"，更要注意"富脑袋"。

——习近平

生而有教本是根，

改变命运靠自身。

科技扶贫创新路，

绿水青山转乾坤。

通榆县城往西南 20 公里，是边昭镇哈拉道村。

几十年前，一个姓杨的农户将家迁至哈拉道村西，并在此立屯，起名杨海屯。到今天，发展到 90 多户人家，以种地为主，很多人家副业养羊。像其他村屯一样，在村里留守的多是年龄偏大的老人，只有少数年轻人愿意留在村里务农。

汤金鹤就是这为数不多的留在杨海屯的年轻人之一。

阳历 2019 年末的一天，汤金鹤对到他家参观慰问的吉林大学老师真诚地打开话匣子说："这个月正是农民最享福、最开心、最轻松的一个月，农田里没有活了，现在家家都在杀年猪，互相请客吃杀猪菜，血肠，余白肉，油滋了。等过了大年，到阳历 3 月份以后，屯里的人就开始翻地、打垄、准备春耕了，这一忙，就要忙到阳历的 10 月份"。汤金鹤瘦高的个子，说话慢条斯理的，沉稳而不张扬，在他帅气的"80 后"的脸上，也爬上了岁月的印痕。

"今年我家种了 15 垧地，玉米、谷子和花生，丰收了！"说到这，汤金鹤内心充满喜悦，而且很自豪，"多亏老师给咱家上了滴灌，别人家的地今年可不行，有的基本绝收了，我们这有 45 天，一滴答雨没下啊，后来还来台风了"。就是在这样的气候条件下，汤金鹤家 6 垧玉米卖 7 万块钱，2 垧谷子卖了 3.3 万，7 垧花生卖了 5 万多，这收成，在当地，绝对是首屈一指，能不开心么。然而，这一路走来，不但充满坎坷，一场意外甚至让汤金鹤一度失去活下去的勇气。这要从 20 年前说起。

1998 年初中毕业后，汤金鹤就不再继续读书了，跟着爹妈学种地。父亲评价汤金鹤，最大的优点就是能吃苦，从小就比同龄人能吃苦。上初中时，学校在镇上离家 30 多里地，需要在学校住宿，每周日骑自行车到学校，周五骑车回家，宿舍冬天又冷又潮，晚上睡觉脑袋都不敢露出被窝，第二天早上棉被都能冻得粘到墙上，得往下搋。就是这样，汤金鹤也从来没叫过苦，坚持了三年。也正是这种肯吃苦的精神，才有了后来吉林大学专家对他的认可。

从放羊到学农机，从蹚地到铲地，再到学收秋，汤金鹤一点点地变成了真正的职业农民。几年的摸索和锻炼，地种得也好，简单农机具使用、维修也都很在行，家里的收入也一年比一年高。二十刚出头，按照当地农村的习俗，父母就张罗相亲了，同村同屯的姑娘费秀丽嫁进了汤家，转年小两口大儿子的出生更是喜上加喜，一家三代的小日子过得红红火火。未曾料想，一场灾难正在降临。

2014年，汤金鹤并没有满足种地那点收入，他看到其他村子有人收粮倒手赚钱，自己也用几年的积蓄买了辆货车，开始收粮。新华镇的一个朋友将做粮食收购生意的丛某某介绍给汤金鹤，她出的收购价格略高于其他粮库，汤金鹤以一斤1元钱的价格把村里的玉米收来，再以1元零5分的价格卖给丛某某，中间的差额利润确实很可观，开始几单也都是货到即付款，双方合作愉快，汤金鹤赚了点小钱，从5万斤、到10万斤、再到20万斤，越做越大。

那年的三九天特别冷，手都伸不出去。这天，汤金鹤将从村民手里收来的50多万斤的玉米卸到丛某某的粮库。丛某某说，新华镇村镇银行提不出来这么多钱，需要提前预约，就给打个50多万元欠条，说第二天取到钱再结账。可是等汤金鹤拿着欠条去要钱时，要来的却是等两天、再等两天的借口，后来就干脆说给不上了，最后只有将其告上法庭，起诉后的结果是法院判丛某某有期徒刑19年，追回了少部分欠款，还差近40万元的账。

当时收粮都是粮卖出去才给村民结账，这钱要不回来，就没法给村民结账，40万的债、村民在背后的指指点点、时不时的到家里要账，加上上有老、下有小的生活还要维持，爹妈把猪、羊全部抵账，卖了货车和农机也还是还不清欠下的债，这让汤金鹤几乎崩溃，曾有几次，有过极端甚至轻生的念头。好在爹妈的开导、媳妇的不离不弃，算是给汤金鹤最大的勇气和动力。"那两年，连儿子买根冰棍儿的钱都没有了，连续两三年都是抬钱过日子"，汤金鹤的媳妇每次和亲戚说起前几年的辛酸，总忍不住抹眼泪。天无绝人之路，一个人的出现，彻底改变了汤金鹤的命运。

2018 年，吉林大学植物科学学院崔金虎教授作为科技副镇长来到边昭镇挂职扶贫。崔金虎教授从事农业研究 30 多年，这次到边昭镇是带着"水肥一体高效种植推广示范扶贫项目"来的，准备在边昭镇寻找合适的农户把项目落地，在摸底过程中，边昭镇农技站的杨春雷向崔教授极力推荐汤金鹤。

58 岁的杨春雷是地道的边昭人，多年的农技推广工作，让他对各村的种植户了如指掌，推荐汤金鹤的理由有两条：一是这一家人很能干，能吃苦；二是这小子人品挺好，被骗后欠了很多债，正在一点一点地还，确实需要帮一把。

俩人一拍即合，直接就去了汤金鹤的地里。与心中预想的形象反差很大，第一次见到崔教授，汤金鹤没太敢相信眼前这个抽着烟、个头不高的小老头，竟然是大学的教授，是省内知名的农作物种植专家。看过了地况和周边的路况，听过了介绍，崔教授掐掉手中的烟，只问了汤金鹤一个问题，"能不能按我说的做吧？严格按照我的方法去种地。"汤金鹤一听，乐得都合不拢嘴了，这教授真要帮咱了，连连说"能！能！能能能！"

就这样，从 2019 年的春耕开始，崔教授不但自己来了，还带来了他的团队，崔教授和团队主要成员王洪预老师选定了 6 垧玉米示范田，手把手地教汤金鹤铺设滴灌带。播种时候汤金鹤也

时任吉林大学党委书记杨振斌等校领导到通榆考察调研

犯嘀咕了，株距由原来的 30 公分缩小到现在的 18 公分，这能行吗？过了些日子，苗出来了，屯里 78 岁的王照良看着地里的苗对汤金鹤说："我种地 40 多年了，你这苞米种这么密，够呛能结出棒来啊？"王照良是种地的老手了，从生产队时候一直种到现在，他这一说，汤金鹤心里更没底了。

"老师，这么密能不能行啊？"

"你干就得了，教你的是经过科研得出的高产技术，一定保你增产，不增产损失算我的！你家的地就是突破口，一定示范好，一定要让农民认可，带动大家富起来！"崔老师信心满满。最后还加了一句："你就等着乐吧！"

从此，不管是刮风下雨，崔金虎和团队成员 10 天左右就下一趟地，从长春到杨海屯 300 多公里，他自己也记不得跑了多少趟。就为了当初的这句誓言，也是在不忘初心地践行着助力脱贫攻坚的使命。

崔金虎出生在吉林省长白山西麓松江河畔。茂密的森林、清悠的河水养育了他朴实坚韧的性格。上世纪六七十年代粮食实行计划供应，儿时缺吃少粮的日子让他记忆犹新。国以民为本，民以食为天。当选择农学专业后，他愈发清楚农业对社会、工业和人民生活的重要性，保住粮食的供给和安全就是守住了国家的生命线。作为吉林大学特派的科技副镇长，扛起边昭镇扶贫大旗后，他更像是被注入了强心剂，只要一走进田间垄沟，他就忘了时间，忘了自己。

"早晨 3 点半，起床、洗漱。4 点整，迎着日出、踏着露水，到田间调查病虫害发生情况。上午 8 点至 10 点半在小冰麦和燕麦示范田就生育后期田间管理进行技术指导。10 点半至 12 点半在铁西村就花生中耕追肥进行技术指导。下午 1 点半至 2 点半在铁西村的盐碱地谷子田进行技术指导。下午 2 点半至 5 点半在哈拉道堡村对花生、谷子生产田及示范田进行技术指导。下午 5 点半至 6 点 45 分在开通镇榆林村对谷子生产田及高粱示范田进行技术指导。18 点 50 分在太阳落山前，带着一身的疲惫终于完成了全天的工作计划。今天工作近 15 个小时，行车近 150 公里，走了 3 个村，看了 12 块地。"

这是 2020 年 6 月 29 日崔金虎的一篇日记，记录了他一天的足迹和思绪。年逾五旬，患有坐骨神经痛的顽疾，常常是拖着一条病腿走在田地里，一天要走几万步，而这样奔波在乡村的日子对他来说却是稀松平常。

■ 崔金虎教授和汤金鹤夫妇在田间

　　崔金虎倡导把课堂搬进田间，被熟知他的人尊称为"崔全才"。多年的风吹日晒，让50多岁的崔金虎站在田里，比农民更像农民，对于扶贫，他说："扶贫路上必不可少的是情怀、奉献和责任。对农业要有情怀，对扶贫要讲责任，否则就是糊弄了事……"

　　崔金虎和他团队的努力和付出，深深地感动着汤金鹤一家，有了信心后，小两口严格按照崔教授的方案耕作，天蒙蒙亮就进地，为了抢时间，有时候一天就是中午一顿饭，到了晚上，两人一人一个头灯，啥时候头灯没有电了啥时候回家。无论是烈日当空，还是蚊虫叮咬，小两口坚信付出多少汗水，就有多少收获，更不想辜负了崔老师的一片苦心。

　　日历一页一页地翻过，与周围村民的地相比，汤金鹤家玉米地成长的优势越来越明显，微信朋友圈里，一张张照片和一句句朴实的话语记录了他对收获的期待和对崔教授团队的感恩。周围怀疑的声音渐渐变成了赞叹与羡慕。

转眼到了秋收，不出意料，增产，丰收！

"6公顷玉米新技术示范田折合14%标准水的公顷产量为12255公斤，每公顷比相邻最好的玉米田块增加产量5480公斤，增产80.9%。"汤金鹤站在田边听着中科院专家们公布的测产结果，果然如崔教授承诺的那般，他的脸笑开了花。

那天测产结束后，崔老师送专家们回城，汤金鹤望着崔老师后背微驼的背影，心里五味杂陈，眼泪也流出了眼眶。这个比自己的父亲只大四岁的"小老头"，也是孩子的父亲，也是妻子的丈夫，将一年中200多天的时间，奉献给了边昭，奉献给了通榆。

这就是崔老师经常跟他们讲的，做农业的情怀和做扶贫的责任。一想到这，汤金鹤和媳妇小费再也控制不住自己的眼泪。

汤金鹤的老爸问他："崔老师这么帮你，拿什么回报他啊？"这个问题，他也总琢磨，也真是不知道拿什么去回报，比起崔老师拯救了他、帮扶了他们全家，好像什么都是渺小的。

汤金鹤抱起他的小儿子，眼里充满着希望。"我就想跟着崔老师，好好学，向专业型的职业农民发展，来年，成立专业种植合作社，带动周边更多的村民，把我这示范田推广到全村、全镇……"跟着有情怀的崔教授一起学现代农业耕种，汤金鹤自己也仿佛打开了胸襟，不自觉地有了责任和担当。

在广袤田野中，崔金虎如鱼得水，尽展才能。他与农村、农业和农民缘定一生，把岁月和心血奉献给他所执着的农业科研事业和他热爱的教育事业。

崔金虎率领小分队推广优质玉米、谷子、高粱、花生新品种新技术的示范展示田。他将承担的 2 项国家"十三五"重点研发计划："玉米密植高产宜机收品种筛选及配套栽培技术""吉林半干旱半湿润区雨养玉米、灌溉粳稻集约规模化丰产增效技术集成与示范"项目的全部技术，在边昭镇的农田里实施。

仅一年，玉米高产增效栽培技术推广 6500 公顷，涉及 3000 户，其中贫困户 1700 户，平均公顷产量达到 9000 公斤，单产提高 1 倍，公顷最高产量达到 12255 公斤；谷子轻简化高产增效栽培技术推广 2000 公顷，涉及 1200 户，其中贫困户 800 户，平均公顷产量达 5018 公斤，比一般生产田增产 43.1%，公顷最高产量达到 5536 公斤；花生高产增效栽培技术推广 800 公顷，涉及 1500 户，其中贫困户 635 户，平均公顷产量达 3009 公斤，比一般生产田增产 22.6%。

2021 年 2 月 25 日，在全国脱贫攻坚总结表彰大会上，崔金虎教授在人民大会堂戴上象征无上荣誉的红花，现场聆听习近平总书记的重要讲话，接受了全国人民颁发的奖项，这不但是崔金虎教授的荣誉，更是对吉林大学扶贫团队八年与通榆守望相助、心手相牵的最好回报。

像崔金虎这样，肩负科技扶贫重任，扎根通榆大地的吉林大学专家还有很多，他们不忘初心，用决战决胜脱贫攻坚的决心和实际行动诠释着吉大人最为朴素的家国情怀。

在吉林大学对口扶贫的八年中，学校党委在深入分析通榆县

时任吉林大学校长李元元等校领导到通榆考察调研

贫困症结基础上，积极探索创新扶贫模式，扎实推进扶贫工作各项任务，充分发挥学校的科技、教育、医疗等资源优势，助力通榆县脱贫攻坚取得良好成效。几任校领导主动作为、一以贯之、持续发力，杨振斌、李元元、姜治莹、张希、蔡莉、王玉柱等校领导先后10余次带队到通榆进行调研。学校成立了专门负责学校的定点扶贫工作的组织与协调的扶贫工作办公室，机构挂靠单位——校工会陆志东主席亲力亲为，学校扶贫办主任张刚、副主任汤文庭全年无休，以忘我的精神状态全心投入。学校先后派出王铁臣、戚英喜两名挂职副县长，派出杨进、孙斯文、宋高峰、王野等4名驻村第一书记。学校动物学专家张嘉保、张明军，植物学专家都兴林、崔金虎，食品专家张铁华，化学专家高岩，通信工程专家于银辉，地质专家赵玉岩等百余名专业科技人员奋斗在通榆脱贫攻坚第一线。重点推进的 10 余个扶贫科研项目，已经在通榆沃土上落地开花。学校引进 7 家企业到通榆投资建厂，对通榆当地 5 家企业提供技术支持，成功完成转型。其中新洋丰现代农业发展有限公司、天意农产品经贸有限公司双双获得吉林省扶贫五星龙头企业称号。天意辣白菜以 2020 年度超 2 亿元的出口额，创造了通榆县农副产品走出国门的新纪录。

学校有 1 人获全国脱贫攻坚先进个人荣誉称号，1 人获全国脱贫攻坚创新奖，扶贫工作办公室获吉林省脱贫攻坚组织贡献奖，2 人获吉林省脱贫攻坚创新奖，2 人获吉林省脱贫攻坚特殊贡献奖，1 个扶贫项目获评教育部直属高校精准扶贫典型项目。

八载扶贫，功崇惟志；助力振兴，业广惟勤。全体吉大人用一片真心凝聚四方力量、满腔热忱置身脱贫攻坚，他们用真情与汗水造福和温暖着通榆百姓，而未来，吉林大学乡村振兴的故事又将开启新篇。

天意辣白菜

■ 吉林大学党委书记姜治莹等校领导到通榆考察调研

■ 吉林大学校长张希等校领导在新洋丰调研考察

从吉大到通榆、从 2013 年到今天，

700 里路、2000 多个日夜，

全体吉大人扛起脱贫攻坚的大旗，

全心投入、全线出击、全力帮扶，

是责任、是情怀、是担当。

十余个项目在通榆大地落地开花，

百余名专家教授深入田间地头、牛舍羊棚、工厂车间，

万余名教工爱心捐款、消费扶贫……

有多少汗水，就有多少欢笑。

有多少付出，就有多少收获。

当吉大人把一串串数据交到通榆百姓手中，

乡亲们眼含热泪，却满面笑容，

是未曾想象的惊喜，

是发自肺腑的感恩……

脱贫、致富，

温饱、小康，

通榆百姓正走向幸福新生活的奋斗路，

而吉大帮扶的故事仍会继续……

"再穷不能穷教育，再苦不能苦孩子"。这铮铮的誓言，始终温暖着贫苦地区老乡的心，也一直振奋和鞭策着在那里工作的每一个教育工作者。

几年前，对于深度贫困县的通榆来说，这誓言似乎只是口号，背后是山重水复疑无路的哀叹、是心有余而力不足的无奈。

然而，在脱贫攻坚战关键时刻，面对比例较高的惊人的贫困学生数和一票否决的教育脱贫攻坚任务，通榆县教育党工委书记、局长颜景茂、副局长刘建武却带领全县4712名教育战线人，以不留一角、不漏一人的决心，让全县49所学校和幼儿园就读的2516名建档立卡贫困学生全部有书可读。贫困孩子用知识斩断穷根、用求学改变命运，从此不再是梦想。

"分段筛选、逐户排查、以龄核学"，是通榆县教育局围绕义务教育保障退出指标，在精准识别贫困学生阶段制定的具体做法。自2016年开始，县教育局在每学期开学初，对比全县贫困人口数据库，对比全县16个乡镇172个村的适龄儿童逐段逐村逐户逐人进行"四步走"式排查。

第一步，按照每个村建档立卡人口数据筛选出6—18周岁年龄段人员，逐一追踪排查其受教育情况。先筛选出义务教育学生，再依次筛选出因病因残未入学、高中、中专、高职、大学及初中已毕业离校学生，最后看有无辍学学生。

第二步，对义务教育学生看学籍和就学证明，因病因残未入学学生看残疾证或诊断书，高中、中专、高职或大学的查看就学证明，已毕业离校的和村里、学校进行核实。

第三步，教育局与包保学校与所在村一起核验，做到教育局、学校、村里数据相同。

第四步，将各村建档立卡家庭义务教育学生情况核验单、义务教育学生名单、因病因残未入学名单、学生就学证明等一生一档等查卷材料全部归档、装订完成，交到所在村备查。

正是基于这细致的工作，在通榆县脱贫攻坚总结大会上，县教育局拿出的成绩是：全县 1705 名义务教育阶段建档立卡贫困家庭适龄儿童全部在校就读，无失学辍学学生。

"发放资助和减免金额达 2701 万元，县级投入 243 万余元。其中学前资助发放 60 余万元；义务教育生活补助发放 250 万元；义务教育建档立卡贫困免除校车乘车费 38 万元；特殊教育新增生活补助费 15.7 万元；普通高中助学金及免学费资金 271 万元，免住宿费 6.6 万元；职业高中助学金及免学费资金 119 万元，住宿费免除 1.5 万元；义务教育阶段学生营养改善计划资金 1488 万元，大学生生源地信用助学贷款 448.5 万元。"这是 2019 年县教育局教育扶贫总结报告中的一组数据。

2016 年到 2020 年的五年中，通榆县政府共投入资金 1.1 亿元，保障贫困学生从幼儿入学到走出校园，都不会因贫困而辍学，确保贫困学生更好地完成学业。

"牵手寒门学子、助力脱贫攻坚"，2017 年 11 月县教育局在全县范围内开展帮扶活动，局领导、科室、局直单位负责人包保学校名单和各学校包保乡镇、村名单，学校确定校领导和教师包保村及学生名单，形成全覆盖、多角度关爱家庭贫困学生的格局。边昭村的彭豪伟就是这次活动的受益者。

2004 年出生的彭豪伟是边昭学校初中三年级的学生，彭豪伟 6 岁时父母离异，他和母亲相依为命。由于家里缺少劳动力，母亲只好变卖了家里仅有的一点土地，靠打零工赚钱供孩子上学。这几年，村里把他家列为低保户，也在千方百计地帮助这可怜的母子俩。让人欣慰的是，彭豪伟的学习成绩一直不错，到了初三，还能在全年级 110 多人中考进前 30 名。2020 年春季，再次袭来的新冠疫情，差一点就摧毁了这个品学兼优的孩子。由于疫情原因，全县所有学生都只能在家通过线上教学上网课，而彭豪伟没有智能手机，家里更是没有互联网，他无法上网课，只能在家自学啃书本。得知此事后，作为"牵手寒门学子、助力脱贫攻坚"校级包保领导的边昭学校陈少建校长，立即联系班主任和包保老师进行了家访，并自掏腰包为彭豪伟送去一部华为手机，还交了网费，让孩子得以顺利完成线上学习。在校长和班主任、任课教师的爱心帮扶下，2020年中考，彭同学以优异成绩考取通榆一中，圆了这个孩子和家庭的梦想。

2019年6月，通榆县教育局开展"建档立卡贫困家庭学生包保帮扶活动"，教育局领导班子包保乡镇学校，学校教师一对一包保建档立卡贫困学生，做到所有建档立卡学生全覆盖。2020年4月，教育局又组织各学校进一步完善建档立卡贫困学生"一对一"包保帮扶工作，建立"局领导包保学校，学校领导包保班级，教师包保贫困学生"三级包保帮扶责任制，确保建档立卡贫困学生不会因贫失学辍学。教育局的这样一项举措，将团结乡团结村建档立卡贫困家庭学生张思淼从辍学边缘拯救回来。

2005年出生的张思淼，小学五年级的时候，父亲因一场意外病故身亡，这让本就贫困的家庭雪上加霜。2017年，张思淼升入团结学校初中部，她是老师和同学们公认的优秀学生。但由于家庭贫困等原因，张思淼一度产生辍学、外出打工赚钱以贴补家用等想法。

了解到这一情况后，学校在为她办理"两免一补"、免收校车费等一系列资助基础上，还为张思淼同学确定了"一对一帮扶

▎通榆县开通镇羊井村捐赠现场

教师",副班主任孙丹丹作为一对一帮扶教师。从此,便像对自己的孩子一样与她相处,一次次的谈心,一次次的思想工作,让张思淼明白了知识改变命运的道理,彻底打消了她辍学打工的念头。

　　班主任李刚老师也多次为张思淼购买学习必需品,以减轻其家庭负担。各课任老师也经常牺牲自己的休息时间,为张思淼同学进行课后辅导,使张思淼同学深深感受到了学校大家庭的温暖。2020年张思淼终于不负众望,以年级第十名的优异成绩考入通榆一中,迈出了走出农村的第一步。

　　在通榆一中,见到张思淼时,她眼含热泪激动地说:"有两句话,我可能永远都不会忘,一句是妈妈说的,她说,你不用担心，砸锅卖铁也供你上学；一句是孙丹丹老师说的，她说，只有靠好好学习才能改变你自己的命运，才能走出去，看看外面的世界……"

在通榆，这样的典型案例有很多，但每一个充满心酸开头的故事，都有一个让人欣慰的结局。

新发乡德胜村三社贫困户贾文的女儿贾妍妍，是新发学校三年级学生，父母都是老实巴交的农民，所有的家庭支出都靠耕种土地仅有的收入来维持。生活虽然清苦但还算过得去，但谁能想到 2010 年，一场突如其来的灾难降临，妍妍的哥哥被确诊为心脏衰竭。

这些年来，不断地为孩子看病花了很多的钱，也仅仅是维持病情而已，家里已是债台高筑。家庭的极端贫困曾一度使这家人失去信心，刚刚入学的妍妍面临失学的困境……

为了帮助贾妍妍顺利上学，学校多方争取社会爱心人士来校捐资助学，为其资助生活和学习用品。学校校长和班主任经常家访，在校则抽时间对其进行学业辅导、谈心交流等鼓励她好好学习……所有这一切，使妍妍和她所在的家庭看到了希望，重新燃起了学习的自信。

张鑫是向海蒙古族乡四井子学校八年级建档立卡贫困学生，户籍在乌兰花镇迷仁村。小时候父亲病故，残疾的母亲带着她和姐姐改嫁。生了弟弟后，继父又意外身亡，现在随母再次改嫁到向海乡西艾力村。家庭的累遭变故，父爱的缺失及贫困的生活现实，让这个只有 13 岁的少年一度萌生了退学打工的想法，经常出现假期逾期不归校的情况。

这一苗头的出现，引起了班主任郭红岩老师的高度重视，经过电话沟通、面对面谈心、一对一辅导、享受资助政策，赠送生活及学习用品等，才稳住了孩子的心。新冠肺炎疫情的原因，2020年寒假，学校用网络教学取代实体教学。但是，为她带来的不是学习的兴趣而是玩手机、看视频成瘾，这再一次加重了厌学情绪，说啥也不上学了。父母苦劝无果，甚至一度达到剑拔弩张的地步。

郭老师得知这一情况后，及时与她本人及母亲进行多次电话沟通进行心理疏导，有时一谈就是个把小时。经过郭老师和家长双方共同努力，孩子最终被感动，已返校上学。

周瑞是个智力比同龄人低一些的17岁大男孩，是苏公坨学校九年级学生。家里是通榆县苏公坨乡农牧村建档立卡贫困户，之前一直都是靠免费校车接送上下学，享受"两免一补"等资助政策维持学业。

2017年起，由于生活所迫，父母要常年外出打工，只能把他送到年迈的姥姥那里一起生活。姥姥家住在长岭县三十七号，虽然是邻县，但距学校也有40公里远，校车不通达，交通也不方便，再加上平时没人照料，就时常产生辍学的想法。

学校在了解相关情况后，经乡领导、村书记及学校研究，决定克服一切困难也要保证周瑞同学继续完成学业。客车不通、交通不便，学校就组织校长和老师轮流接送周瑞同学。当通客车时，村里和学校决定承担所有交通费用，并及时和周瑞谈心，做好心理疏导。同时学校减免周瑞同学的其他一切费用，保障了小周瑞跟其他正常孩子一样，安心完成义务教育阶段的学业。

双岗镇的国春雨，母亲因肺结核去世。父亲为了维持生计不得已外出打工，留下了国春雨与年迈的奶奶在家中相依为命。母亲的病在她心中留下了阴影，她害怕自己也携带病毒传染别人，也更害怕自己被其他人当成异类，小学五年级时便辍学在家。学校和老师劝她返校，国春雨才吐露了心声。

知晓这个原因后，马秉扬校长和万国良主任亲自带领国春雨同学到白城市医院进行了全面的身体和肺结核专项检查。在等待检验报告过程中，国春雨安静地坐在医院走廊的长椅上，她说她的心里很忐忑，想马上知道结果却又害怕检测出来太快。那短短的一小时，对小小的国春雨来说，如同半个世纪一样漫长。然而，令人欣慰的是，检查报告出来了，报告上显示未见异常。

国春雨用颤抖的双手接过了报告，看着上面清晰的几个大字，她长长地舒了一口气，压抑的心情也像窗外阴云一样慢慢散去。如今，国春雨早已返回校园。老师的谆谆教诲，同学间的深厚情谊，使她走出了那段满是阴霾的过往，伴着校园里清脆的铃声，迎来了她重新燃起的青春未来。

八面乡的马俊，因病残在家不能入校学习。八面学校排查发现后，组织教师开展"送教上门"服务。送教老师结合他的实际情况制定"一人一策"，并克服一切困难，定期到这位学生家中，为他提供物质上的援助、学习上的帮扶和精神上的鼓励，帮助贫困生解决了学习与生活上的一系列难题。同时，还注重对他进行心理疏导，不仅让小马俊真切地感受到社会与学校对他们的关注与关怀，还引导他更加乐观、自信地面对生活，使他不因残疾和家庭困难而失去求学机会。

126

▌瞻榆镇明德小学校为贫困生捐赠衣物及学习用品

原籍松原市长岭县北正镇的高思凤，自幼丧父，母亲失踪，一直和居住在边昭镇的奶奶相依为命。由于没有户口，加上家境困难，上学成了最大的难题。边昭学校排查发现后，在边昭镇干部刘红艳、边昭镇派出所所长吴雷的沟通协调下，松原市长岭县北正镇为可怜的小思凤办理了久违的户口本，并在当地申请了低保并办理了孤儿证，小思凤终于可以安心学习了。

瞻榆镇新立村的李好同学，家庭因灾因病致贫。几年前的一场大火，烧光了房屋和家当。随后，父亲又得了脑血栓，失去了劳动能力。2020 年，父亲又做了胆囊切除手术，更让本已贫困的家庭雪上加霜。家庭的重担都落在了母亲肩上，加之孩子入学后一直离家在外寄宿，学习、生活费用也是一笔不小的开支，压得母亲喘不过气来，导致李好几度面临辍学。

庆幸的是有国家教育扶贫政策，有瞻榆镇明德小学校充满爱心的领导、老师和社会爱心人士的资助，才让孩子得以恢复正常学习。几年来，在教育扶贫政策的帮扶下，李好一直享受免学杂费、免校车费，学校"一对一"包保教师和社会爱心志愿者也适时给予了她生活和学习上的资助，为她添置衣服和学习用品，温暖着她幼小的心灵。

2019年秋季，学校成为寄宿制学校后，李好转入学校寄宿，除了每学期享受500元的生活补助、每天享受免费营养午餐外，学校还为她提供免费的被褥、洗漱用品，大大缓解了其家庭经济压力。2020年7月，李好同学完成了小学学业，顺利升入通榆县育才学校就读。

谭梦雪，通榆县明德小学四年级学生，家住在向海乡四井子村东哈拉茅头屯。因其父亲患有疾病，母亲出走，留下谭梦雪由60多岁的奶奶抚养。平日生活支出、自己的医药费、供孙女上学都落在了奶奶的身上。因此，为了生活，60多岁的老人还要出去干零活。孩子尚未成年，供养孩子上学成了老人最大的负担和心病。

2017年，谭梦雪到明德小学入学至今，就享受了国家给农村寄宿生"两免一补"的帮扶政策。黄树波校长还积极联系社会帮扶组织和个人，其中有企业老板和社会爱心人士提供谭梦雪同学资金的帮扶，学习用品、衣物的帮扶，还组织学校教师结对子帮扶。关注生活细节，冬冷添衣，夏热买鞋，缺什么少什么帮扶老师要做到心中有数，及时上报并给予帮扶。在帮扶中，不仅解决经济上的困难，还在学习上、心理上给予关注和帮扶。

"人穷不能志短"，帮扶教师时刻的关注和帮助让被帮扶的学生内心充满阳光，有信心，有理想，懂得感恩。几年来，谭梦雪在大家的帮扶下，成为了品学兼优的学生。扶贫帮扶让祖孙俩生活得到了改善，让原本死气沉沉、举步维艰的家庭看到了希望，也看到了光明。2020年，谭梦雪的祖母为了表示感谢，专门来到学校给校长及班主任送了一面锦旗。谭梦雪一个缺少家庭温暖的孩子却享受到了来自国家、学校、社会大家庭的爱，这份爱照亮了孩子的美好未来。

通榆县鸿兴镇小学校四年级一班有一名叫王雪慧的小姑娘，她家住在鸿兴镇文牛村小东屯，家中有五口人，三世同堂。爷爷奶奶年迈多病，父亲是一名聋哑人，母亲有智力缺陷，家中维系基本生活都很艰难。孩子到了上学的年龄，一家人愁眉不展，家距离学校三十多里路，家中没有相应的交通工具，无法每天接送孩子上下学，孩子只能住宿。即使这样，周末孩子回家和去学校仍旧是个问题。

家庭条件这么困难，住宿费又该怎么办？正当一家人愁云满面的时候，鸿兴小学下乡宣传扶贫政策的老师来到他们家，向王家人介绍了国家和地方政府的教育扶贫政策：对所有接受义务教育的学生实施"两免一补"政策，还免除建档立卡贫困学生校车乘车费。这一消息对于这一家人来说，简直是喜从天降。

2017年8月，一家人怀着激动的心情把孩子送到了鸿兴小学，住宿就在学校，周末免费坐校车往返。学校还给孩子结对包保教师，负责孩子平时的学习和心理辅导，解决了他们的后顾之忧。2018年11月，学校还为王雪慧争取了"唯品会公益助学金"2000元，解决了她家的燃眉之急。现在，王雪慧已经成长为一名品学兼优的学生，她学习努力、团结同学、乐于助人，回家还能做一些力所能及的家务，是老师、同学、家人、邻居人人称赞的好孩子。

在全国都挂号的贫困县通榆，谈起教育这件事，就没有人不提起一所学校，这是让通榆人引以为豪的通榆县第一中学，通榆一中是吉林省首批39所示范性普通高中里唯一一所县级高中，升学率连续多年在白城市名列前茅。

在通榆一中的教学楼里，已经在校工作20年的苑欲晗副校长如数家珍地介绍着学校的情况。

学校创办于1947年，历经72年发展变迁，已从初建时的一个班、两名教师、五间平房、22名学生的初中壮大成为占地3.1万平方米，拥有42个教学班，224名教职工的吉林省示范性普通高中。学校有特级教师1人，正高级教师3人，副高级教师85人，全国优秀教师4人，国家骨干教师2人，省级优秀教师6人，省级学科带头人和省级骨干教师10人，省科研型名教师6人。

除了注重教学质量和德育建设外，通榆一中作为通榆教育脱贫的一线阵地，精准扶贫工作也可圈可点。成立学校"扶贫办公室"，从学校的层面采集贫困学生信息，协调部署入户走访，向社会爱心组织和爱心人士介绍贫困学生情况。每有资助，先由学生自主报名，再由校扶贫办组织实地踏查，选准经济困难学生供资助方选择。与此同时，校扶贫办还给经济困难学生划定校园卫生责任区，锻炼他们通过诚实劳动获得捐赠，引导他们以感恩之心回馈仁爱之意。据不完全统计，除"国家助学金"之外，共有国家开发银行、耐克"Jordan wings班"、鹏飞育英助学等十几家助学机构累计捐资200余万元对1500余人次的贫困学生进行资助。其中，战瑞、叶清欣等多名受资助同学分别考入北京大学、中国人民大学等名牌大学。通榆一中被全国学生资助中心评为"全国学生资助工作'推荐学习单位'"，这是吉林省唯一获此殊荣的高中学校。同时，通榆一中也是吉林省学生资助中心"学生资助工作'优秀单位'"。

通榆一中在籍学生共有2234人，享受国家助学金484人，享受莲花助学金97人，享受鹏飞助学金10人，享受中央专项彩票公益金滋蕙计划56人，这些受资助的贫困学生占据了全体学生的30%以上。

在通榆县一中学校的资助办公室，有一个展示板和一个相册格外引人注目。

展示板是近五年社会爱心人士对通榆一中贫困学生的资助明细，详细记录了2016年以来，社会各界、各企业和个人的资助情况。

2016年2月，中国建设银行"成长计划"资助32人，每生3000元，合计九万六千元；

2017年8月，王焕芝联合杭州非公企业家赞助2万元；

2017年8月，通榆双吉科技有限公司董事长刘志军捐助1

▌通榆一中教学楼

▌通榆县运动场

万元；

2017 年 9 月，国家开发银行资助 10 名学生，每人 3000 元，合计 3 万元；

2017 年 10 月，耐克体育（中国）有限公司旗下 Jordan 捐助共计 2 万元；

2020 年 10 月，通榆人寿保险公司捐助贫困生 20 人，每人 500 元。

相对于面积并不大的办公室，展示板大得让人感觉并不太协调，而仔细看过上面的每一笔捐助，却让人心生崇敬。

"要是没有这些爱心的捐助，有的学生真的说不好能不能坚持下来"。谈起社会爱心捐助，通榆一中资助办的张天福主任有些热泪盈眶。

"齐鹏飞是去年的毕业生，去年高考成绩 542 分，考入了长春理工大学。孩子很小的时候，父亲就得了精神疾病。没多久，母亲就离家出走了，他是姥姥带大的，全靠亲属资助，孩子要强啊！到一中后就是咬牙学，我们学校千方百计地帮助他，给他提供资助，真是没辜负我们，也对得起自己啊……"

"郑勇博是乔丹助学的资助对象，母亲去世、父亲重病，他奶奶就靠低保和捡破烂供他上学。这孩子都没穿过新衣服，穿的都是别人送的旧衣服，这孩子后来走了个大专，但是也行了，咋也不用回来跟他奶奶捡破烂了……"

一个个受到资助的毕业生的名字，依旧在张天福主任心中牢牢地记着。而一个个资助项目，一份份暖心的关怀，就像一根根稻草、一滴滴露水，让贫苦求学的孩子重新看到希望、根植信心。

另一个引人注目的纪念册是《2016"鹏飞助学"学生留念册》，纪念册里每一页都有一张拥有着努力奋斗脸庞的贫困学生。同时，用文字详细记录了他们的姓名、年级、家庭住址、毕业班级、高考分数以及所考入的大学。他们饱经风雨，十年寒窗再出发，怀揣梦想走向崭新人生路。虽然不知道这些孩子未来的路将会是什么样子，也许是通往光明的康庄大道，也许是仍将经历布满荆棘的坎坷艰途，但是，看到照片里孩子天真明媚、阳光向上、坚强自信的笑脸，就让人相信，贫穷将在他们这一代终结，属于他们未来的天空将是风雨过后的那片明媚的蓝天。

关于教育扶贫工作，通榆县真正实现了调查摸底，由县教育局牵头，乡镇配合；做好劝返，由县教育局牵头，乡镇配合，能回来上学的孩子，一定要让其回来上学；户在人不在的孩子，要把核查证明全部开回来入档，证明交给村上，教育部门留存一份；残疾生源，教育部门组织好送教上门，保证不落一户、不漏一人，夯实工作。同时建立并完善县、乡、村三级建档立卡，贫困家庭适龄儿童义务教育管理台账和核查报告，加强了对贫困生就学情况的动态监管，并得到了及时更新。

仙鹤展翅飞翔，是贫困乡村人们对科技和教育的企盼。同样，千百年来，龟龄鹤寿也是贫困乡村人们对健康的奢望。虽然鹤乡流传的华佗五禽戏并没能保佑人们没病没灾，但驻村扶贫干部和第一书记，却实实在在地把党和政府的医疗保险政策送到了因病致贫的困难户群众身边。

通榆九中校长自己出钱为自己包保的建档立卡学生杜瑗鲥购买学习资料

人民银行长春支行开展的"读书成就梦想、知识照亮人生"图书捐赠活动

双岗镇林海村有一位心系百姓、力办实事的"小杨书记"，这是村里老百姓对第一书记杨继福的亲切称呼。

2016 年，杨继福被通榆县委组织部派驻到双岗镇林海村任第一书记。林海村有 7 个自然屯，622 户居民，作为县卫生健康局选派的驻村干部，杨继福敏锐地注意到了一个数字：全村贫困人口的致贫原因，有 60% 源于重大疾病。

人民群众身体健康是提高生活质量和幸福指数的重要前提，也是脱贫攻坚的基础。因此，他下定决心全面开展健康扶贫工作，当好人民群众的"健康扶贫政策宣讲员、正确诊疗建议员、合理报销的服务员"，走进老百姓的心坎里去，了解他们的困难和需求，充分让贫困患者享受健康扶贫等系列惠民政策。

2 月 17 日，是杨继福任职林海村第一书记的第一天，他来到村里之后还来不及安顿好，便赶忙和村委成员一起走访村里的特困户。前四屯毛树友家的情形，让他感受到了工作的压力。

毛树友今年 60 岁，患有严重的肌肉萎缩症，根本无法从事体力劳动。尤其在冬季，常常引发肺炎，每次发病都痛苦不堪。他的妻子王红莲患有二级糖尿病，28 岁的儿子毛立双又得了双侧股骨头坏死，长期躺在炕上无法正常行走。

受累于疾病，毛树友一家不光因劳动能力的丧失而导致贫困，还欠下了几万元的饥荒。

杨继福很长一段时间都不能忘记，写在这一家三口脸上的大大"愁"字。

"如果这样的特困户不进行重点帮扶，不进行治疗，怎么可能自行恢复生产实现脱贫呢？"他在心里这样想着。当时还没有现在这么多这么好的健康扶贫政策，看似没有明确的头绪解决问题，但杨继福暗下决心：一定要用卫生健康局的部门优势，担负起自己的工作职责，履行好"健康使者"的初心，尽最大努力帮助这个特困家庭走出困境，摆脱贫困。

在闲暇之时，杨继福仔细阅读并详细了解 28 种疾病医疗救治减免费用实施细则、农合"五提高、一降低、一增加、三减免"政策以及健康扶贫相关减免政策。还在本子上认真做好笔记，对照村里出现的实际问题，并亲自到有需要帮助的老百姓家里宣传健康扶贫政策，为他们送去安心的"健康护航"。

杨继福第一个去的就是毛树友家里，为他们介绍相关的健康扶贫政策，告诉他们应该去哪些部门办理相关的材料。毛树友一家如同抓住了救命稻草，他们竖起了耳朵满怀期待地听杨继福的介绍，慢慢地笑容爬上了他们的脸。随后，毛树友和王红莲相继到双岗镇卫生院办理了慢病手册，毛立双在 2017 年通过健康扶贫政策，在省慈善总会的帮助下，免费更换了双侧股骨头。

如今毛立双已经能独立行走，并在长春一家工厂上班，每个月 3000 元的收入，为全家人注入了生活的源泉。毛树友和王红莲在得到持续医疗后，病情也明显出现好转。

后来在杨继福的协调下，毛树友从合作社分得 20 只羊，力所能及的放牧工作，让一家三口的收入得到了极大的提升。

毛树友一家的变化，老百姓看在眼里，甜在心里，大伙儿对这位年轻的第一书记有了新的认识。每当遇到一些和医疗有关的事情都喜欢向杨继福咨询，杨继福也总是耐心地为他们解答，同时也会劝导他们不要偏听偏信什么神医神药，看病治病一定要到正规医院，否则应该享受的健康扶贫政策和农合报销医药费不仅享受不到，还会贻误病情。在他的宣传引导下，贫困户都知道自己的家庭医生是谁，得了慢病怎么办理慢病证，到定点医院住院都要带上哪些手续，才能享受到不交钱就可以住院治疗的政策。

2018年3月，前海屯精神病患者于显峰由于病情发作造成自残，第一期治疗费用预计4万元左右，还要进行二次手术，治疗结束需费用10万元左右。由于于显峰参加的是城镇医疗保险，在转诊报销中遇到困难，这可让家属一下子犯了难，他们都在担心"如果不能报销，接下来一家人的日子可该怎么过啊？"在一筹莫展之际，家属想到了"小杨书记"平时在村里宣讲的健康扶贫政策，心想书记或许能够想办法给帮忙协调一下。他们便来到村委会向"小杨书记"说明了于显峰的相关情况，杨继福在了解需求之后，立马驱车到人社局医保中心进行沟通协调。通过积极努力，为于显峰解决了报销中遇到的难题，极大缓解了这一家人的经济压力，避免了因病致贫情况的发生。

除了积极开展落实健康扶贫政策，杨继福还不断加强林海村的基层党组织建设，认真落实"三会一课"、主题党日等组织活动，组建了林海村党员志愿者服务队，充分加强了党组织的凝聚力。他与卫生健康局党组沟通，为林海村购买办公电脑和打印机等设备，精通电脑操作的他还主动担当起精准扶贫大数据平台信息录入的工作，为脱贫攻坚任务落实提供保障。他还协助双岗镇党委、政府和林海村推进易地整体搬迁项目，搬迁入住率达95%以上；还大力发展壮大村集体收入，实施光伏发电项目，带领村民实现整体脱贫。

为老百姓真心实意做好实事是杨继福的工作初心，也是他前进的目标。他经常翻阅书籍、资料，查看关于脱贫攻坚相关文件、政策，学习领会习近平总书记关于脱贫攻坚的系列讲话精神。为了尽快进入角色，他还采取盯紧靠上的"土办法"。全天候待在村里，和村干部一起走屯入户，了解社情民意，征询对林海村发展的建设意见、发展思路，收集第一手基础资料，并结合实际情况撰写了调研报告，提出了脱贫致富的思路，全力落实脱贫攻坚工作。

在工作期间，为了让贫困户重拾生活信心。杨继福精心策划，与卫生健康局党组联系，通过开展春节、扶贫日慰问等活动，走访慰问贫困户，为贫困户送去米面粮油等生活物资，为他们进行政策宣讲，鼓励他们战胜困难，重拾生活信心，谋划脱贫项目；组织县医院、中医院为林海村开展送医送药义诊活动6次，为贫困户500余人次进行了送医义诊活动，送药20万余元；为贫困户谷某的儿子提供婴幼儿奶粉4箱……一系列扶贫帮困活动的开展，为贫困户送去了党的温暖，增强了贫困人口战胜贫困的信心。

这五年来，杨继福从刚驻村为群众开具介绍信到化解群众之间的矛盾纠纷，从宣传党的方针政策到制定村俗民约，从不了解贫困户情况到为群众办实事解决困难，从对农村工作的"门外汉"到能与农民拉呱春种秋收家长里短，不是简简单单的"干就得了"，而是凭着满腔工作热忱和对群众的深情挚爱，不辞辛劳，走进群众生活，和百姓交心，真心实意地帮助群众走脱贫致富奔小康的幸福之路，真正成为了群众信赖、组织信任的第一书记。

向海卫生院到红旗村西艾里屯进行义诊

　　65周岁的韩跃方老汉家住新丰村，既是个庄稼地里的老把式，也是个会泥瓦匠手艺的大能人。年轻时，在生产队干农活就是个"打头的"，评工记分总是头名。改革开放以后，也曾外出参加施工队干技术活。虽说当年钱没少挣，可也仗着能挣没少花销，总以为凭自己的力气和手艺不会困难着。

　　可话说回来，天总有不测风云。10年前，正在黑龙江牙克石工地上干活的韩跃方突然浑身发抖、手脚无力。被工友们送到医院系统地检查，当时吓了一跳，严重的糖尿病。说来也怪，一心只知道干活挣钱的韩跃方一向对自己的身板子充满信心，总以为自己健壮如牛，浑身有使不完的劲，偶尔感到累和发虚，只要多吃一碗面条，或喝一罐饮料就当是满血复活充足电了。正是这种不经意，糖尿病到了一发不可收拾的地步，不仅外出打工干技术活不行了，就连回家耕种自己那一垧多点的承包田也不行了。原来让村里人羡慕的富裕人家成了靠政府救济补助的因病致贫户。

屋漏偏逢连阴雨，本来常年药不离身的糖尿病已经压得一家人喘不过气来，万万没想到 5 年前，已 60 岁的韩跃方又患上了结肠癌。幸运的是，这时已经有了新农合的医疗保险，加上新华镇卫生院帮助联系，韩跃方顺利在长春医大二院做了手术，县医保又及时给报销了大部分费用。

有些事儿又偏偏不巧，本来就是炕上有病人，地下有愁人的闷心日子，还要遇上让人窝心的倒霉事儿。自从韩跃方接连大病之后，他的老伴儿就成了家中的主心骨和主要劳动力，既要伺候病人，还要操持家务，照顾儿孙一家老小。到了去年年末，突然觉得气短心虚，胸闷乏力，自己以为是常年过度劳累造成的，又赶上"新冠疫情"流行，不愿意出门去大医院检查，打算把这傍年靠节的忙活劲撑过去再说。正在这期，新华镇医院的巡诊大夫入村入户定期随访，初步诊断韩跃方老伴儿是心脏出现毛病，需要到医院进一步全面诊断。结果不出所料，韩跃方老伴儿的心脏由于供血不足，已出现部分梗死现象。由于发现和就诊及时，年前直接做了俩支架，避免了更大不幸的发生。更让韩跃方一家感到欣慰的是，结肠癌手术和心脏支架的大部分费用都由国家给报销了。

现在韩跃方虽然不能种地打工了，但村里给他安排了公益岗位。每月工资 700 多元，承包地转租出去也收入 1000 多元，每年独生子女补贴还有 960 元，60 岁以上老人还补 1300 多元。日子不仅吃穿用不愁，看病吃药还 80% 报销。闲不住的老两口一

■ 通榆县卫健局对农村建档立卡贫困人口实行在县内定点医院先诊疗后付费政策

年还养两头肥猪，过春节时，杀一头、卖一头，除了请村邻相聚吃和自己家过年吃之外，还多挣五六千元。日子过得甜了，有时嘴巴子就也跟着甜，每当老韩去镇卫生院开药，碰上当年给他大孙子接生的吴大夫时，总乐呵呵地说："你这个老婆子接生技术好，心眼也好啊！你看我那大孙子，上高三了，学习功课门门名列前茅，就等着考上好大学了。"

说起农村医疗改革的好处，新丰村的老大爷王连成那是赞不绝口，外表上看，年近七十古稀的王老汉保持着有钱难买老来瘦的体型，腰板挺直硬朗，还真看不出七年之内做过两次脑瘤大手术！

以前王连成家里的日子就挺紧巴，他老伴儿患有滑膜炎和高血压，年顶年地挣俩钱儿也都打针吃药了。日子有时候就是越瘸越架棍点，单可着有病的腿敲。七年前，王连成检查出脑瘤，一次手术治疗费用就是三万多。从此，家里有了饥荒，成了远近闻名的贫困户。啥叫祸不单行，王连成去年有一次脑瘤复发，真让他感受到啥叫"绝望"了。就在王连成"叫天不应，叫地不灵"的时候，没想到党中央的扶贫好政策下来了，通榆县卫生部门也及时落实"两不愁三保障"要求中的健康扶贫的具体措施，使得王连成老人及时在长春中日联谊医院做了第二次脑瘤手术。由于治疗及时，所以术后恢复得也好。出院之后，就已看不出是得过大病的人。更让王连成老汉高兴的是，保险公司兜底报销8000元后，政府又给报销了90%的医疗费。

为了保障不能干重活的王连成一家能有稳定的收入，医药部门还帮助他发展庭院经济，种保健药材蒲公英，每年光蒲公英根子就卖9000多元不说，自己和老伴儿也优哉优哉地喝起了自家生产的、有绿色保健功能的蒲公英养生茶饮。

东北老乡形容目不识丁，或大字不认得一口袋的文盲为"睁眼瞎"。今年69岁的杨翠萍大娘就是个勉强认得自己名字，但又不舍得写自己名字的文盲农村老太婆。按理说，杨老太婆也是生在新社会的人，也应该上几天学，识得些字才对。过去虽说村、镇政府也要求鼓励农村适龄儿童上学，但农村孩子入学都相对较晚。想要上学的时候，正赶上"三年困难"时期，野菜都吃不饱，哪还有心思上学堂啊。好不容易困难时期过去了，先是给家里当半个劳动力，再往后张罗张罗又结婚嫁人、生儿育女了，就再也没有机会学文化了。

别看杨翠萍大娘不识字、没文化，可她心灵手巧，做得一手好活计。炕上地下样样拿得起、放得下，描花绣凤、剪鞋样子更是媳妇堆里的头牌能手。

就是这样一个六十八九岁耳不聋、眼不花的勤劳肯干的农村老太婆前两年闹起了眼病，不知道啥毛病，就是走在街道上看不清男女，在屋里炕上冲北坐着，就觉得阴天乎拉地，实际上是大晴天。听声就知道屋里进来人了，但看不出来的是谁。

赶上村里来了健康扶贫医疗工作队拉网式排查，但杨翠萍家不是贫困户，没享受到挨门到户家访巡诊的待遇。但有热心的村民邻居看到了镇卫生院贴在告示栏上的健康扶贫宣传单，其中有为适合条件的村民免费治疗有关眼病的内容，就热心地去她家转告。杨翠萍也就有一搭没一搭，死马当活马医地求村医给县民政局和中医院打电话咨询，经报名、检查是老年性白内障，还真符

白城市检察院工作人员到通榆县新华镇强胜村走访慰问贫困户

合免费治疗条件。就这样，预约好周一去县中医院，周三就做手术，还是让省城长春的教授专家给主刀做的。先做一只眼的，隔二十多天又手术做的第二只眼。前前后后花一万多元的医疗费全给免了不说，连后续在村医和镇卫生院复查、开的药也都给报销了。归齐自己只是掏点饭钱和车票钱。

别看没花钱，可"健康扶贫"手术的效果那可是再造光明啊。用杨大娘的话说："做之前，看十五的月亮是三个，俩重影。二十几的月牙儿，就一抹黑看不见了。做手术之后，穿针引线、缝连补绽啥的都能干。"

到现在，杨翠萍老大娘又闲不住了，仗着自己的好眼神儿，又开始描龙绣凤，不仅云啊、朵啊、花啊、鸟啊地只绣图案了，还破天荒地求人把写下"健康扶贫""不忘初心""百年辉煌""感党恩""颂党情"等发自内心的深情话语绣上。左邻右舍的乡亲们都说:"这回睁眼瞎可真不瞎了,越活越心明眼亮了!"

在新发乡大有村的"农业技术推广中心培训会上",笔者见到了黄战军。眼前的这个一米八大个,身材魁梧的大汉,让人实在不敢相信,这是一个被病魔折腾了五年之久,一度骨瘦如柴的病人。

黄战军42岁,他迟缓的步伐和厚厚的衣服,暴露了他虚弱的体质。一旁坐着他略显黑瘦的妻子姜岩,局促地抠着手指头。

黄战军掀起毛衣,露出腰部的粪便挂袋,说:"看我不像病人吧,就连去医院,大夫瞅我都发愣,说你这身体能有啥病?"

黄战军曾经过得非常幸福,他力气大,肯吃苦。在农闲时,他会到县城或省城做力工。别人几十斤的东西扛不动,他一两百斤的袋子背着飞跑。力工大多按工作量计报酬,黄战军一个月轻轻松松赚六七千元,比城里的一般白领都要赚得多。

就这样,黄战军盖了新房,置办了家具电器,还有了七八万存款。2015年,就在黄战军准备迎娶姜岩的时候,突然有一天他发现自己便血了,还伴有腹部剧烈的疼痛。黄战军说:"小时候淘气,身上没少受伤。平时打工磕磕碰碰也是常事,从来没有过这种疼痛感。"

更可怕的是,情况越来越严重,他有时候疼得躺地上打滚。姜岩看着日趋消瘦的未婚夫,心中不由一惊:"该不会……赶紧去医院检查!"

原来黄战军家族，有严重的直肠癌遗传病史，且越来越低龄化。

一家人小心翼翼地回避着那三个字，然而，检查的结果让他们五雷轰顶：黄战军被确诊为直肠癌晚期。拿到诊断书的那天晚上，黄战军一个人跑到户外放声大哭，一辈子只知道简单快乐的他，第一次感觉到那么无助。

黄战军低沉的声音，把他拉回到那段痛苦的记忆。医疗费十多万，自己负担不起。得了这种病，也不知道有几年活头，怎么能忍心再拉姜岩下水呢？

姜岩也是个不幸的女人，她与前夫离婚，自己带着女儿，熬了五六年。当幸福再次向他抛来橄榄枝时，未婚夫又遭遇绝症。

姜岩的亲戚和朋友们都对她说："狠狠心分手吧，别瞅着火坑往里跳，为了姑娘你也得狠下心。"

姜岩哭了："人家对我那么好，我怎么能在这时候抛弃他。"家里人见她这个态度，严肃地问："你都做好心理准备啦？"姜岩坚定地点点头。

"好吧！"姜岩的父亲佝偻着腰，拿出一张银行卡，"这里有一万多块钱，你先拿着用，不够爸爸给你抬钱去！"那一刻，姜岩和黄战军拥抱在一起，哭得稀里哗啦。

在亲友们的帮助下，黄战军度过了最艰难、也最温馨的一年，他从手术台上安然走下来，并且与姜岩举行了一个简单的婚礼。

婚后的两口子欠下了三四万元的债务，黄战军也从 180 斤的壮汉，瘦成了 100 斤出头的细高个。黄战军悄悄地在心里祈祷：

"让我快点好起来吧，等我有力气，我还能给家人一个幸福。"

然而，命运又跟黄战军开了个天大的玩笑。第二年，他的病情再度复发，这一次比去年还要凶猛，癌细胞已经开始扩散。如不及时治疗，留给黄战军的时间也就半年左右，一家人顿觉天旋地转！

经历了去年的痛苦，善良的姜岩多了几分刚毅："这个家需要你，咱听医生的，钱我去借。"讲到这儿，姜岩泪水止不住滴落。那时候真的山穷水尽了，亲戚都是穷人，借遍了也凑不出来，没办法，只好把地卖了，家里值钱的都卖了。手术做了两次，直肠切除，这才保住了命，花了十几万，就差卖房子了。

手术算是成功了，接下来还需要化疗、放疗、定期检查，光是挂袋，一个月就得 2000 元。如今，黄战军失去劳动能力，家中的地也没了，别说还债，生活费都没有着落。回到家中，黄战军和姜岩心中沉甸甸的。

就在黄战军陷入绝境的时候，村书记吴爱军和扶贫办驻村第一书记张忠江来了。吴书记说："黄战军自己能干，偏偏遇上病魔了，这是没办法的事。像他这种情况，村里几位主要干部专门开会讨论，决定把他列为重点扶贫对象，对他启动综合扶贫，确保高于兜底政策，帮他们渡过难关。"

"首先通过捐助，保证他们基本生活没问题。这些年，包括包保干部、第一书记、驻村工作队和村干部，隔三岔五给他送钱送粮。有社会捐助资金，我们也会首先考虑他这样的兜底贫困户。"

"然后就是想办法帮他压缩开支，什么新农合啦、水电费啦，基本上都是我们几个村干部代缴了。我和张书记特地去他姑娘学校，跟校长谈了她家里的情况，学校立刻减免了孩子的各种费用。人家校长真上心，特地交代班主任和任课老师关照孩子，还亲自来做家访，安慰两口子说，你们不要有压力，这孩子争气，以她的成绩，考上一中不成问题。"

提到孩子，黄战军这位继父，眼睛里也闪烁起光芒："我姑娘懂事，听说我病了就不肯上学，要出去打工给我赚钱。这么小孩子能做啥啊？有这份心我心里热乎乎的。孩子学习可用功了，隔几天就跟我报喜信，考试又得第一了。"

在一旁的吉林大学扶贫办汤文庭老师接过话茬："吉林大学一直关心关注着通榆一中，除了在师资培养和课程体系建设等方面给予帮助外，我们动物科学学院在一中开展了贫困生补助计划，每年都会资助一些家庭困难的学生。去年，就有 3 名一中品学兼优的孩子得到了每人 2000 元的补助。让孩子好好读书，将来读一中，考吉大，我们一定都会给予帮助和支持的！"

黄战军睁大了眼睛，连连点头："砸锅卖铁，我也要供孩子上学。"吴书记在一旁打趣："你看看，一提到孩子他就不一样了。"姜岩插话："可不是嘛，他们好像是亲父女，我倒是像后妈。"

黄战军一脸笑容："原先吧，我俩还想生个孩子，现在我身体这个样，怕遗传给下一代，俺闺女这么懂事，跟亲生的一样，满足了。"

当问到现在生活上还有什么困难时，黄战军顿了顿："也没啥困难了，村里每年有光伏分红，低保补助，捐款什么的。还给我们家安排了公益岗位，一年也有个一万多的收入，看病过日子肯定没问题了。我能想到的，想不到的，吴书记和张书记他们都替我想到了。有时候真感觉做梦似的，没有扶贫政策，没有吴书记他们，我怎么能活过来呢。"

说到这儿，黄战军有点哽咽了："以前什么也不想，就知道玩命干活攒钱，对村里的事也不关心，有时候还跟人起哄给书记他们出难题，浑得很，尽想自己了。得了大病后才知道，人家村干部们多不容易，心里始终想着咱们，一直在实心实意地为老百姓好。前段时间，吴书记工作累的都得了脑出血了。我……我谢谢你们。"

笔者问吴爱军书记："像黄战军这种情况多吗？"

吴书记笑笑："我们这个村是县里最大的一个村，全村 1300 多户，贫困户 254 户，大部分是年纪大了，丧失劳动力，或者是像黄战军这样因病致贫的，这些人基本上靠政府和社会输血，靠兜底政策。这个村本来就底子薄，贫困户太集中，难度确实不小。"

吴爱军说："扶贫工作比较复杂，群众的思想认识水平参差不齐，有等靠要的，有攀比的，给多给少我们都要挨骂，总有人大半夜跑我这里闹事。现在老百姓还学会了用网络工具监督我们，进门就手机录像。我们工作要做，态度要好，委屈要自己消化，那时候压力真的很大，睡不好觉，一段时间总是头疼难忍，到医院一检查，说脑出血，赶紧给我转院到长春治疗。休息了两三个月，现在还没完全康复，咱也不能这么闲着，把事情都推给别人，就提前上班了。"

吴爱军顿了顿说："后来情况好多了，老百姓确确实实感受到了党的好政策，家家户户都受惠了，也认可了我们的努力。好多人都主动站出来帮我们做工作，比如我们有个70多岁的老党员，早年也做过村支书，建扶贫小区时，不顾年纪大，挨家帮着宣传政策，做思想工作。现在我们走到村里，老百姓老热情了，工作配合度也高了，看人的眼神都变了，以前是怀疑、挑衅，现在把咱当亲人。只有这时候，心里真的感觉很舒畅，感觉自己的付出有意义了。"

吴爱军继续说："下一步我们还要解决贫困户的造血功能，光靠政策扶着走肯定不行，庭院经济就是好措施，已经有不少贫困户靠庭院经济年收入超过了三万。我们要扩大种植品种、种植户和种植面积。像黄战军这种家庭，很适合发展庭院经济，随便种点辣椒，一年怎么也能得个万儿八千的。"

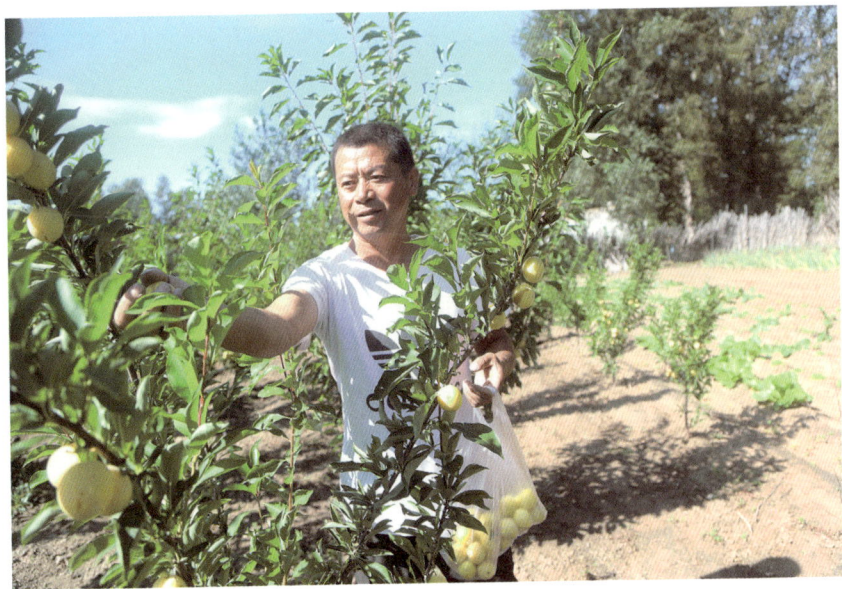

▌开通镇迎新村贫困户薛文学在自家房前屋后种植李子树，发展庭院经济

人民是真正的英雄，激励人民群众自力更生、艰苦奋斗的内生动力，对人民群众创造自己的美好生活至关重要。

——习近平

第六章

鹤戏新曲

保障政策解民忧，

自强不息立潮头。

逆境重生创新业，

脱贫路上显风流。

自知方能自信，自信方能自立，自立方能自强。"幸福是奋斗出来的""不等、不靠、不要"，在通榆大地人人都是奋斗者，他们在逆境中涅槃重生，用勤劳的双手创造一片属于自己的蓝天。

在鸿兴镇文牛村有一个让附近所有村民，都忍不住竖大拇指称赞的残疾人，白城市"自强致富之星"，他叫刘忠臣。

刘忠臣出生于 1975 年，一位先天性小儿麻痹症患者。当同龄的孩子满地追逐嬉戏打闹时，刘忠臣只能靠双手的帮助爬行。先天性的缺陷，加上贫寒的家庭条件，注定刘忠臣的未来充满坎坷。

成年后的刘忠臣虽然没有得到爱情的眷顾，但是他依然乐观地向往着美好的生活。他让父亲帮他买了一辆四轮摩托车做代步工具，摸索起养大鹅的致富经。数年下来，刘忠臣积累了丰富的养鹅经验，一家三口，父亲养羊，母亲操持家务，过得虽不富裕，也算马马虎虎，甚至有了一点小积蓄，计划积攒几年盖个砖瓦房。

然而，随着父母的老去，一场危机笼罩在刘忠臣的头上。他的母亲身体状况越来越差，整天药不离口，操持家务已变得力不从心。2015 年，应该说是刘忠臣人生中最黑暗的一年，父亲不慎重重摔了一跤，这一跤改变了全家人的命运。

医院的检查结果是，一侧脾、肝重度损伤，需要手术治疗。为了凑医药费，刘忠臣花光了家里的积蓄，又卖掉了所有的羊、鹅，还欠下两万多元的债务。即便这样，年迈的父亲也未能完全恢复，一直处于后期康复状态中。

一家三口，母亲长期身体不好，父亲行走都困难，而他这个一辈子靠双手"行走"的残疾人，不得不成了家里唯一的劳动力。为了维持生计，刘忠臣发挥了心灵手巧的特长，帮村里的秧歌队制作道具，换取一些生活费，仅此而已。然而，这些努力无论如何也不够父母的医药费。

刘忠臣说："我从小吃苦惯了，这都不算啥，问题是当时家里啥都没了，地不能种，羊一头不剩，鹅一只没留，连那台四轮摩托也添乱，坏得稀碎。自己怎么也修不好，请修车师傅帮忙，人家瞅一眼说，修这玩意还不如买台新的。我兜里哪有钱呐，一屁股债都没法还呢。"

四十多年了，刘忠臣双手磨得血淋淋，双腿磨出茧子，风里雨里，多少困难他都没有绝望过。可这一次，掉入深渊的无助感袭扰在他心头。面对年迈体弱的父母，他还要装出一副满不在乎的模样。

"如果没有党和政府的帮扶，我真的挺不过来。"刘忠臣提到那段岁月，两眼泛着泪花："从村里到乡里县里，来了好几位干部，是他们把我拽出了泥坑！"

2015 年，刘忠臣一分钱没花，政府帮他盖了新房子。2016年，帮扶队又给刘忠臣制定了一份脱贫计划。

包保干部说："刘忠臣跟别人不一样，他不是伸手要，而是希望靠自己的双手赚来幸福。他这个态度感染了我们，我们就根据他养鹅的特长，帮他重操旧业。"刘忠臣很兴奋，他说："别看一年多不养了，可我对大鹅市场了如指掌，按现在的行情，凭我的技术，一只鹅纯利润至少能达到 50 元，更何况帮扶干部还给我联系好了买家，刨去中间商我一只鹅能纯挣 70 多元呐。"

刘忠臣积极的态度，让扶贫计划很快落地，扶贫干部们集体捐款，给他买了 400 只雏鹅，徽商特种电缆公司给他买了一辆残疾人助力车，大地燃气公司出资给他打了一口畜禽饮水井。刘忠臣心活了，他又自己买了 100 只鹅仔。

500 只鹅仔的饲养，对行动不便的刘忠臣来说是个巨大的挑战，拉饲料、打扫鹅舍、消毒、喂食、放牧，对一个健全的人来说都不轻松，刘忠臣通常要比别人多花三四倍的时间，可什么都阻挡不了他向着太阳爬行的决心！

当年，刘忠臣就打了个漂亮翻身仗，他不光还清了所有债务，还攒下来 8000 元！"党和政府给得再多，总有用完的时候。腿残心不能残，大伙给了我'渔竿'，我就要用它努力地'钓鱼'，明年我准备养 1000 只！"刘忠臣对帮扶干部，也对自己郑重承诺。

2018 年，刘忠臣没向政府和工作队伸手要一分钱，他在自家院子里建起了雏鹅繁殖棚舍，当年孵育雏鹅 40 只，鸡雏 30 只。他还买来 4 只种雁，四茬繁育雏雁 40 只。他又利用动物粪便作肥料，在院子空地上，种上了秋葵、卷心菜、芹菜、黄瓜等十几种时令蔬菜。即便如此，刘忠臣还能挤出时间，到附近田间捡拾秋收后遗弃的果实。这几项"副业"，一年下来居然也给他带来近两万元的收入。

刘忠臣卧室的案子上，端端正正地放着那本"自强致富之星"的证书，案子下面，放了好几双磨破的球鞋和磨出窟窿的裤子。他就是靠顽强的毅力，靠一双勤劳的手，靠一颗追逐太阳的心，走出了贫困的陷阱。

刘忠臣说："我没什么文化，不会说客套话，我能有今天全靠党和政府，以及扶贫干部们的帮助。接下来我要帮助村里的其他村民一起致富，只要我能出一份力，就一定竭尽全力帮乡亲们！"

通榆镇东关村的张富，曾经被人嘲笑名不副实，叫了一辈子"富"，却穷得叮当响。可如今到了张富的家，房子是崭新的，空调、电视、家具都是崭新的，用张富的老伴儿于淑凡的话说就

鸿兴镇文牛村贫困户刘忠臣饲养鹅雏

是，他们俩结婚都没这么亮堂过！

张富打趣老伴儿说话水平低，跟不上形势，他纠正说："我家这是进入小康生活，吃点肉了、吃点鱼了，想吃就买了，不用心疼钱了。"

老两口穷了一辈子，没捡金没开矿，几乎足不出村，他们靠什么"跑步进入共产主义"了呢？提到这个话题，张富笑了："我纯是被扶贫干部们'骗'富了！"

"你不信吧，世上骗子只能把人骗穷了，我却实实在在被骗富了。"张富一副洋洋得意的表情，回忆起往事。

两年前的张富，住着低矮的土坯房，夫妻俩种了几垧地。跟所有人一样，风调雨顺收成好点，粮价上涨多攒点，遇上干旱或虫灾，或者粮价下跌，这一年下来也就将巴温饱。好在老两口身体都不错，没有大病开销。即便这样，想盖房子，买家具、电器那都是奢望。用张富的话说，电灯都不敢多开一会儿，忘了关灯都要挨老伴儿数落，日子仔细着哩。

有一天，第一书记王帅和村主任他们来了，说："老张啊，村里家家户户都忙着致富，你咋不想着做点啥呢？"

张富听着直来气，谁不想做点啥，可是做啥啊？做啥不得要本钱，我俩一老头一老太太，又没文化又没技术，还没钱，能做啥啊？就那点地呗！想多种点还得花钱租地。

村主任说："你以前不是做过豆腐嘛，做豆腐，这个你在行。"

王帅说："这就是技术啊，豆腐没那么好做吧，咱通榆豆腐算得上一绝，你到长春吃吃看，哪儿都没咱通榆豆腐好吃。"

张富直摆手："快别说了，说也白说！"他手一指倒了一面墙的豆腐坊，"都停了多少年了？就剩两块石磨盘了，拿啥做啊？"

村主任说："这都不是事，村里帮你解决都行，关键你肯不肯做。"

张富还是摆手："做好了卖谁啊？乡里乡亲的能吃多少？本钱都卖不回来！"

村主任一个劲儿地夸张富做豆腐的手艺好，人还勤快，不做可惜了。张富则强调，没房子、没设备、没资金、没市场，总之做也是白做。

双方呛呛了半天，王帅掰着手指头说："一样一样来，房子、设备、资金我们给你解决，给你新盖一间豆腐坊，还有电磨子、吹风机、鼓风机、搅拌机……都给你备齐。"

张富愣住了："真的假的？"

王帅不理他，继续说："附近几个屯你自己卖一些，我帮你联系镇上菜市场，还有饭店、食堂。"

张富缓过神来："饭店食堂用量可大了，要是你帮我弄下来，那还愁啥销路？"

王帅一拍巴掌："就这么定了，明天村主任就帮你张罗豆腐坊和设备的事，我跑市场，这两样搞不定我们负责，豆腐做不出来，做得不好吃就是你的事啦！"

张富似乎被激怒了："人间三样苦，撑船打铁磨豆腐，我老张头就是不怕苦！你打听打听岁数大一点的，他们谁不知道我的手艺，天天半夜开工，一早大伙儿捧早饭碗时，我的豆腐就上门卖开了。"

王帅笑了，村主任也笑了。就这样，张富第一次落入他们的"圈套"。

让张富感动的是，不到一个月一座崭新的豆腐坊盖起来了，扶贫工作队的干部们帮他置办齐了设备，他没花一分钱。甚至开业前一天，村主任从自家扛来两袋豆子送给他。

张富一下子找到了十多年前的感觉，老两口每天夜半起床，在欢快的机器声中，开始了他们奔向幸福的致富路。

三个月下来，于淑凡一算账："老张啊，咱赚了五六千块啦！"

王帅说："又有几家饭店准备要咱的货呢！"

那天晚上，于淑凡特地给张富加了两个"硬菜"，一瓶小烧。张富啜酒的声音，听得二人心花怒放。

　　张富心存感激，想请王帅他们吃饭，王帅笑笑说："我们改天就去，不用你请。"果然，有一天他们不请自到。

　　张富赶紧让老伴儿准备饭，村主任一把拦住："饭就别忙了，一会儿我们还得回村里开会，找你有点事说。"

　　张富有点失望，村主任安慰他说："以后有机会，等你发大财了的，今天跟你说说豆腐渣的事。"

　　原来，扶贫工作队研究张富家的下一步致富计划，发现豆腐渣里大有文章可做。王帅特地请教了畜牧专家，专家告诉他，豆腐渣养猪是一件非常经济的饲料。发酵后的豆腐渣，配比其他粗饲料，猪吃了不仅长得快，肉质还鲜嫩，营养价值高，价格比一般生猪高 20% 左右。

　　张富正为堆积成小山一样的豆腐渣发愁，家里的猪、鸡吃不完，刨得满地都是，引来苍蝇乱飞。往地里撒又怕过肥，烧了苗子。

　　王帅说："叔啊，你建个养猪场吧！正好把豆腐渣废物利用。"

　　张富为难了："咱没养过那么多猪啊，得病了咋整？豆腐渣喂养咋养好？都不懂啊！"

　　王帅说："这好办，过两天我就把镇兽医站的技术员给你找过来，让他教你。县里省里还有专家，到时候我都帮你对接。老规矩，你负责养，我负责帮你销售。"

　　这一次没有激烈的争吵，张富不知不觉地第二次"被骗"上套了。那一年年底，张富发现，自己被"骗"得好幸福，他养猪的收入，居然远远超过了做豆腐的收入。

张富开玩笑地说："我看见这几个干部，就是满眼金灿灿的财神爷，三头两日掰着指头盼着他们来。果然，他们又来'骗'了我一次，这一次我想都没想，你们咋说我咋干！"

原来，王帅他们又帮张富设计了一个"下游产品"——利用猪粪做肥料，发展庭院经济。张富回想起来忍不住挑大拇指："还是人家头脑灵活，真把我的事放在心上，一样不浪费，全给我用上了，都赚钱了，说这叫循环经济。"

张富算了一笔账，说："明年我家会更好，估计豆腐两三万轻飘赚，养猪可以八九万，院子里还能出个三五千的，加起来至少也得十一二万吧。"

于淑凡插话："一老头一老太太，守在家里一年赚十几万，跟做梦似的。哎呀妈呀，想想早先老张跟王帅他们搁那儿吵，吵得脸红脖子粗，就是不敢做，胆小，不懂，多亏人家一步一步扶着走，上哪儿找这么好的干部？"

张富说："你看我们老两口，又做豆腐又养猪又种菜，还在村里当保洁员，忙得没闲的时候，嗨，反而精气神好得很。以前天天闲着东逛逛西遛遛，还总觉得累，生活有奔头就是好！"

张富、于淑凡的话语虽朴素，却代表了通榆县许多贫困户的心声。什花道乡光辉村67岁的肖征达说："没有共产党这房你盖不上，那得多少钱啊？咱哪有啊？多亏共产党了，吃穿不愁，看病医保报销也不愁，领导干部管你，盯驾（总是）上你家来呀，问寒问暖的，缺不缺这个，缺不缺那个，领导干部他关心你帮助你呀。"

肖大爷患有严重的糖尿病，老伴儿身体也不好，经常住院，一度经济压力非常大。扶贫干部来了后，在帮他解决眼前困难的同时，帮他办起了家庭养殖场。肖大爷说："没有他们，我没技术也没钱，只能干瞪眼。"他一指羊圈："又要下崽了，三四个要下的，要是下耙子呢，这就得三八两千四百块钱，得 2000 多块钱。太多了不敢想，要再整个十个二十个吧，哈，那得钱了，哈哈哈。"

肖征达算了一笔账，说："过去就种地一点收入将巴过日子，得个病就钱紧。现今赚得多了，看病又花得少了，共产党真照顾人啊，像我们这样式的不能挣钱了，一年七七八八的收入都能两万多，白给钱一样啊！"

双岗镇绿海村的曲富，在扶贫干部的帮助下，靠种植花生，一年收入 6000 元，又靠养鸡收入 3000 多元。曲大爷说："我啥也没有，啥也不懂，全是人家手把手带出来的，这么帮咱们，你说咱再没有点信心，再不努力哪能对得起共产党吗？"

同样从贫困中解脱的还有双岗镇双岗村的侯加祥，侯加祥患有糖尿病、肾结石，常年打胰岛素，妻子杨金侠半身不遂二十多年，两个人高额的医疗费用差点将这个家庭压垮。

这样的家庭状况，脱贫难度非常大。扶贫干部们毫不气馁，他们根据侯加祥家实际情况，帮他发展了种植婆婆丁项目，又给他安排了保洁员公益岗。这两项让侯加祥每年收入可达一万元，再加上财政扶贫、光伏扶贫等项目每年近万元的收入，他们每年合计收入两万元，远超脱贫线五六倍。

不善言辞的侯加祥说："入冬前，还有人给我家送来一吨煤，什么米、面、油啥的总给送，真的开心，党的政策真是好啊！"

边昭镇五井子村柳树营子屯住着这样一位特殊的家庭，家中四口人年龄加在一起足足 314 岁。户主是 81 岁的司文来，还有 72 岁的妻子张宪云，他们一起奉养着 99 岁的老母亲。与他们一同生活的，还有司文来 62 岁的弟弟司文常。司文常患有先天性脑瘫，经常尿裤子，自幼就靠哥哥嫂子照料。

可就这样一个家庭条件，要强的司文来、张宪云夫妇，坚决不同意被纳入贫困户。包保干部徐彦还清楚地记得，他第一次走进这户人家时的场景。

刚一进屋，就见一位面容可怖（后得知是因车祸毁容）的老大娘，正斜坐在炕沿给另一位看似无法行动、年岁更大的老人揉着腿。

"哦，是县里的干部来了啊！你们先坐，我这就去给你们沏水。"知道他俩的身份和来意后，老大娘亲切地招呼着，她就是张宪云，炕上躺着的老人，就是她的婆婆。

张宪云刚要起身倒水，炕上的老人便口齿不清地唤着："宪云，宪云……""我老妈瘫了十多年都下不了地，人还糊涂了，谁都不认识，就认她儿媳妇！"司文来笑呵呵地说道。

这时，一旁的司文常孩子般叫嚷着："嫂子，我肚子饿！""不要闹！嫂子招待完客人就去给你弄饭啊。"

提起建档立卡的事，张宪云坚持说："我们身体还行，能干活，不给政府添麻烦，还有比我们困难的人家，你们帮他们吧。"

那是徐彦第一次遇到张宪云老人，一位热情、乐观、相貌与心灵有着极大反差的老人，令人敬重钦佩又让人心生怜爱的老人。

2017年，司文来一家享受易地扶贫搬迁政策，搬进了崭新的楼房。说到当初动员搬迁时，张宪云忍不住说："当时很多村民都不愿搬，想不通，怕走丢，怕没了房子。我说共产党还能骗咱老百姓？你们不搬我搬，党员们为咱腿都跑细了，咱得配合人家工作，别给人家添麻烦。活这么大岁数了，还能住上楼房，我反正做梦都要笑醒了，要知足！"

正是由于司文来等人的带头，村里的易地搬迁工作非常顺利。为了照顾他们一家人年岁大行动不便，村里特地分了一套二楼的住房。

搬家后，徐彦立刻前来看望，张宪云正坐在小板凳上揉搓着衣物。"家里有洗衣机，为什么不用啊？"徐彦疑惑地问道。"二兄弟总是尿裤子，怕洗衣机洗不干净，用手搓搓还是好。"看到张宪云那双泡在凉水里干枯变形的手，徐彦的内心百感交集，上前要去替她，可老人拼了命地说什么也不肯，只好帮着做了些打水倒水的活。

在交谈中了解，张宪云的婆婆于2017年冬去世了，老人家闭了眼睛都还握着张宪云的手不放。而司文常自8岁起就由哥哥嫂子照顾着，60年如一日，张宪云待他就像待自己的孩子……

徐彦再次被深深感动，第二天他拎着5包尿不湿来到司文来家，开门的却是个中年男人，司文来的儿子："我妈最近肠胃一直不舒服，今一早我爸带着她去白城医院看病了。"

徐彦大吃一惊，昨天没听老人说啊："一直不舒服，怎么才去看？"

"为了等我从外地回来，不然没人照顾我二叔，但愿没耽误病情。"

得知他们去的医院，徐彦特地给白城的亲戚打电话，去医院帮忙照料一下老人。在徐彦亲戚的帮助下，张宪云很快完成了一系列检查与诊疗。

由于一直惦记着张宪云老人的病情，她回来后，徐彦备了些营养品去家里看望她。"小党员，我老婆子啥事都没有，真不知该怎么谢你。往后来家里啥都不许给我买，共产党给我们的已经太多了，啥都不缺！你们工资也不高，要把钱用来好好养育孩子，让你们的下一代也当共产党！今天中午不许走，大娘给你做饭吃！"

每次跟这一家人接触，徐彦总是有一股暖暖的感觉。司文来不善言辞，总是笑呵呵一脸慈善地看着。张宪云的话，又总是句句抓心，满满的感恩和浓浓的亲情。

转瞬已近五月下旬，这一天，盼望已久的小雨在窗外时落时停。徐彦的手机响了，一看竟是张宪云大娘的电话："小党员，你帮大娘看看，这雨能下到啥时候？"

徐彦挂掉电话上网查看了天气预报，近三天一直都会有雨，随即电话回复。"这就好！这就好！雨下透了咱农民就能播种啦！"张宪云欣慰道。

徐彦很奇怪："大娘，咱家的地不是都承包出去了吗？""我们老两口是种不动地了，可是别人得种啊！"听罢，徐彦狠狠地拍了下自己的脑袋，立刻找到村支部书记，告诉他马上通知全体村民做好耕作准备。

又一日，徐彦带着从另一个发展庭院经济的建档立卡贫困户家中，购买来的 10 斤小水葱到司文来家："大爷大娘，在楼里住不像以前在平房种园子吃菜方便，这些葱你们留着吃啊。"

"谢谢你，小党员！不过我要是把这些葱种上，吃起来不就方便了嘛！"只见阳台上摆着大大小小的花盆，里面长着蒜苗、韭菜……徐彦和司大爷在其中的 3 个空盆中栽满了嫩绿的小葱，葱啊葱，充充裕裕。

六月的早晨温暖而清爽，徐彦和张宪云老人约好在县医院见面，帮她办理残疾等级升级鉴定和新农合报销。

由于残疾鉴定每月只有一天能办理，早上七点才过，县医院门诊大厅的导诊台就已挤满了需要鉴定的患者和家属。虽然医院窗口八点半才开始受理业务，但徐彦还是恨自己来得太晚，这要排到什么时候？

"孩子，咱们不着急，让那些坐轮椅的人先排，他们比咱难。"老人总是善良地想到别人。

当徐彦将一系列手续跑完，已近中午，74 岁的张大娘一直蹒跚在徐彦身后："孩子，要不是你在这，我老婆子三天也办不完。这是 50 块钱，不管多少，拿着！大娘有手有脚，不能让你给我花钱！"

当问到老人，你们一家一年能有多少收入，够生活吗？满意不满意？

"够够的！"张宪云斩钉截铁地说："我们这过得丰衣足食的生活，年节还给点，特别满足，我们谁说不满足，那不瞎话吗？"她一边说，一边拿出一册红色的"扶贫手册"。

翻看手册，里面密密麻麻地记录着他们一家人的各项收入：

2016 年，实施危房改造项目，政府补贴 4000 元；

2016 年，实施草原牧鸡养殖项目，免费提供雏鸡 60 只；

2017 年，实施庭院经济项目，种植马铃薯 1000 平，补贴 900 元；

2017 年，新型农村医疗合作参合费 200 元；

2017 年，实施庭院经济项目，种植马铃薯纯收入 1300 元；

2017 年，专项扶贫养鸡项目，纯收入 800 元；

2017 年，种植糜子纯收入 2200 元；

2018 年，光伏扶贫项目收入 500 元；

2019 年，光伏扶贫产业项目收入，4 月份 210.5 元，8 月份 114.38 元，9 月份 419.3 元；

2020 年，长春市对口帮扶棚膜经济园子资产租赁项目收益 378 元；

2020 年，公益岗 5—9 月份工资收入 2800 元；

……

张宪云又拿出一张蓝色的"2020 年家庭收入情况一览表"，上面清清楚楚地罗列着司文来、张宪云老两口，转移性收入合计 13916.85 元，工资性收入合计 2800 元，资产性收入合计 3078 元，全年累计收入 19794.85 元，人均年收入 9897.43 元。

"二兄弟还有残障补助，低保补助，收入比我们还要高。"张宪云说："看病能报销，平时爱心超市那儿干点活，也不累，就当锻炼身体了，赚的积分就够日常开销了，都花不完！"

"就这包保干部还隔三岔五给送点米啊油啊钱啊，啥都给。"司文来在一旁插话。"嗯呐，我跟他们说我们啥都不缺，不用给，

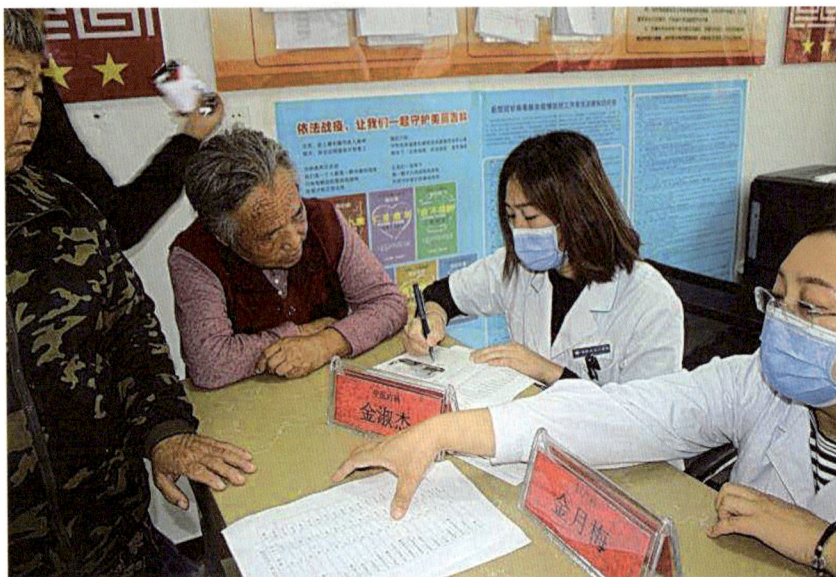

医疗扶贫

小党员他们还是隔三岔五就送。吉林日报的同志也常过来送东西，真是碰上好时候了，这辈子就享共产党的福了！"

通榆县包保干部"吃万家饭"活动中，要求做到"四看、四问、一尝"。徐彦曾经问张宪云老人，对扶贫工作和包保干部有什么意见，她说："对党、对国家、对咱党的干部，我们只有感激，甚至有愧疚。这把年纪不能为国家做什么贡献，但只要我们老两口还活着，就尽量不让我这二兄弟再给社会增加负担。我们岁数大的人，国家给的够吃够用，就是村里的年轻人还得奋斗。我只希望，易地搬迁上楼以后，咱镇上村上能招来大能人大公司，把咱的土地好好利用起来，带着咱农民把日子越过越好！"

说到这儿，张宪云老人激动了，她拉着"小党员"徐彦的手说："咱们习主席领得好，你们跟得好！我们这些老百姓就享福了！"

土地从来不曾抛弃农民，我们对土地的淡漠，其实是我们的无知，即便再发达的工业社会，离开土地的滋养，我们肯定无法生存。新的形势下的农村青年，该如何让个人的事业，融入曾经的热土呢？乌兰花镇陆家村的王延会，用他的行动告诉人们：土地依然可以承载农民的"富道"！

现年37岁的王延会，是陆家村土生土长的孩子，儿时的他有一个保家卫国的军人梦。初中毕业后，满怀激情的王延会很渴望去参军，没想到被父母泼了一盆冷水。原来，王延会自幼体弱，父母担心他适应不了军营生活。

军营梦虽然破碎了，但头脑灵活不甘寂寞的王延会，注定不是一个庸碌之辈。年轻的他，居然对种地产生了浓厚的兴趣。他不满足于自家的几垧地，陆陆续续从别人手中租了一百多垧。

2010年，王延会又看中了养羊产业，自信的他决定通过养羊改变窘迫的生活。于是他在自家的院子里盖起了羊舍，养了100只基础母羊。

几年下来，王延会发现没赚到几个钱，他觉得自己的规模太小。于是2015年，他又扩建了羊舍，养殖基础母羊200只，育肥羊500只。年底时，看着膘肥体壮的羊群，王延会却有一种欲哭无泪的感觉，原来他遇上羊肉市场的低迷期。

留着继续养资金不够，行情也无法预估，王

▌退伍军人返乡种香瓜，找到致富新路子

延会只好含泪抛售，赔光了所有家底，还欠下了数万外债。

这时候王延会才发现，光凭一股子冲劲远远不够，技术、信息、资金一样不能缺，自己除了热情，几乎什么都缺，看起来选择养羊就是个不明智的选择。那一次惨痛的教训，给全家人的生活带来沉重负担，也让王延会成熟了。

好在他的大地种植还算顺利，可是从别人手上租的地，东一块西一块，机械化作业效率极低，导致成本太高，效益受到很大影响。他有心扩大规模，可是效率问题不解决，规模化生产就是大陷阱！

王延会陷入痛苦的思考中。

机会总是留给有准备的人。2016 年，陆家村整体搬迁计划落地，所有村民都搬进了城镇化的陆家新区，村民的土地全部集中起来，流转给七家家庭农场，实施规模化种植。

村镇和包保干部接踵而至，他们觉得王延会有规模化种植的经验，又有对农田事业的热情和一股不服输的精神，非常适合成立家庭农场。在详细了解了精准扶贫政策后，王延会决定参加土地流转竞标。

竞标会上，胸有成竹的王延会，以 156 万元的价格，成功流转全村 1147.8 公顷中的 450 公顷，为期十年，成功地迈出了他人生中最关键的一步。

2017 年，王延会甩开膀子大干一场，轻车熟路的他种植高粱 100 公顷，收获 80 万斤；种植玉米 300 公顷，收获 300 万斤；种植水稻 50 公顷，收获 30 万斤。全年销售额达到 380 万元，纯收入 50 万元！此外，他还带动农村剩余劳动力 60 多人务工，人均年增收 3 万元。

仅仅一年的时间，王延会甩掉了贫困的帽子，迈上了"富道"。小试牛刀就初战告捷，王延会信心十足，他开足马力，计划 2018 年发展经济作物，由粗放经营向精细打理转变，让收益翻个跟头！

然而，命运像是有意在磨炼王延会，收益还没翻跟头，他自己倒是重重地摔了个大跟头！ 2018 年春，王延会与长春市德惠种子有限公司合作，计划投入 320 万元，建 31 栋大棚规模的采摘园，主打观光、旅游、休闲牌。

合同签订后，王延会亲力亲为，从备料、雇工、设计到焊大棚、蒙塑料，每个环节他都倾注了满腔心血。不料第一批香瓜苗种下去后，居然全部"阵亡"！专家到现场后不由感慨，如果在栽种前能请他们来指导，这种事故根本不可能发生。王延会再次体会到科学技术的重要性，他心疼得差点掉眼泪。

然而，祸不单行，他的大田种植也遇上了大麻烦。100 公顷的吉单 27 玉米种子，由于高温无雨，导致无法顺利授粉而颗粒无收。

命运给了他一颗甜枣，又给了他两记大耳光，把王延会打得眼冒金星。为了弥补损失，他必须追加投资，补种二茬大棚果蔬，问题是他摸摸兜，那里比脸还要干净。

年初王延会不光花光了去年的收益，还借了不少钱，如今真的是借贷无门了。心急如焚的他，只好向政府求助。让王延会颇感意外的是，县乡两级政府特事特办，用了不到一周的时间，就帮他筹措了 26 万元流动资金。

　　凭借这笔追加的投资，王延会亡羊补牢，种植了西红柿和香瓜各 20 亩。在技术员唐学军等人的帮助下，他收获西红柿 24 万斤，香瓜 20 万斤，总销售额 115 万元，纯收入达到惊人的 50 万元！

　　2018 年，王延会虽然遭受了两大损失，可是依然靠大棚经济，就拉平了去年的收入水平。他再获一个丰收年，一个让王延会难以忘怀的丰收年，一个充满艰辛结局又很美满的丰收年。当然，王延会最关注的数字还有一个：这一年他使用长工 20 人，短工超过 100 人。

　　2019 年，王延会将大棚数量又扩建到 100 栋，种植品种又扩展了辣椒、茄子等。他的"王牤子"牌西红柿和香瓜，还获得了有机种植论证，已经销往外省。王延会粗算了一笔账，每座大棚种两茬，一茬勾全年成本，另一茬就是纯利润！

　　这一年，王延会的大田种植又喜事连连，他与鑫域米业签订的甜玉米订单，280 公顷实现销售收入 350 万元，整体收益又增长了 60%，这个数字还没包括秸秆青储饲料的附加价值。

　　2018 年，王延会在陆家村"四道"评选中，荣膺"富道"模范称号。当金灿灿的牌匾，在锣鼓喧天声中，悬挂于他家的门楣上时，王延会禁不住泪水涟涟！

　　如今的王延会家庭农场，每年的净利润已经接近 200 万元！身为党员的王延会在感激党和政府的同时，始终不忘回馈社会，他提得最多的一件事就是，我这一年帮了多少贫困户，每个贫困户可以从我这里获得多少收益。他说，这是我的一份责任，更是一份荣誉！

村民李艳玲说："我们上楼了，地啥的都归农场了，给王老板干活了。这老板心眼好，干半天给 50 块钱，孩子爸打工去了，这么的比种地强，一年收入也挺好的。"

贫困户张静，提到王延会一律称"大哥"，她说："我家有四垧地，都包给王延会合作社了，我们楼区的人都在这干活。我跟我对象搁这儿一年有五六万块钱，在这就能挣到我们理想的钱了，不像以前费劲巴力干活还赚不到钱。现在有个像我大哥这样的能带领我们一起奔小康，挺好的！"

村民张义龙，因为脑梗住院，欠了 8000 元饥荒。2018 年张义龙夫妇都在王延会的农场上了班，一个长工一个短工，一年收入 5 万元。

55 岁的村民鲁占发，从 2017 年起就在农场上班，2019 年，

■ 饲养肥羊

175

他用积攒的工资买了一台轿车。鲁占发半开玩笑地说："咱也是上班族了，还是有车族！"他又说："这些都要感谢王延会，要不是他，我的生活不可能变化这么大。"

走在陆家新区，听到最多的，都是对扶贫带头人的夸赞和对扶贫政策的感激。与土地打了一辈子交道的农民们，怎么也无法想象，那个曾经让他们又爱又恨的土地，居然会奇迹般地释放出如此耀眼的光芒，让生活在这里的他们，全都过上了幸福的新生活。

城市的月亮比农村的圆，这曾经是农民们普遍的观点。兴隆山镇三宝村刚刚走出校门的嘎小子高磊，也是这么想的。

在校园里"憋了"十来年的高磊，感觉像脱了笼的鸟，迫不及待地想飞翔。父母却一脸愁容："儿子，你会啥啊？能做啥啊？"高磊一脸不屑："不都是闯出来的吗？屯子里的哥哥们，都到城里打工，我也能啊！"

父母直摇头："你还是先读个技校，学个技术，有技术到城里才好工作，啥也不会谁用你啊，总不能年纪轻轻天天扛大麻袋吧？就你小身板半天都撑不下来。"

"什么？还得进学校？高磊头皮发炸，饶了我吧，学校也就学个理论，顶啥用，白浪费时间嘛，还不如直接打工，我要跟屯里大哥去辽宁。"

父母知道高磊的心"野"了，收不住了，怎么劝他就一个心思要"腾飞"，好像辽宁那地方满地黄金等他捡似的，家里已经困不住他了。就这样，父母只好到技校给高磊办了退学，满足他的"城市梦"。就这样，高磊迫不及待地"飞了"。

一个多月后，母亲接到高磊的电话："妈呀，是不是秋收了？我回家帮你们吧！高妈妈笑了，那就回来吧，不用说，小鸟被风浪呛着了，搁那拐弯抹角耍花腔呢。"短暂的打工生涯，高磊碰了一鼻子灰，城市的除了月亮圆，还有呛人的尾气，黄金没看到，白眼倒遭了不少。

这次不成功的"城市一月游"，让高磊一下子长大了。与其到陌生的环境乱飞，还不如老老实实窝在家里种地，打工为赚钱，种地一样也能赚钱，为什么要放弃现成的优势呢？

既然决定种地，那就得干出点名堂。高磊暗暗下了决心，他潜下心来，认真研究种田技术。头脑灵活又勤快的高磊，很快熟练掌握了大田种植的要领。

一段时间后，深思熟虑的高磊，跟老爸提了个要求：买台翻地车，再租几垧地，扩大种植规模。孩子有这追求，父母当然支持，于是高磊成了屯子里第一个实现半机械化作业的种植户，也成了周边最年轻的"职业农民"。

很快，兴隆山镇都流传着一个故事：三宝那疙瘩有个小伙"成厉害了"，一个人种几十垧地，一年赚七八万！"小伙"就是高磊，他一个人的收成，比别人全家劳作的收成还要高一倍，这在种了一辈子地的老百姓眼中，高磊神了！

几年后，高磊因为种田致富，又热心帮助村民，还被批准入了党。于是高磊遇上了幸福的"烦恼"，上门提亲的人几乎踏破高家的门槛。

不知从什么时候开始，东北农村刮起一股风，小伙娶妻都要准备一份厚重的彩礼。这个陋习导致很多农村青年"因婚致贫"，

■ 高磊在干活

或者结不起婚。像高磊这种"稀缺资源"，在当地姑娘们眼中，自然就成了香饽饽。

婚后的高磊小日子过得还算舒心，只是发现一个严重的问题：赚的钱越来越少，最后连添置农机的借款都很难还上了！

原来高磊心大，尝到种田的甜头后，又借款购买了几台设备。平时忙完自己家的活，谁家有活叫他，他二话不说开着机械作业设备就去干活，活干完了别人愿意给多少钱就给多少钱，不给高磊也不好意思要，遇上家里穷的，高磊手一挥，别给了。

几年下来，设备越来越陈旧，维修保养成本越来越高。一边收不到作业费，一边还要倒搭维修费，终于窟窿越来越大，高磊再也堵不住漏洞了。

提到这事，高妈妈至今"耿耿于怀"："他心眼特别好使，你看我们这儿家家园子不小吧，从来给人家翻园子不要钱，无论多大园子让翻都白翻，说一声就好使，谁困难了，说少要就少要，说不要就不要，就白给翻也行。年轻轻的作为一个党员，应该对百姓做些有意义的事，党培养你这么多年。"

好口碑一时也换不来金元宝，高磊痛定思痛，把设备全卖了。正赶上有朋友动员他合伙做家具生意，高磊心动了，那些年楼盘开发好，谁家买房子不得买家具？于是高磊一冲动，拿着卖车的钱，又借了几万块，跑进城里搞起了家具生意。

高磊根本就不懂家具市场，他正好赶上了房地产市场的萎缩期，家具店艰难维持，他被迫不断往里填补。最后实在维持不了了，他才被迫咬牙关闭了家具店，一算账，前后亏进去二十万，原本的"小康之家"转眼成了贫困户！

一直顺风顺水的高磊，遇上了人生低谷，他几近崩溃，夜晚躺在床上整夜整夜睡不着觉。要想回到过去，还得借钱买机械、租地，没个四五年都还不清饥荒，关键还能上哪儿借钱呢？

高磊思来想去，觉得自己就没有当老板的命，罢了罢了，莫不如还是老老实实到城里去打工吧。媳妇在家照顾孩子和老人，自己好好干，不担风险，说不定一年也能弄个十万八万回家。

正当高磊举棋不定的时候，村主任王东伟来了，他的一番话点醒了高磊："你在外面漂，还不如消停地在家种地养牛。如今政策好了，你看村里的房子、路，修得多板正，政府对老百姓帮扶力度太大了，精准扶贫这一块可以帮你老大忙了，为什么不好好利用？你养牛啊，养肉牛效益好，我帮你办执照、办贷款、建牛舍，从饲养到销售，都有人帮扶。"

那一次谈话，高磊散乱的心又"守铺"了，他说："最适合还是种地、搞养殖，农村越来越好，自己就是个农村孩子，开玩笑不说嘛，城里水太深，还是回农村吧。"

"灵魂回归"的高磊，在扶贫政策的帮助下，踏踏实实地开始了第三次创业。事实证明，农民的孩子离不开土地的滋养，当他们拥抱大地的时候，大地就会回馈他们深深的爱。仅仅一年的时间，高磊的肉牛饲养场，种牛繁育到二十多头，并实现14万元的净收入。

养牛的同时，高磊也没有抛弃他钟爱的黑土地，他又种上了15垧苞米地。他说："先前失误导致资金短缺，政府帮我解决了资金问题，我肯定会东山再起，种地咱轻车熟路，何况肉牛养殖也上路子了。"

打了翻身仗的高磊，没有忘记自己党员的身份，他主动要求参与到脱贫攻坚战中来，承担了三个贫困户的包保工作。从被帮扶对象，成了扶贫包保干部，高磊的角色转变，体现了黑土地上百姓的主人翁态度，也让人们感受到了脱贫攻坚事业的滚滚洪流。

也是在三宝村，有位叫王柏超的致富带头人，与高磊双璧辉映。

王柏超以前靠种地为生，日子过得紧巴巴，不过他跟高磊一样，不甘心过清贫的日子。2016年，党的扶贫政策落地，对养羊实施政策补贴。王柏超与妻子商量后，决定抓住机遇，投身到育肥羊繁殖事业。

几年下来，王柏超在政府的帮助下，不断扩建羊圈，饲养规模越来越大。2019 年，王柏超全年出栏育肥羊超过 2000 头，销售额 300 万元，成了村里的致富"头羊"。

王柏超自己富裕后，鼓励村民们跟他一起养羊，并无私地向大伙儿传授养殖技术："现在养羊这块也算是非常成功，附近的邻居，还有村民养殖户，这些都来向我咨询，还让我告诉他们一些养殖这块经验吧。怎么选羊，怎么育肥，尤其是防疫这块，哪天打针，打驱虫针还是打疫苗啊，我都告诉他们了。间接地帮助他们致富，带他们挣钱。"

村民们提到王柏超无不夸赞连连："真耐心，一点一点给我们讲，一点不保留，有时候从他这儿拿点药啥的，从来不收一分钱。没有王柏超，我们这些人根本不敢养，不会啊，怕养不好，赔钱，人家等于从自己的碗里给我们分食，了不起！"

县扶贫办负责人说："脱贫攻坚进入攻城拔寨的关键时期，

开通镇前青屯庭院经济

尤其需要这种榜样的引领，它会进一步激发广大农民群众，为了共同实现脱贫致富奔小康这一宏伟目标，一起努力着、奋斗着、追求着的热情和内生动力，爆发出一股攻无不克、战无不胜的磅礴力量。形成利剑之势，必定能够斩断脱贫路上的一切艰难险阻，必定能够巩固脱贫攻坚的一切成果，最终拔掉穷根、摘掉穷帽，共同实现小康梦想！"

高磊和王柏超，都是扎根于土地的典型代表，他们身上的勤劳、朴实和奉献精神，不正是黑土地的情怀吗？他们以实际行动，向全国的农民朋友宣言：土地是农民的根，农村大有作为！

乌兰花镇乌兰花村永安屯村民张德新，有一个一本万利的买卖，他坐在家里一个月轻飘飘赚五六千。可是有一天，张德新突然宣布，他要砍掉这棵摇钱树！什么买卖能一本万利？他又为何要自断财路呢？

张德新口中"一本万利"的买卖就是麻将馆。每年秋收后，农民们便无所事事，进入半年之久的漫长"猫冬期"。在此期间，东家走西家串，喝酒耍钱扯闲磕，就是农民们的常态生活。张德新脑子活，偷偷办一个麻将馆，一次性投入不大，坐着就收钱，还能卖点烟酒、小零食，多好的生意！

就这样，张德新的麻将馆开张了。果然像他预料的那样，六七台麻将机时常爆满，男女老少都上场，每天人来人往，好不热闹。到月底张德新一算账，赚了六七千，麻将机的投入全回来了！张德新一个冬季坐在家里就能收入三四万，上哪儿找这么好的买卖？他为何要关闭了呢？

在村干部和包保干部做耐心思想工作后，张德新决定关闭麻将馆，把地方腾出来办"读书屋"。

在农村办"读书屋"？有几个农民有阅读习惯？别说农村，城里的图书馆都是公益性质，张德新想靠"读书屋"赚钱，脑瓜里进了几吨水？

还真错怪张德新了，人家压根没想赚钱，而是想贴钱做公益。张德新说："麻将这东西害人不浅，一群人抽烟喝酒，骂骂咧咧，乌烟瘴气，有时候为输赢弄得急赤白脸，影响邻里感情。有的还带着孩子来玩，这环境对孩子成长非常不好。我虽然把钱赚了，总觉得这钱赚得不干净，害了大伙儿。"

张德新主动跟村书记张岩商量，想利用大伙儿往他那里聚的习惯，办一个读书屋，引导大家读书学习，改变精神面貌。他的想法与张岩一拍即合，如今扶贫政策一项接一项，村民们如果能通过读书学习，掌握科技养殖、科学种植等知识，对扶贫政策的落地，无疑是做了一件大好事。

扶贫先"扶志"，"富口袋"不如"富脑袋"。在张岩和第一书记、包保干部们的帮助下，张德新的"农家读书屋"正式成立，麻将馆彻底关停了。

包保单位和村里支持了一批书架和书籍，张德新又自掏腰包，购买了一批包括农村种养殖类、科技类、法律知识、务工常识、家政保健等与生产生活息息相关的农用书籍，向村民免费开放。

宋真宗赵恒的《劝学篇》说："富家不用买良田，书中自有千钟粟；安居不用架高堂，书中自有黄金屋；出门莫恨无人随，书中车马多如簇；娶妻莫恨无良媒，书中自有颜如玉。"如今张德新的"农家读书屋"里，前来读书的农民络绎不绝，小小的书屋俨然成了农民的"千钟粟""颜如玉"和"黄金屋"。

村民董秀坤说："以前一到冬天农闲时，不光这个屯，别的地方也那样，成天小麻将桌小酒桌，实际上一点好处都没有。自从有了这个书屋以后，学了不少知识，关于养殖种植方面的，受益不浅。"

村民张国海说："自从成立这个书屋，大伙有什么不会的，就来问他张德新，跟他探讨，他对这个挺有研究。一年能多收点，让老婆孩子能过上好日子这是正事。我不会就听就问，慢慢心里有谱了，知道怎么种怎么经营管理了，学到了很多东西。"

村民李宏权对"农家读书屋"最有感情，他是第一个从这里淘到"千钟粟"的人，他说："去年春天张德新叨咕想种点香瓜，问我种不种。一开始没打算种，后来在网上搜索，又来书屋找书看，觉得确实利润可观，就寻思试试。这一试发现真好使，当年赚了一万多。"

"农家读书屋"如此受欢迎，大大出乎张德新的预料，他高兴地说："在我开书屋以后，有不少乡亲戒掉了赌瘾，没啥事也不说东家走走西家串串了，都在我这拿几本书回家看，忙着学点知识。有的开始下乡收羊了，有的在家养鸡养鸽子，还有的种大棚啥的，基本都有正事干了，都寻思看看书，学点技术种点啥养点啥，想把日子过好了。"

李宏权插话："现在打麻将的少了，没看见谁玩了，基本上都上这看看书。有的拿家自个看，有的搁这儿看，看完书还能交流交流。"

其实张德新为村民做的，还远远不只这些，张岩说："开展精准扶贫到现在，涌现了一大批致富能手，村里也着重关注这些年轻的致富能手。张德新就是优秀代表，他的庭院经济带动了很多贫困户。"

农村经济发展有一个最大的障碍，就是年轻人的流失。绝大多数年轻人，不甘心过面朝黄土背朝天的农村生活，他们更向往城市的灯红酒绿，幻想着过上衣着光鲜的白领生活。结果，留在农村的就剩下一群老人和孩子，连小媳妇都很少。

张德新很务实，他说："城市里机会虽然多，竞争也激烈，工作节奏快，压力大，不一定适合我们。农村生活成本低，周围全是熟人，办点啥事都方便，干啥非得跑城里打工，赚点钱都交房租水电了。"

张德新还说："在城里要跟大学生竞争，在农村跟大爷大妈竞争，咱比不上大学生，还比不上大爷大妈吗？哈哈！"

2014 年，扶贫政策还没到来之前，张德新就相中了种香瓜。那年，他小试牛刀，在院子里搞了两个大棚，自产自销赚了两万多。那时候还没有庭院经济的说法，他已经走到了扶贫政策之前，开始了自我探索。

2017 年，扶贫新政策落地，大力扶持庭院经济。此时的张德新，已经搞了三年，对庭院种植技术早已轻车熟路。机会总是留给有准备的人，这句话对张德新来说再合适不过。满怀信心的他，顺势借助政策，扩大了种植面积，年净收入迅速猛增到8

万元。

除了香瓜，张德新又将种植品种扩大到辣椒等，实现品种套种，大大提高了单位面积的产出。当张德新抓住机遇，乘风破浪干得起劲的时候，村民们大多数人却处于观望中，迟迟不肯下手。

看到乡亲们还在犹犹豫豫，张德新都替他们着急："多好的政策，还不赶紧抓？种苗不用花钱买，大棚政府帮你建，不会种有人教，按平方给补贴，销售有人包，甚至翻地都有包保干部帮你干，上哪儿找这好事？都把饭送到嘴边了，怎么还有人连张嘴都不会呢！再不撸起袖子加油干，真就有点说不出了！"

张德新心急之下，干起了"兼职"包保干部，他主动走家串户，挨个动员大家赶紧发展庭院经济，不断给他们宣讲政策。有了张德新的示范和动员，大伙儿终于跟上了步伐。

针对乡亲们的技术不足，张德新充当起了义务技术员，谁家有问题他就第一时间出现在谁家，毫无保留地将自己几年来摸索的经验，传授给大家。村民姜向文感激地说："德新这孩子挺好，有点什么困难都过来帮，一喊就到，没要过大家一分钱。他不是包保干部，做得还挺到位（跟包保干部似的）。"

张德新却谦虚地说："都是乡亲，不是大爷就是婶，能帮就得帮。他们入行晚，顾虑多，帮一帮教一教就上路了，缺点苗啥的，我就白送了，他们赚钱我也高兴。咱做的这点事，跟包保干部们没法比，人家才叫贴心，天气有个变化都一遍又一遍来电话问，大棚温度咋样？苗子冻着没？需要加保温措施吗？生怕我们受损失。"

有人问："关闭麻将馆，跟发展庭院经济有关吗？"

"当然有关。"张德新说，"天天打麻将的人，哪有心思放到正事上，都荒废了。种地这玩意要抓时节，错过了就耽误一年。断了麻将，让他们多了解扶贫政策，多学习科学知识，潜移默化熏呗，有一个行动就会带动一群。麻将室不关，谁也拔不出来，扶贫政策还年年等咱们吗？错过了太可惜。当初跟张书记商量的，就是赶紧把他们精神头扭转过来，剩下就好办了。"

张岩说："我们村的庭院经济发展，张德新功不可没，老百姓有时候更相信身边的模范，比我们说一百句都管用。德新完全把扶贫工作当作了自己分内的事，我们从来没有要求他做什么，都是他主动做的。"

谈到自己主动参与扶贫工作，张德新透露心声："我也是一次一次被包保干部们感动，人家那么无私地帮过我，我觉得也有义务把这份爱发扬光大，大家一起努力，好好利用政策都

白城市主要负责同志到陆家村实地调研易地扶贫搬迁工作

走上富裕路，这么做，才对得起党，对得起政府！"

通榆县脱贫攻坚战中，涌现了一大批带领乡亲们通过养羊脱贫致富的"头羊"，留下了许许多多动人的故事。这其中，双岗镇长青村的王军、向海蒙古族乡金星村的赵宝龙就是突出的典型。

被村民们称为"大拿"的王军，其实入行很晚，他到2018年才开始养羊。不过由于他善于钻研，起步就上规模，所以他异军突起，成了周边有名的"头羊"。

当笔者见到王军时，他正美滋滋儿地看着刚刚买回来的110只新羊羔儿，与养殖户津津有味地讲着养羊之道。他一边轻轻地抚摸羊背，一边对围在身边的"徒弟"们说："干啥都得有细心，你没细心不行，你看这小玩意儿跟小孩儿似的，从打下槽你就不能错开眼珠……"

"徒弟们"迫不及待地发问，从如何识别羊的健康状况，到羔羊饲料配比，再到如何育肥，又到市场行情，恨不能一下子把师父的脑子掏空。这份热情劲，仿佛一群即将高考的孩子，围着老师加小灶。

王军笑了："大伙儿都急了，趁政策好都想发家致富，谁勤快谁先富呗，看别人都发了，谁不眼红，都不想错过机会。"

其实以前王军也没有养羊经验，后来他见到有人养羊，效益还不错。仔细一打听才知道，如今养羊有政策扶持，从资金到技术，再到销售，全程都有包保干部帮扶。王军立刻心动了：这不天上掉馅饼的事嘛！绝不能再等了！

于是王军找到村里，表达了自己的意愿。让他感到意外的是，虽然不是建档立卡户，村里也同样支持他发展养殖业，并帮他对接了县里的技术专家，以及办理贷款事宜。

跟很多人怀疑、观望、等待的态度不同，王军一开始就对扶贫政策坚信不疑，对专家也抱着一种取经的心态，因此他的起步就是个高起点，第一批采购数量就达到了 100 只羔羊。

几个月后，王军基本掌握了养殖技术，他又一口气采购了 100 只羔羊，下半年王军的饲养数量火箭般地又猛增到 400 只。

王军心细，又善于学习，他照顾的羊群，几乎不得大病，小病也能及时发现并治疗，因此他创造了一个奇迹：两年多没死过一头羊！

2019 年，王军迎来一个丰收年，当年靠养羊净赚 20 多万元。他开心极了，积极呼吁乡亲们一起养羊，他说："这玩意弄熟了一点不费事，都不耽误种地，还有政策支持，跟白捡钱差不多，千万不能错过啦！"

原本观望的村民们逐渐心动了：看人家老王，以前没养过都能成，家里有钱了，车买了，还给儿子在城里买了楼。咱不会就跟他学呗，这玩意指定行！

于是，越来越多的人向王军请教养羊秘诀。王军呢，来者不拒，不管谁问到头上，都会十分热心地提供技术支持和帮助。不知道谁先起的头，"师父"成了王军的代称，村民徐占胜和徐秉寅，还成了王军最得意的两个徒弟。

徐占胜是王军最"露脸"的徒弟，他也是个非常善于钻研的人，也是获取王军"真经"最多的徒弟。在仔细筹划下，徐占胜创下了一个连师父都没达到的纪录，他第一圈羊就赚了七万元！

王军最"中意"的徒弟徐秉寅则是另外一个风格，他没有盲目行动，而是跟在王军身后，足足当了好几个月的"羊倌"。徐秉寅有自己的小"精明"，他说："我这是先跟着人家整，然后拿人家的羊交学费，哈哈！学会了我再自己整的。现在挺好的，我这圈马上出钱了，这两天一个劲儿涨价呢！"

看着乡亲们纷纷行动，争先恐后地加入到勤劳致富的行列，他感到无比的满足："想要过好日子，你就得靠自己努力。如果有想学的，想养羊的，我都毫无保留，全盘托出地告诉他。因为你自己富了，那不算富，都富起来了，才是富了！"

梦想也许会迟到，但从不会缺席。只有撸起袖子加油干才会实现梦想，奔向小康。王军是个勤快人，也是一个热心人、一个知恩感恩、回报社会的人。

▌通榆县新时潮制衣有限公司工人正在缝制衣物，该公司在向海乡建立了扶贫车间

谈到未来的梦想，王军透露了自己的计划："下一步我打算搞一个牧业小区，在小区里养，离屯子远点儿，环境还好。要是有小区的话，最起码能带动 20 户呢。我有信心做好'头羊'，带领更多的人致富！"

在王军带领村民们阔步前进的时候，金星村的"头羊"赵宝龙，早就在几年前，就开始探索另一种集体致富的道路，只不过他们的道路充满了艰辛。

赵宝龙是个头脑灵活，又热心肠的小伙子，在村民中有着非常好的声誉。2013 年，23 岁的赵宝龙，看好了育肥羊产业，在他的鼓动下，十几户村民集体入股，成立了一家养羊合作社。

按赵宝龙的市场调研，如果人们的生活水平大幅提高，对牛羊肉的需求增长非常快。尤其咱东北火锅店遍地都是，市场对高品质牛羊肉需求缺口很大。信心十足的社员们，集资了四十万元，一口气买进五六百只母羊和羊羔，准备大干一场。

然而，才迈出第一步的赵宝龙，就因自己没有经验摔了一个大跟头。由于社员们没人懂病情防疫知识，将家庭养殖模式复制到规模化的养殖作业中，导致"小反刍"在羊群中流行。又因为不能做到早识别早防治，羊群出现大批量死亡！

好容易死里逃生活下来的羊群，又赶上了那年羊肉市场的暴跌，合作社几乎赔得底朝天。两记大闷棍，把社员们打得晕头转向，谁也没心思继续坚持了，大伙儿把剩余的资金一回笼，纷纷撤退了。

看着乡亲们失望，甚至绝望的眼神，赵宝龙羞愧得恨不得钻地缝。农民来钱不易啊，面朝黄土背朝天，赶上风调雨顺粮价又好，才能攒几个钱。如今被自己一个草率的决定，毁了十几户人家多年的积蓄，赵宝龙陷入深深的自责中！

赵宝龙痛定思痛，他作出了一个让人难以置信的决定：从哪儿跌倒从哪儿爬起来，坚持养羊，替社员们找回损失！

他认定，育肥羊产业一定会红火，只是自己太低估了饲养技术。于是他撒下心来，不再急于上规模，而是在实践中不断摸索经验。同时，他走出家门，向周边那些育肥羊大户虚心求教学习。

两年下来，赵宝龙惊喜地发现，自己已经掌握了技术要领，包括常见疾病的预防知识，他的羊群数量也在慢慢地增长了。2016 年，赵宝龙利用扶贫政策，申请贷款 10 万元，购买了 230 只母羊和 530 只羊羔，开始他的第二次规模化养殖之路。

这一次他大获全胜，当年他就赚了 20 多万元。赵宝龙没有沉浸在沾沾自喜中，他又做了一个大动作——成立育肥羊交易市场。

提及成立交易市场的初衷，赵宝龙说："交易市场是风向标，有利于及时掌握市场信息，对防止投资失误，分化风险作用很大。另外，市场的交易量起来了，原先亏本的社员们还会重新加入进来，我就有机会带领他们，多少倍地赚回当初的损失！"

为了扩大交易市场的影响力，赵宝龙吃尽了苦头，好在有扶贫干部的帮扶，帮他解决了很多困难。他说："我一个人哪有那么大影响力，主要还是靠帮扶政策。"

村书记马喜才却说："赵宝龙的思想很进步，经常到咱们村上帮助咱们协助联系农户各方面工作。他有意通过交易市场扩大规模，带领村民们集体致富，我们应该支持。咱们金星村党支部，也有意把他纳入到积极分子和以后发展党员的对象。"

如今他的交易市场已经具备了一定的规模，平均日交易量达到 300 头。光交易市场这一块，赵宝龙就可以年净收入 15 万元。

随着交易市场的知名度越来越高，周边乾安县、大安市的育肥羊大户纷至沓来。这其中有个"诀窍"就是，赵宝龙的育肥羊技术已经达到了相当高的水平，那些大户们从他这里采购，可以顺便学习技术。

当然，活跃在交易市场上的人群，也包括了当初退出合作社的村民，他们又回来了，并很快从养羊产业中赚回了当初的损失。

村民郑国力说："我去年才回来，半年时间赚了四万块，挺

希望的田野

不错的。宝龙掌握第一手市场信息，我们都跟着沾光，能卖上好价。"

村民郑兵说："有时间我就过来干活，装车卸车过秤啥的，没细算过一年两万收入还是有的，还不耽误自家种地养羊。"

赵宝龙这只"头羊"，没有辜负村民们对他的期望，他以不服输的精神和负责任的态度，兑现了自己的承诺。即便如此，赵宝龙还显得很不满足，他说："现在规模还不够，等咱一点一点扩大了，就能有更多人参与进来，大伙都多挣点呗。能多带动就多带动，尽自己微薄之力，把咱们金星村胜利屯老百姓尽可能全带起来！"

王军那句"都富起来才算富"和赵宝龙的"尽微薄之力"，这些发自普通农民的肺腑之言，展现的不正是脱贫政策照耀下，农民们崭新的精神面貌吗？这种精神又何尝不是鹤乡人民对扶贫政策的完美答卷呢？

在边昭镇昭福家园里，流传着这样一位老人的故事，他身患脑血栓，却不等不靠，常年拖着病体，靠捡垃圾让自己脱贫，感动了身边的村民。

在昭福家园小区见到了他，他叫李瑞森，今年 63 岁。李瑞森 2011 年患脑出血，行动不便，有一个 94 岁瘫痪在床的老母亲需要长年照顾，还有 4 岁的孙子需要他抚养，生活压力非常大。

李瑞森搬进小区已经三年了，提及住房，他感慨万千："要是还住平房，这大冬天我老妈撑不了。农村大炕你再怎么烧它也不行，天天还得掏灰、烧炕，离不开人。这多好，暖气既干净又省事，家里也热乎了。"

笔者问："暖气费怎么办？可不低啊！"

李瑞森摆摆手："有补贴，我家 80 平的房子，就交 60 平的采暖费，水费、物业费都不用交，就花点电费，算算账，花销跟住平房差不多。"

"你买这个房子花了多少钱？"

"不花钱，还剩钱了呢！"

不禁让人一脸疑惑："买房子还剩钱？什么意思呢？"

"老房子卖给政府，政府按面积评估给钱，这边买房子又给一次补贴。我那老房子面积大，里外里我住上楼一分钱没花，买了个车库还剩了七八万。"

边昭镇副书记王坤补充说："昭福家园是边昭、五井子和铁西，三个村的整体搬迁项目。这三个村贫困户比较集中，通过整体搬迁，让他们直接进入城镇生活，拆迁后的地还耕。这里的居民，大多数搬迁后都会剩钱，尤其是贫困户，政府每平方米又补贴几百元。"

"没了地，你的收入怎么解决？"

李瑞森扒着手指头："我们两口子都有低保、社保，我老妈还有个高龄补助，村里还有项目分红，七七八八加起来，一年收入大几千块钱吧。过去怕得病，看不起，现在有医保了，像我们贫困户都是 90% 报销，还不用先交钱。有这些收入，过日子没问题了。"

"都够花了，怎么还去捡垃圾？好多年轻人都游手好闲，你又何必呢？"

"我说句实在的，我这么干活对我自个有好处。还有点经济收入，像我这个毛病要待着那就完了。谁不想过好日子，过好日子就得任干，不能光靠共产党，还得自立。讲话了，买根葱还三块钱呢，你不努力没人看得起你。"

说到这儿，李瑞森有点激动："今天我说句实话，我说话不好听，人穷志不能短，有人嫌我是捡垃圾的脏老头，我离他们远远的，打心眼里我也嫌弃他们太懒。"

王书记接过话头："他家里的条件不好，身体也不行，可是他从来没有跟我们伸过一次手，没有提过一次要求，腿脚不方便拄着拐杖捡垃圾。所以，我们要把他作为典型，号召村民向他学习，自强自立。"

李瑞森脱下袜子，脚上乌黑一大片，他说："这是捡电瓶时，水流出来了，咱不知道是火碱，把脚烧坏了。原先脑血栓右腿不好，这会儿左脚又不行了，在医院看了三个月，就这样我也没闲着。"

"你捡垃圾一年能挣多少钱？"

李瑞森沉默了一会儿，王书记跟他打趣："看来不少赚，保密呢，哈哈，没事你就实话实说，你赚多了我们替你高兴。"

李瑞森笑笑："往年一年下来有个五六千，今年少点，脚坏了几个月还是耽误事了。原先老伴出去打零工，我搁家照顾老妈，捡捡垃圾。现在老伴出不去了，还是受影响。"

"搬到小区三年了，您还有什么不太满意的地方吗？"有人问。

李瑞森脱口而出："这都天上掉馅饼了，搁以前想都不敢想，你农村人还住楼房？现在每个月有固定收入，看病能报销，想

196

中国人民银行白城市中心支行工作人员走访慰问向海乡金星村3星贫困户荣庆海

想以前的日子，还有啥不满意的？我没文化，就一个捡破烂的，没有这些年的政策，不还在土房子里熬呢吗？"

见到刘志时，他正在抢抓天气回暖的黄金时间，忙着平整土地，为今年的庭院经济发展做着准备。看见有人到来，他停下了手里的活，迎了上来。看着眼前这个勤劳能干的人，让人很难将"贫困"二字和他联系起来。带着心中的疑问，走进了刘志的家里，和他详谈起来。

刘志是苏公坨乡天利太村村民，他的开场白与众不同："老辈人说荒年饿不死勤快人，种庄稼的只要肯吃苦，总比别人多一口粮。我也是这么想的，这些年土里刨食，日子也算过得去，怎么也没想到我这个种田老把式，也会变成贫困户。时代不同了，以前能吃饱肚子的都算是有钱人，现在吃得不好的都算贫困户，我被时代淘汰了。"

"以前我地不少种，除了自家的，还租了好几垧，饭是吃饱了，就是不赚钱。遇上风调雨顺，能剩几个钱，遇上灾年，忙活一年下来连地租都交不起。尤其 2016 年前那两三年，年年亏，家里一点积蓄赔光了，还欠了点债，想想都窝囊，咋越勤快越完蛋了呢，别提有多难受了。"

"2016 年扶贫嘛，把我列入建档立卡户，要不是扶贫，可能我就起不来了。就那一年，我就脱贫了。包保干部帮我搞起庭院经济，种了点辣椒，又给我老伴儿找了份工作，月月有固定收入了。加上光伏分红、补贴这些，我记得那一年我家大概五六万的收入。"

"我高兴坏了，不费事就赚了这么多，我估摸着自个儿站起来了，再也不用包保干部费心帮我了，谁想到，2018 年又被一棍子打倒了。"

那一年，一向身体强壮的刘志，突然得上了难治的病。万幸的是刘志参加了新农合和贫困补助，他一共只花了 800 元，就治好了病。

庆幸之余，刘志怎么也提不起精神，原来这场病让他的健康受到了严重伤害，他根本不能再从事繁重的体力劳动。用刘志自己的话来说就是，人废了，没用了！刚有起色的收入水平，又被蒙上了一层阴影。

扶贫政策帮他挡住了医疗费用这头猛虎，能给他再造一条致富路吗？答案是一个响亮的"能"字！

第一书记赵永刚，给刘志带来包保干部们的扶贫方案：放弃种地等强体力劳动，专心在家搞生猪饲养。刘志第一反应有点"懵圈"，养猪？三两头猪好养，二三十头从来没养过，可赵永刚一张嘴让他养至少50头！

都说"八戒"看着憨态可掬，可真要饲养起来不容易。猪圈你得新建，夏天遮阴，冬天取暖，病了你得看病。吃食也要讲究，既要长得快还要长得健康。另外公猪交配，母猪产仔，平时再遇上不听话的打架互咬，把它们伺候到出栏，一点不省心。就算养成了，能不能卖上好价钱还是个问号，遇上生猪掉价，赔了本连哭都没地方。

赵永刚显然有备而来，他掏出小本本，从猪圈建设草图到猪羔子采购，从种猪饲养再到饲料配比，再到疫情防治、生猪销售，足足跟刘志谈了两个多小时。

刘志有点心动了，还是觉得无从下手。赵永刚说："你别担心，我们会帮你启动，资金不够我帮你筹措，技术短缺我们给你找专家，生猪销售我们给你兜底。"

"人家包保干部都这样了，咱再不干还要点脸不？硬头皮也要上！"刘志的养猪项目就这么上马了。

随着项目开工，刘志的心越来越踏实："人家那工作做得真细，几乎不用我操心，钱我一分没花，猪圈就建好了，那可不是糊弄啊，建得真好，有凉棚、加热板、水井、水泵、水枪、饲料搅拌机、推车、磅秤什么的，都给我准备好了，连插排都没让我买。说实话，这些个东西我从来都没见过。"

刘志指着墙上的表格说："这是县里的专家给出的饲料配方，几个月大的猪吃什么，每顿吃多少，清清楚楚。还有通风怎么做，粪便怎么处理，容易得哪些病，怎么判断，都写那上了。要是在养猪前知道还有这么多道道，我恐怕还真不敢干。"

大伙儿都笑了，问刘志："现在呢？还觉得道道太多吗？"刘志也笑了："现在熟了，表格上的内容基本上都记在脑子里了。"

第一年刘志就开门红，当年他卖出 70 来头猪，纯收入八万多，比他得病前收入翻了一番。说到这，刘志的脸上，情不自禁地笑开了花："一辈子都没见过这么多钱，都是包保干部送来的，真心感谢他们！"

2020 年，信心倍增的刘志扩大了养殖数量。大年初三，刘家喜讯传来，一只光荣的猪妈妈一胎产仔 15 只。刘志老两口看着肉嘟嘟的小猪仔，一半欢喜一半忧。原来，母猪产仔过多，奶水根本不够吃，又正值隆冬，猪圈的温度不适合母猪和小猪仔生活。可偏偏又碰上了新冠病毒流行的封闭期，想买东西都买不到。

刘志急得团团转，他想向赵永刚求援，又不好意思开口，人家忙活一年，才大年初三就给人家添麻烦，怎么张得了口。

刘志老两口都上火了，翻来覆去一夜没睡着，嘴上都起了泡。思前想后，刘志决定给赵永刚去一个电话。

赵永刚像心有灵犀似的，他在电话里跟刘志简单寒暄后，直接问道："家里什么情况？母猪是不是这几天要产仔了？"

刘志借着话头，火急火燎地把情况告诉给了赵永刚。赵永刚一听，"抱怨"说："这么大的事你咋现在才告诉我！你在家等着，中午前先给你送几袋奶粉过去。"赵永刚撂下电话，开着车就满县城跑。可正直过年期间，又碰上疫情，大多数商场都不营业，赵永刚驱车一百多里，才买到了奶粉，又急匆匆送到刘志家。

那几天赵永刚都没闲着，他又四处托人，才买到了电热板和保温箱。刚忙完这些，小猪仔又出现病情，赵永刚一次又一次给买药送药，一个好好的年，就没安生吃几顿饭。

说到这儿，刘志眼含泪水。赵永刚却说："作为我们驻村的第一书记来讲，只要老百姓有任何困难，能够找到我们，就证明我们在老百姓的心中是有一定位置的，老百姓是充分相信我们的，我们也不能辜负老百姓的期望。"

在刘志老两口的心目中，赵永刚就是他的大恩人。他说："养猪是赵书记帮他谋划的致富项目，而且自从他家养猪以来，运饲料、购书籍、找兽医、买疫苗……赵永刚都是样样跑在前面。从大年初三到现在，刘永志前前后后得了四窝、41头小猪崽儿，没有赵永刚的帮助，很难想象能活下来几头。"

每天看着欢蹦乱跳的小猪崽，刘志两口子甭提多高兴了，他们把这些猪崽当成宝贝一样精心照料。刘志说："在第一书记赵永刚的帮扶下，他家不仅摆脱了贫困，而且今年一定能够步入小康生活。"

像刘志这种靠自己的勤劳，靠党的政策和包保干部的扶持，与贫困作斗争，坚强自立的典型还有很多，向海乡金星村村民潘明友就是这样的例子。

村主任徐晓峰这样评价潘明友："他本身也特别要强，从来不给村上找麻烦，也没什么特殊的要求，是一个很自立的人。"潘明友的致贫，依然是脱贫攻坚战中最难攻克的"毒瘤"和"顽疾"——因病致贫。

潘明友本人是心脏病患者，他妻子张莉又遭遇重病袭击：2017年做甲状腺、胆囊，九个月做了三次大手术。手术正常需要八万多元，实际才花了两三万元。政府兜底，大病保险，解决了潘明友家庭很大的经济负担。

尽管如此，本来就不富裕的潘明友一家，还是跌落了贫困的陷阱。2017年，村里按照政策，给潘明友修建了低保房，又帮他发展庭院经济，还帮他投资四万元建起了一座保温大棚。

2018年，潘明友庭院经济收入3000多元，暖棚收入6000多元。村里又给他安排了一个公益岗位，年收入8000多元。再加上其他补贴和收益，潘明友就这样光荣脱贫。

2019年，潘明友干劲十足，他又租了40亩大地："我今年种的土豆，咱也不能等国家，也不能总靠国家，自己身体允许的情况下多干点。政府给了这么多的好政策，我们也不能坐吃山空啊，自己也要铆足劲大干一场，努力让生活更富裕！"

新发乡联合村建档立卡户孙玉文，经历了比潘明友还要黑暗的过去。孙玉文自己是个残疾人，他的母亲和妻子又都是重病患者。2006年母亲得脑血栓，2015年再次发作，两次脑血栓花了三四万块钱。2014年秋天，医院检查发现妻子得了结肠癌，看病又花去了七八万。十几万花进去，都没能挽救亲人的性命，母亲和妻子的相继离世，让孙玉文陷入经济和精神的双重打击。

扶贫政策开展后，包保干部将孙玉文纳入建档立卡户，让他享受了低保户、医疗、危房改造、残疾人补助等一系列帮扶政策，日子也一天比一天好起来。但孙玉文不等不靠，勤劳肯干的他决定要搞养殖业，他用粮食直补贷款买了羊。

孙玉文的积极态度感染了包保干部，他们迅速行动，免费捐助给他10只羊，又给他盖了一间仓库，鼓励他把养殖规模搞上去。

如今的孙玉文成了养羊能手，养殖数量也扩大到50多只，光靠这一项，他一年可以收入两万多元。

孙玉文满怀深情地对记者说："我现在的生活比较好了，孩子也大学毕业了，也找到工作了。住房也挺满意，唯一遗憾的是老妈和自己的老伴儿没等到这一天。今后还要努力努力，把生活搞上去，不能再拖累领导了。"

夜色像一袭黑纱，悄悄地笼罩在大地上。路上车稀人少，白日的喧嚣开始趋于宁静。边昭镇昭福家园西南角的一排厂房里，却依旧灯火通明，缝纫机急促的声音此起彼伏，十几位工人紧张地忙碌着。

车间的角落，堆起一人多高的绿色羽绒服。一位俊俏的小媳妇，时而俯身查点数量，时而在纸上记录着什么。

车间的尽头是一间三十多平方米的办公室，水木年华的《在他乡》，透过门缝传出来："我多想回到家乡，再回到她的身旁，看她的温柔善良，来抚慰我的心伤，就让我回到家乡，再回到她的身旁……"

在边昭镇党委副书记王坤的引介下，笔者见到了"永锋制衣厂"的老板王军永，一位才 37 岁，却拥有制衣行业二十年经验的年轻人。

"这么晚了还有人加班？"

"这不前段时间疫情影响，积压了不少活，外贸订单多，现在赶制的是发往俄罗斯的两万件订单，后面还有安徽的客户在催单。"王军永热情地解释。

"村民们愿意加班吗？"

"太愿意了，他们家都在附近的小区住，吃完饭溜达几步就过来，加几个小时班回家睡觉，还能赚几十块钱，他们巴不得呢。"

王书记笑了："没活干的时候，村民们晚上也就看看电视串串门，要不就打打麻将。这离家多近，啥也不耽误，还能有收入，真好。"

"村民们是近了，用小区的门市房做厂房，房租多贵啊？"

"免费的！"王军永接过话头，"我这是扶贫企业，镇里为了支持我回乡创业，解决乡亲们就业问题，这厂房是免费给我用的。"

"听说你从事制衣行业二十年了，在河北还有厂？"

"是啊，我 16 岁就外出打工，从事的就是制衣行业。"王军永点燃一根烟，回忆起他经历的那段艰苦岁月。

王军永家境贫寒，"穷人的孩子早当家"。为了能多赚钱，少年时期的王军永就尝试着做生意，却亏得一塌糊涂，反而留下了一笔债。生意虽然失败了，但王军永没有被击倒，他说："人的一生就是在坎坷中奋进，有了目标就要努力去实现。"为了启动他的梦想，16 岁的他背起行囊外出打工，他发誓，总有一天他会满载而归。

一个偶然的机会，他"漂"到了河北白洋淀，顿时被那里发达的制衣业震惊了。那里到处都是制衣坊，规模大小不等，围绕数百家大中型企业，诞生一大批配套企业。哪怕是一个小小的衣扣，数百人规模的厂子不在少数，家庭作坊式的企业，遍及每一个乡村。随便走过一个院落，那里面都会有几台机器在工作。

在农村长大的王军永顿时眼前一亮：服装产业居然能做这么大，企业原来可以这么干，配套协作原来是这么回事。他感慨道："难怪人家地方经济那么好，在庞大的产业链里，只要自己不懒，随随便便都能接到活，每个人都是老板，每个人又都是产业链中的一环，所有零部件按件计价，比的就是效率和质量。"

震惊之余，王军永陷入沉思，按这个模式，起点很低，自己也能做，而且也一定比别人做得好！

从哪里入手呢？王军永没有临渊羡鱼，他选择了给别人打工。无疑这是明智也是王军永当时唯一的选择。在这么多劳动密集型的产业中，门槛低竞争也激烈，摸不着门道，很容易稀里糊涂就输了。

这一打工，王军永就打了十几年。十几年里，王军永把制衣行业所有的环节都经历了一个遍：绣花、染布、裁剪、缝扎、机械维修、推销员……为了学到技术，每个环节他都要弄透原理而不是走马观花。为了弄清楚印染温度对色彩的影响，他烫伤了手；为了维修机械，他砸伤了自己的脚。有时候"偷师"痕迹太明显，遭到别人呵斥和讥讽；有时候为了接近大师傅，他不要工钱，还倒贴钱与人家沟通感情。

这十多年，王军永像一个贪婪的婴儿，用尽全身的力气吮吸着营养。这个过程对一般人来说很难熬，但是对怀揣着梦想的王军永来说，这是蜕变前的炼狱，艰辛但充满希望。

2013年的一天，王军永突然拉着妻子的手说："咱们也开一家制衣坊吧！"

妻子什么也没说，转身拿出了一张银行卡交给王军永，她知道丈夫多年来一直为这个目标在努力，如今他想圆梦了。

十多年的沉淀，加上王军永夫妻俩的勤快，他们的制衣坊迅速打开了局面。从二人作坊，发展到有几十台机器的小型服装加工企业。除了本地客户，还拓宽到安徽、浙江、内蒙古、福建，远销俄罗斯等地。

几年下来，王军永成了小有成就的企业家。过年回到家乡，他也成了村里的明星，总有村民提出想跟他去河北打工。村民的话让王军永心头一动：是啊，自己赚了钱，可家乡父老乡亲们还是老样子，辛苦劳作一年，也换不回几个钱，想打工也没多少机会。

那个年，王军永过得有点沉闷，当年后他离家回河北时，心中沉甸甸的。《在他乡》就像一把痒痒挠，始终刺挠着他的心："那年你踏上暮色他乡，你以为那里有你的理想，你看着周围陌生目光，清晨醒来却没人在身旁……那年你一人迷失他乡，你想的未来还不见模样，你看着那些冷漠目光，不知道这条路还有多长……我多想回到家乡，再回到她的身旁，看她的温柔善良，来抚慰我的心伤，就让我回到家乡，再回到她的身旁……"

就像是心有灵犀似的，没多久，他突然接到了镇里给他打来的电话，询问他是否有可能回乡创业？

这个意外的电话，激活了王军永的心，他决定要回到家乡创业。当他把决定告诉家人的时候，一向支持他的妻子和母亲，都表示了强烈的反对。她们的理由很现实：其一，边昭镇完全没有制衣行业的配套环境，采购协作很费劲；其二，离开行业集中点，将失去很多信息和机会；其三，家乡没有熟练工种，甚至农民都没有上班的习惯，管理很麻烦；其四，运营成本增加不少，虽然镇里说给支持，总是心里不踏实。

王军永只好耐心地跟家人做工作，"富而思源，回报乡亲，服务桑梓"的愿望日益浓厚。他每次回家，都有一种莫名的幸福感和归属感，叶落归根，回乡创业，造福家乡的愿望也越来越迫切。

在他的耐心说服下，家人终于愉快地接受他的想法。王坤说："当初我们跟王总沟通时也不敢说大话，只能实事求是地告诉他，我们能给到什么支持，能不能赚钱谁也不敢打保票。镇里的愿望也说给他了，希望他能回来，为脱贫攻坚作贡献，为乡亲们搬迁后的务工创造就业机会。这事他基本上没卡壳就答应了，之后就聊了一些落地的细节，年底就搬回来了。"

"回来后顺利吗？跟你想象的一样不？"

王军永脱口而出："非常顺利，我人还没回来，厂房就按我的要求收拾好了，相关手续走绿色通道，不费事就办好了。"

要说还真有意外，王军永说，他有三个"没想到"，一是没想到最反对他回乡创业的父母和妻子，转变观念之后，却成了他最坚强的后盾；二是没想到相关部门对他的回乡创业给予了那么多的关心和支持；三是没想到乡亲们的热情让他为之振奋。

当王军永在安装设备和调试机器时，镇里就帮他精挑细选，找好了第一批员工。设备安装完毕，11名裁剪工培训出炉，这效率让见过世面的王军永感慨不已。

其实刚开工那时候，王军永根本不需要那么多员工，有人问他："干吗用这些人？"他笑着回答："经历过贫穷的人更会懂得珍惜！再说，能帮他们也是一种快乐，对家乡人特别有感情！家乡的创业环境好，还有大量的剩余劳动力，在家乡办企业，不但自己能够致富，乡亲们在家门口也能实现就业，这是多么有意义的事情呀！"

由于所招收员工都是易地搬迁到昭福家园小区并留守在家照顾老人和孩子的家庭妇女，这些人大都没有外出务过工，对服装制作是一窍不通，一切都是零基础。在投入生产之前的近一个月，王军永和妻子都是一个人一个人的去亲自演示缝纫、操作，耐心和爱心感染着职工，不断的鼓励，让职工对自己充满了信心，告诉自己，我能行，有这样的老板，必须好好干。

"工人会因为不熟练，把衣服做坏的时候吗？"

"有啊，不可避免。"王军永的妻子接过话题，"慢慢教呗，刚开始多盯着点，敦促她们慢点，我们在河北培训了若干员工，有经验，这方面问题不大。"

"工人们一天能赚多少钱？"

"看他们的熟练程度和上班时长，一般稍微熟练一点的，一个月两三千块没问题，特别熟练的也能赚到三千多。"王军永说，"我们工作时间是弹性的，谁有空谁就来，有事可以随时请假，想多干就多干，想少干也可以，反正家就在门口，不耽误照顾家里。你看这几位，都是吃完晚饭再过来干一会儿的。"他指着身边的工人说。

"这几年效益如何？"

"去年还可以，今年受疫情影响，耽误了一点，估计明后年能好一些。我把这几年的利润全部拿出来了，准备陆续再增加一些设备，扩大产能，这样才能多创造一些就业机会。"

"一枝独放不是春，百花齐放春满园"，这位朴实憨厚的农家汉子动容地说："政府帮助他铭记于心，乡亲们的支持他感激于心，他相信还有比赚钱更有意义的事，就是努力回报乡亲，带领大家共同致富。"

在向海国家级自然保护区一条起伏的柏油马路上，一匹枣红马拉着一辆欧式马车，不急不缓地行走着。马车上，一位身着黑西服、头戴白礼帽的年轻小伙，戴着一副金边眼镜，双手执缰，极目远望。

马路边，碧绿的草原在耸起的土山上，与蓝天相拥。一群飞鸟远远地追逐嬉闹，尽情享受着它们的幸福时光。几声鹤鸣声随风飘来，微红的阳光洒在青青的芦苇上，一只丹顶鹤腾空而起，迎着阳光扇动宽大的翅膀，洁白的羽毛显得分外夺目。风将芦苇的清香、碧水的清冽吹到人的鼻子前，让人有一种随鹤起舞的冲动。

一位穿着白色长裙的中年女士静静地站在路边，眼睛里流露出来的慈爱，紧追着马车。阳光洒在她的身上，远远望去，如同油画大师笔下的美丽女郎。

身后有一座占地两千多平的欧式庄园，宽宽的外廊，带着竖条纹的白色廊柱，院子里十几米长的宴会桌，两排高背木椅，整齐而又"阔气"地一字排开。几株大树下秋千在风中微微晃动，两只可爱的小花猫，孜孜不倦地追打着……

她叫孙淑会，庄园的主人。

一次偶然的机会，她来到向海湿地保护区。那一瞬间，她的灵魂如同被融化了一般，浸润在无边无际的绿色里。她爱上了这个"人间天堂"，也爱上了这里质朴的乡民。

孙淑会前思后想，又多次来到向海"探亲"，终于她咬牙作出了一个惊人决定：卖了房子，到向海安家！

当她把自己的想法跟妹妹孙淑娟沟通时，妹妹也表示赞同。就这样，姐俩多次前往向海考察，发现保护区外地游客很多，甚至有国外旅游团。她俩形成了大胆的想法：干脆建一个庄园，把父母一起接过来，既可以让老人孩子有一个田园生活，又能靠营业收入维持一家人的生活。

说干就干，孙淑会卖掉了县城里的房子，又四处借钱，跟妹妹一起筹资100多万元，买下2000多平土地。2015年底，她们的家园建成了，看着父母和孩子的笑容，忙了一年的孙淑会，心里别提有多甜了。可他们哪里知道，她为了这个家园，承受了巨大的精神压力。为了省钱，很多活她得自己动手，一年中数次受伤，让她痛入心扉。

▌令人垂涎的黏豆包

▌精美的草编织品

孙淑会与当地的居民关系非常好，村里的孩子们成群结队，到她的院子里打秋千，爬果树。村民们也经常给孙淑会送点自家做的黏豆包给她品尝，有一次她突发奇想：为何不能让客人们临走带点黏豆包回家呢？

全世界无论哪个旅游景点，都离不开纪念品，向海是国际重要湿地，国家 4A 级旅游景区，可是在旅游产品开发方面显得太稚嫩。她把这个想法跟村民一说，立刻遭到了嘲笑：这东西怎么拿得出手，咱自家凑合吃还行，谁稀罕它？

孙淑会摇摇头，旅游纪念品只要有地方特色就行，除了大东北，有几个人品尝过黏豆包？它不就是黑土地的一张名片吗？向海每年几十万游客，开发好了，得有多少村民受益！

守着这么好的自然资源，通榆却还是个全国深度贫困县，随着跟村民们的接触加深，孙淑会从他们的身上，看到了自己曾经的酸楚。一定要为他们做点什么。"开发旅游项目，改变村民们的生活状态！"善良的孙淑会、孙淑娟姐妹，给自己定下了一个任务。

在有意识的尝试后，孙淑会发现，黏豆包非常受欢迎。这下村民们开心了，她趁热打铁，组织起几位当地的高手，一起研究制作工艺的标准化，为将来批量化生产做准备。

随着黏豆包项目的成功，孙淑会又把目光盯上了草编。向海湿地到处都是芦苇，入秋后，无人问津的芦苇，在风雪中倒卧。为了防止腐烂的茎秆污染水面，保护区每年都要投入巨大劳动力清理河面。

富有生活情趣的孙淑会，割了一捆芦苇，每天对着它研究。

这么好的材料，为什么不用来做编织？她从网上淘来各式各样的编织作品，拆碎了，尝试着用本地的芦苇照着编。实验结果相当令人振奋，向海的芦苇质地很柔软，韧性强，完全适合做编制材料。

她请来村里几位手巧的大姐，让她们跟自己一起研究。大概是女人的天性所致，一群女人整天挤在孙淑会专门撇出来的工作室里研究编织，好不热闹。

结果，男人们不干了，有个叫周凤侠的大姐，被丈夫责骂："净整那没用破玩意，当饭吃呐！"周大姐怕老公，可又忍不住手痒痒，就插空偷偷摸摸跑来捣鼓一会儿。

为了让编织工作能顺利推进，首先得让村民们尝到甜头，还得提高她们的编织水平。孙淑会特地大张旗鼓地搞了一场免费培训，声称只要能编出合格的产品，照价全收，并且让大家走出向海，去参加各种编织大赛！

为此，孙淑会县里、省里跑，请来了专家给村民们上课。村民们轰动了，一群从未接触过草编的农民，在新奇和挑战的心理作用下走进了课堂。在老师的耐心指导下，村民们一个技法一个技法的学，从选材学起，再到材料软化、编绳、编配件，一步步走下来，历尽艰辛终于熟练地掌握了手工编织技能。

孙淑会不管作品是否合格，一律收下，她说："水平提高需要一个过程，激励就是她们走向成功的必要条件。"

当周凤侠回到家，晃动着手上的百元大钞时，丈夫的脸不自在了："这玩意真能换钱？"

周大姐解放了，她干得更欢，在孙淑会的帮助下，她还参加了"吉林省巧姐大赛"，喜获"吉林巧姐"称号。

这下村民们干得更欢实了，为了学草编技艺，她们学习到深夜熬红了双眼，有人胳膊累肿了，甚至有人双手都磨出了血泡。

由于产品订单要求必须做到天然无公害，所以不能用化学制剂染色，导致所有作品清一色的是玉米皮的乳白色，看上去倍感单调。爱美是女人的天性，周凤侠不满足于眼前的一堆乳白，她决定要给这些宝贝穿上彩色的衣服画上艳丽的妆容。

于是周大姐和老师以及姐妹们开始了不断的尝试，在团队几十上百次的试验下，一款带着颜色的果盘在她们的手中诞生了！而染料从农家院里的植物提取，没有任何化学合成制剂。从此她们的作品变得五颜六色，也为草编编织打开了另一扇窗。

借助于染色技术的提升，周凤侠先后完成了食盘系列的花开富贵、锦上添花，家居系列的莲花蒲团、方圆宫凳、储物箱等很多作品，甚至尝试了草帽、女士挎包等。

众多作品中最让周大姐得意的是宠物别墅系列，这组作品满足了所有爱宠一族们的心愿——让宠物回归自然！孙淑会还帮周大姐这款充满北欧风情的宠物别墅，申请了原创设计著作权。

农民大姐也能获得著作权，这种破天荒的事成了当地的佳话。可她们哪里知道，孙淑会姐俩付出了怎样的艰辛，她们数十次县城省城跑，相关单位挨个汇报，光汽油票子和高速路费单子就积攒了厚厚的一沓。

等到割芦苇的时候，湖水冰凉刺骨。为了省钱，她们挽上裤腿，咬牙踩进芦苇丛。当她们扛着一捆捆芦苇，浑身湿漉漉，一瘸一拐地回到家中时，年迈的爹妈忍不住眼泪流出。

鹤舞蹁跹

　　趁空闲时间，孙淑会抓紧时间展开更大规模的培训工作，她说："只有把村民们都培训出来，才能推动一个产业，也才能让他们收获黑土地的回报。"同时，孙淑会还在不停奔走于县城和省城，希望借助有关单位的帮助，让她们的黏豆包、草编等农产品，迅速走向全国，乃至全世界！

　　孙淑会，一位饱经生活磨砺的女人，却始终以乐观的态度，以一颗博爱的心顽强地奋斗着。跟她谈话，让人时时刻刻都能感受到她对美好的向往，对生活豁达的态度。

　　这岂不就是丹顶鹤的精神？秋去冬来，草枯草荣，它们在寒冷的东北和温暖的南方之间数千公里的征途中，来回翱翔，历经艰辛矢志不渝。它们在沼泽中栖息繁衍，却始终拥有一身洁白的羽

215

毛，仿佛向世人骄傲地彰显着它们高贵的品行和超然的生活态度。

这岂不就是向海精神、通榆精神？世代居住于盐碱地上的人民，从来不向现实低头，不向命运屈服。在党和政府的带领下，他们正顽强地与贫困作斗争！

要把深度贫困地区作为锻炼干部、选拔干部的重要平台。扶贫干部要真正沉下去，扑下身子到村里干，同群众一起干，不能蜻蜓点水，不能三天打鱼两天晒网，不能神龙见首不见尾。

——习近平

第七章

丹鹤初心

村情民意心中藏，

本色不忘为老乡。

不破楼兰终不还，

驻村干部美名扬。

习近平总书记说："在村级层面，要注重选派一批思想好、作风正、能力强的优秀年轻干部和高校毕业生到贫困村工作，根据贫困村的实际需求精准选配第一书记、精准选派驻村工作队。要探索各类党组织结对共建，通过贫困村同城镇居委会、贫困村同企业、贫困村同社会组织结对等多种共建模式，为扶贫带去新资源、输入新血液。"

在这场脱贫攻坚的伟大进程中，通榆共有 12777 名扎根农村、埋头苦干的驻村干部，他们践行着自己初心和使命，肩负起新时代的责任和担当，将自己最美的芳华留在这片广袤的热土

219

■ 通榆县主要负责同志慰问贫困户

上。他们用脚步丈量自己对贫困乡亲真情，用付出丈量对每户人家的关爱，用热忱丈量自己的一片丹心。徐方楼、胡俭波、毕水、马丽、李玮等就是其中的典型代表。

2016 年 1 月，通榆县市场监督管理局的徐方楼作为第一书记，走进了苏公坨乡苏公坨村，在榆树坨屯一个孤零零的小院里，他安下了自己临时的"家"。这个特殊的家里，只有他一个人，连庄邻都没有，几件简单的行李和一台电脑，就是他的全部家当。

苏公坨村是一个有着优良传统的村，他们村青年农民自发组织的"四自"理论学习小组，得到了时任中央政治局常委李长春、时任中央关工委主任顾秀莲的关注和批示，《人民日报》《经济日报》等中直媒体先后对其进行了报道。

"四自"小组因其"自找对象、自定时间、自选内容、自择方法"的特点，被定名为青年农民邓小平理论"四自"学习小组。一个以"四自"小组为骨干、以"两学一创"为载体、广大青年农民积极参与的"讲政治，育新人；学科技，奔小康"主题实践活动，让他们成为全国先进典型。多年来，"四自"小组骨干累计领办创办合作社（协会）894个，参与新型经营主体的"四自"小组学员达7105人，其中创业致富大户达到353户，户均收入20万至30万元的311人，30万元以上的42人。

当徐方楼接到通知的时候，他倍感压力。面对这个有着优良传统的村庄，他必须做得更好。"带着群众干，做给群众看"，徐方楼将这十个大字，端端正正地写在笔记本的封面。

苏公坨村是一个由6个自然屯组成的大村，人口2384人，贫困户达到384户，745人，一天走访十户，一个月都走不遍，扶贫任务相当繁重。徐方楼只能争分夺秒，白天把时间花在"干"上，晚上回到"家里"制订计划，书写材料，躺在床上还要想着第二天的工作。

徐方楼把贫困户分为两大类，一类是丧失劳动力的老弱病残类贫困户；一类是思想出毛病的贫困户，他针对这两种不同情况分别对待。对丧失劳动力的贫困户，徐方楼立足于"扶"，把自己当作他们家的编外成员。对思想有问题的贫困户，则依靠"四自"的带头作用，和自己的思想动员为主。

二十号屯有个叫孙成全的"老倔头"，脾气暴躁，总想着等靠要，稍不如意张口就骂人，从来不反思自己，成了屯里的"万人嫌"。

徐方楼了解到，孙成全患有脑血栓，属于半丧失劳动力的情况。他通过走访村民，摸清了孙成全的性格特点，心里便有了底。以后，徐方楼每周都会到孙成全家两三趟，每次来也不多说，埋头就帮他干活，干完活扭头走人。

"老倔头"搭不上话题，火气反而没了，时间一久觉得不好意思了，于是主动跟徐方楼搭讪。就这样，他一个小"伎俩"，就走进了孙成全的心里。人一打开心扉，就能听得进去话了，徐方楼趁热打铁，有意无意地给他说一些身残志坚的脱贫致富带头人的故事。

就这样，"老倔头"的倔劲越来越弱。终于有一天，徐方楼惊喜地听到他说了一句："要想过好日子还得靠自己。"

村民刘旭两口子双双得了癌症，早年持家不善，欠下一屁股债，得病对他们来说简直如同天塌了一般。徐方楼将他们列入重点帮扶对象，他一边安慰刘旭振作精神，一边通过发展庭院经济，发动更多社会力量，一起帮他们渡过难关。

县市场监督管理局的同事们，就是徐方楼坚定的大后方，他们多次分批分次来到苏公坨村，协助徐方楼开展"三帮扶""两核查""五大行动"等活动。那时候就是徐方楼最开心的时刻，他忙前忙后，帮大家安排食宿、入户前的培训、制定方案和上报总结。

活动结束后，徐方楼与同事们一一作别，送走最后一辆车，徐方楼又独自一人走进孤寂的小屋。在这间小屋里，徐方楼度过了四个春秋，夜晚陪伴他的只有键盘的声音，还有窗外的春风秋雨，夏鸣冬籁。

为了工作方便，后来徐方楼又开辟了第二个"家"——村办公室，视工作情况就地居住。村部有个打更的老牟头，成了徐方楼的"饭友"。徐方楼常常夜半而归，老牟头剥开一只热乎乎的鸡蛋递给他，吃完"点心"，他跑进厨房，煮两碗热腾腾的面条，一人一碗呼哧呼哧地吃完。

这一幕，就是徐方楼驻村期间，最生活化的温馨场景。对一位55岁的男人来说，家的重要性不言而喻。可是在徐方楼的心目中，家就是个脆弱的部分，提起来他就忍不住眼含热泪。

只要闲暇时间，徐方楼脑中总是闪现一幅画面：爱人孙晓梅拖着疲惫的身子，独自行走在昏暗的楼道里，推开家门，没有人迎接，没有人端上热饭，甚至壶里连一滴热水也没有。孙晓梅烧上开水，斜靠在椅背上休息片刻，掏出药片吃几粒，挪步卧室，和衣而卧。

想到这儿，徐方楼的泪水再也止不住了，他使劲擦了一把脸，翻开日记本，打开电脑，强迫自己换频道。

孙晓梅一向体弱多病，又患有低钾血症。徐方楼是好丈夫，他心疼妻子当超市营业员的辛苦，几乎把家务活全包了。当孙晓梅下班时，徐方楼总是准时出现在超市门口。回到家中，孙晓梅躺在沙发上舒缓腿脚，徐方楼忙着做饭。每天早上，当孙晓梅醒来，一碗热乎乎的早餐出现在饭桌上。那时候孙晓梅虽饱受健康之扰，可却像个受宠的公主，活得很开心。

每当徐方楼回家一趟，临走前孙晓梅却总是说："你放心吧，家里没事，你就好好把工作做好。"事实上，孙晓梅刚刚脚被砸伤，她也不敢告诉徐方楼。

有一次，孙晓梅接到公公电话，婆婆腰疼得厉害，行走都困难了，又不敢告诉徐方楼。接到电话，孙晓梅赶紧请假，赶到居住在新华镇的公公婆婆家，又叫了辆出租车，带着 80 岁的老婆婆行程三百多公里，赶到省城长春治疗。

在人生地不熟的长春，孙晓梅拖着病体，楼上楼下跑，还要搀扶老人，个中艰辛不言而喻。这件事直到老人康复后很久，徐方楼才知道。

说到老人，徐方楼讲了一个故事。有一天他正在走访贫困户，突然手机响起来，他拿过一看，原来是老父亲打来的。他刚要接，那边就挂断了，徐方楼不放心，回拨过去。老父亲接通电话，却说了句："没事儿，拨错电话了。"

徐方楼笑笑，就在把电话装进口袋的瞬间，他突然愣住了：自己已经两个多月没回家看望父母了，恐怕是老两口想念自己了吧？所谓打错了，应该是父亲忍不住打来电话，又怕影响自己工作，找的借口吧？

以前，徐方楼不管工作有多忙，他总是雷打不动，在周末和孙晓梅一起，去新华镇陪父母过周末。老人也习惯了，每到周末那一天，老母亲早早地从冰箱里拿出冻肉，亲手给儿子做几个菜。老父亲会把炕烧得热乎乎的，然后一遍又一遍地走到村前那条大道边，抬头张望等待那台黑色的小轿车。

这个习惯这几年打破了，徐方楼探视老人的时间，从一个星期延长到半个月，又从半个月延长到一两个月。老人默默承受着心中的思念，甚至身体有问题都不敢给他打电话。

在采访徐方楼的过程中，他数度哽咽，泪水止不住地流。这位好丈夫、好儿子，心中充满了对家人深深的愧疚。

徐方楼擦擦眼泪说，就连对儿子，他也不合格。儿子在临县镇赉工作，以前他一两个月时间就会去看望儿子一次，给"小光棍"收拾收拾屋子，做两顿饭。如今，他恍然想起，自己已经快两年没去看望过儿子了。

整整四年，徐方楼默默承受着对亲人的歉疚，把所有的心思都用在了扶贫工作上。组织也没有忘记徐方楼的付出，他先后被苏公坨乡政府推荐参加脱贫攻坚 2017 年"感动鹤乡·发展之星"年度人物评选、全县脱贫攻坚先进个人、全县总工会授予五一劳动奖章等诸多荣誉，县委书记李德明也多次在大会上点名表扬徐方楼。

2020 年 4 月，苏公坨村顺利脱贫摘帽，12 月又通过国家验收。就在这一年年底，通榆县委组织部打破了年龄界限，提拔徐方楼为苏公坨乡党委副书记，成为通榆县近年来被提拔的基层干部中年龄较大的一位。

徐方楼面对荣誉很激动，他说那都是组织的信任，自己从来没想到，早已经过了年龄杠的他，会得到组织如此器重。

面对未来，徐方楼又很平静。他在自己的日记中，写下了一段波澜不惊的话："很多时候，自己一个人驻村。很多时候，寂寞感会油然而生，尤其是闲下来的时候。于是，就抬头看几眼月光下窗外自己的爱车，感到特别的亲切和踏实。仰望村委会院子里的迎风飘扬的国旗和墙外的那片一望无际的白杨树，目送着一次次春夏秋冬的四季轮回……"

像徐方楼这样的扶贫干部在这里有很多很多，他们舍小家，顾大家，无怨无悔地奉献着自己的一分力量。

拳拳扶贫心，
浓浓端午情

胡俭波是通榆县向海水库管理处选派的驻向海乡大房村工作队队员，2018 年 7 月，41 岁的胡俭波，带着组织的信任和委托踏上了扶贫之旅。几年来，他通过驻村、走屯、入户的方式，摸索出一条扶贫致富的路子。

胡俭波发扬吃苦耐劳的精神，以严于律己、宽以待人的态度吃住在扶贫一线。白天，他走屯入户摸索各类消息，晚上回到村里，梳理核对填补表格，分析查找贫困户致贫的原因，张家是因病、李家是因残……他都一一记在心里，分类开方，对症下药，三番五次地催促指导贫困户发展生产、上项目，帮助他们走出贫困。

一次，在建档立卡签字中，他发现有几个贫困村民签不了字，说眼睛看不清，经仔细询问，方知他们患有眼疾。几天后，胡俭波通过个人关系，找到县中医院眼科主任李东波并说明来意，得到李主任的支持。2019 年 3 月的一天，李东波主任带领科室 2 名医务人员来到大房村义诊，经检查，有 9 人患有白内障，需要马上手术。

胡俭波听后，当即和李东波主任做了口头预约。一周后，胡俭波开着私家车把贫困户杨永春、唐淑英、方桂兰、邢淑萍拉到县中医院进行了免费切除白内障手术，仅此一项就为每人每户节省 2000 多元。同年 8 月，贫困户郭凤影心脏病突发，又是胡俭波开车把她送到医院，赢得了抢救时间，郭凤影及家人对他充满无限感激之情……

贫困户刘学军今年 61 岁了，在村里他言语不多，是个老实厚道的人。由于近两年租赁土地过多，年成又不好，导致他欠下

20多万元外债，要强的他恨不得一下就把外债给还上。苦于手头没现金买种子化肥，他就采取春赊秋还的方式种地。

俗话说，屋漏就怕连雨天。厚道的刘学军怎么也没想到，自己在屯里原本是上等户，如今却过得不如人意，在群众中的信任度一下子就没了。秋后上门要账的人都排成了队，地里的收成都让要账人顶账给拉走了。妻子气得有些怨恨他，却又拦不住他，左一年白干，右一年白干，这日子没法过了，一气之下，将离婚诉状提交到法院，然后去河北亲属那边打工去了。

妻子这一走就是3个多月，当法院将诉状传送到刘学军手中时，他蒙了，没了主意。胡俭波听说事情的严重性后，主动来到刘家，他一边了解情况，一边安慰刘学军。胡俭波原以为是刘学军妻子跟刘学军生气出走，散散心过一阵子就回来了，哪曾想，她还动真格的了。

胡俭波跟刘学军要了他妻子安玉莲的手机号，回到村部后就给安玉莲打了过去，他单刀直入地做了一把"情感主播"，通话长达30多分钟。安玉莲被感动了，她心想：这哪是一位扶贫干部啊，好像是自家兄弟在推心置腹地和自己对话。接着，安玉莲哽咽地说："胡队长，啥也别说了，明晚我就坐火车回去！"

第二天，胡俭波拉着刘学军到开通火车站接安玉莲。当安玉莲走出站台，看到自己的丈夫和胡俭波在等她，一时不知说啥才好，还是胡俭波先搭了腔，一边接过她手中的皮箱，一边说嫂子辛苦了。然后把安玉莲让上车，胡俭波边开车边和她聊，不大会儿工夫，车就停到了一家小吃部门前，胡俭波让刘学军两口子下车，说吃点饭再走。安玉莲说什么也不下车，胡俭波说，老刘大哥你先下车吧，说着便将车熄了火。无奈，安玉莲只好随同下来了，3个人简单地吃了点饭菜。胡俭波边吃边说："嫂子，今天就算兄弟为你接风了，吃完饭咱们就回家，以后好好过日子吧。"

为了使刘学军家早日脱贫，胡俭波大胆地用财政工资为其担保贷款2万元。为帮助刘学军养殖项目尽快落地，购买基础母羊钱数不足，胡俭波又从家里拿来5000元支持刘学军。胡俭波的这一做法，解决了刘家的燃眉之急，也让村民们看到了一位扶贫干部的良苦用心和对贫困户的拳拳之心。

功夫不负有心人。2020年7月，刘学军老两口不仅把欠债都还上了，而且母羊的基数也增加了30多只。

胡俭波在大房村真情扶贫，关心各类群体，每次走访，他都到独居老人钱桂芝大娘和身体重度残疾的张军家多坐会儿，嘘寒问暖，关心他们的生活，并帮助解决生活上的难题，受到村民的赞誉。2019年，胡俭波被评为"通榆好人"和"优秀驻村干部"。

在新华镇农林村有这样一位人人称赞的"小水儿哥"，他虽然不是村子里土生土长的娃儿，但是和村民们胜似一家人。村民们在生活中遇到困难，便会第一时间找这位"小水儿哥"帮忙，他也很喜欢和村民们唠嗑、聊家常，用心倾听老百姓的心声，他就是农林村第一书记毕水。

2016年2月，他来到农林村担任第一书记，从此便踏实地坚守工作岗位、真诚地服务村民、用心地履行职责，带领老百姓脱贫致富，摘掉了贫困村的帽子。他凭着自己的热情和真诚，一干就是五年。

农林村第一书记毕水走访贫困户

　　毕水个子不高，眼睛炯炯有神，散发着一种"务实派"的气质。在与他的交流中，毕水始终面带微笑，就像农林村里的孩子一样，非常自豪且幸福地讲述他和"家人"的点滴故事。言语间，能感受到一位"80后"驻村干部的赤诚之心。他用感恩点燃了追梦的烛火，用担当践行了一个共产党员的使命，更是用初心温暖了农林村每一个村民的心。

　　"家"，这是一个包含诸多意义的字，对于毕水来说更是他无比渴望的幸福。就在他3岁时，父母因车祸去世，毕水被寄养在三姨家生活。但是三姨家也有两个孩子，生活比较拮据，孩子们学习和生活的费用对这个家庭来说仍然是沉重的负担。

　　为了让毕水能够上学成才，三姨硬是让自己的大女儿辍学打工，以此帮衬这个家庭。之后，三姨家难以负担起毕水上学的费用。就在这时，通榆县富强社区的领导得知了毕水的情况后，立即与县民政局的领导沟通，把他送到省孤儿学校学习和生活。

在孤儿学校期间，毕水感受到了社会各界、学校老师和同学们的关心支持。回忆起那段岁月，毕水的眼眶微微有些湿润，因为在他的心里，那里就是他的家。"如果没有党和国家，别说是上学了，恐怕我连饭都吃不上了。"他立志通过学习改变自己，以知识和才能回报社会。

后来，他以优异成绩考入湘潭大学的行政法专业进行学习。也许是一种缘分的牵引，也许是奔赴梦想的征程。2011 年 6 月，他大学毕业后，便回到通榆县民政局从事民生方面的工作。

2016 年 2 月，组织上又派给他一个光荣的任务，那就是到农林村开展扶贫工作。谈起当时接到任务的心情，他表示内心激动不已，因为这正是他回报社会、服务人民的机会。"我是抱着一种感恩的心来这里扶贫的，我要全身心地完成任务，这是给自己也是给国家一个交代。"毕水抱着这股韧劲儿，满怀期待地来到农林村。然而，这个无比陌生的环境，渐渐地成了他的一个"家"。

他笑着说："上大学时，我以学校为家、同学为亲人；参加工作后，我以单位为家、同事为亲人；现在，我又有了新的家庭和家庭成员，那就是农林村和村民们。"

在到农林村之前，单位的领导对他说，深入群众，融入群众，宣传执行好党的扶贫政策，这个责任大于天，这句话一直扎根在他的心中。在实际工作中，他也确实做到了从群众中来、到群众中去，一切为了群众。

　　为了更好地适应相对陌生的工作岗位和生活环境，同时也更好地了解老百姓的所需所求，他一来到农林村便带领扶贫工作队与村干部开始挨家挨户摸底走访，了解村情民意，了解掌握贫困户真实情况，真正做到精准到户到人。每天的走访时间经常是八九个小时，在老百姓家里一坐就是一上午。为了更快地掌握村里的情况，他有时候都来不及吃饭就敲开了另一家的门。"有的老百姓不了解咱们的扶贫好政策，你得当面好好向他介绍，只有老百姓心里清楚了，咱们再针对具体情况开展相应的扶贫工作，这样我们的扶贫工作才能深入人心，才能让大家满意。"

　　精诚所至，金石为开。在调研走访的过程中，毕水逐渐掌握了每家每户的基本情况，发现村民在生产生活中遇到的难题并帮助解决。这样一来，老百姓对毕水的工作也越来越认可，他与老百姓的关系也越来越密切。

　　"你看，这是我们村里的微信群，平时我们在群里会聊一些工作、生活中的事情，有时一天的消息都好几百条，但是我都在睡觉之前一一回复到位。"的确，微信群的建立有助于毕水和村里的干部实时了解村里的情况。当他看到谁家有了喜事，他的心里也是乐开了花。如果谁家有了困难，他就会立马联系对方，帮助排忧解难。

　　村民张连发说："咱都知道毕书记忙，可是就想和他说说话，跟他说话就感觉心里敞亮啊！"

　　除了建立干群联系群以外，毕水还建立了农林村党员微信群，每天都进行党员的微信民主生活会、微信党员自查自纠等党员自发组织的活动，开创了农林村"线上线下有党建，党员自发做党建"的崭新工作局面，这也是他抓班子、带队伍、筑牢党建基础的重要举措之一。

在村"两委"班子的支持下，毕水帮助村部完成了办公系统的建设维护，并制定了培训计划，为电子办公软件建设培养储备了专业人员，充分发挥了一名党员的先锋模范作用。毕水明白，各项工作中最重要的就是带领老百姓脱贫致富，走向幸福和睦的美好生活。

毕水的身影总是穿梭在村子的各个角落，通过同村里老党员、退休的支部书记、支部委员交谈，能够给他提供了全局观和前瞻意识；同群众代表、致富能手的沟通，能够让他掌握大部分人的生活状况；而最重要的就是面对面与贫困户深入交流，征询他们对农林村发展的建设意见和发展思路。农林村土地贫瘠，粮食产量很低，再加上村民们固守传统的种植观念，整体生产积极性并不高，甚至有的贫困户已经"懒"惯了，等着政策的补贴照顾。

扶贫先扶志，扶志就是扶人心、扶思想、扶观念。毕水心想：贫困户只有树立摆脱困境的信念和信心，才能真正阻断贫困的代际传递，才能让农林村这个"家"变得更加美好。

为了打破困局，调动村民们的积极性，为农林村注入源源不断的生活甘泉，他亲自来到贫困户的家里，为他们宣讲党的扶贫政策，并通过讲述生动的脱贫案例激励他们行动起来，认真记录老百姓的想法和意见。同时，他也努力寻找适合农林村发展的产业，争取让村民早日脱贫致富。经过一段时间的摸索与起早贪黑的跑项目，他决定充分利用县扶贫政策，在发展养殖项目上找出路。

2016 年 7 月，毕水争取到 9.1 万元资金开展养羊项目，购买基础母羊 130 只，以"龙头企业＋贫困户"的方式为 13 户贫困户争取到每户每年分红 1008 元。2016 年 11 月，他又争取 22 万元资金开展养牛项目，扶持 220 户一星贫困户加入玉芳养牛合作社，每户每年可分红 1200 元。

毕水小试牛刀，就让村民们体会到了通过发展养殖产业、用双手劳动的喜悦。有的村民还主动联系毕水，希望拓宽养殖品种，待来年多一份收成，这些都为毕水在农林村进一步开展工作增强了很多信心。

2017 年 5 月，在局领导的全力支持下，毕水引进财政专项扶贫发展庭院肉鸡养殖项目，带动一星贫困户 253 户 429 人，每户获利 360 元；专项扶贫发展资金绿豆种植项目，带动一星贫困户 253 户 429 人，每户获利 1640 元；财政专项扶贫发展资金肉猪养殖项目，带动二、三星贫困户 16 户 35 人，每户 1 口人的享受扶贫资金 5000 元，每户 2 口人以上的享受扶贫资金 8000 元。小规模养殖，全覆盖带动，为村民们尽快脱贫致富带来了无限生机。

"庭院经济"是毕水所在包保单位的特色项目，这个项目投入低、收入高，且种植的作物抗旱，能够保障一定的产量和收入来源。每年新华镇 14 个村，农林村是发展庭院经济最好的，这些都离不开以毕水为首的村干部的"磨嘴皮子"和"来回串"的努力。

通榆县民政局的同事也经常来到村里忙活扶贫工作，他用一句话总结了毕水的工作，"毕水这小伙子是真的干了不少实事啊！"

"那时候啊，毕水真的是家家户户宣讲政策，有不少贫困户有病的或者力量比较单薄的，毕水就领着工作组成员，帮人家摘辣椒、种土豆、种香瓜、拎水浇灌，我还记得他的手都磨出了大泡，瞅着都让人心疼，有时候忙得都忘了回家。"

2018年，毕水又和村干部开展了光伏扶贫项目，让所有建档立卡贫困户都有500元至3000元不等的分红……通过将特色扶贫产业与贫困村、贫困户有效的对接，不仅增强了村级集体经济自我"造血"功能和综合实力，更激发了广大贫困户致富的内生动力，赢得了村民的信任和好评。

在开展危房改造的过程中，毕水起早贪黑，一家一户地落实情况。2019年，新华镇共建700多户，而农林村就建了300多户，这些数字都离不开毕水的辛勤付出。在扶贫工作中，毕水主动联系当地党委和有关部门为群众解决住房、医疗救助、求学、生产等重、大、难问题30多件。

毕水已经和农林村280多户贫困户深深地融为一体，他用自己的才能、智慧、汗水为"家人"办实事，让"家人"过上好日子。这一切的付出都源于他情系百姓，不忘身为一名中国共产党员的初心与使命。

农林村七撮屯村民许玉香得了脑瘤，现在是植物人状态，一直由婆婆魏素贤照顾。魏素贤是一位老党员，政治觉悟高，面对如此巨大的家庭困难，一直没向政府要救助，但巨额的医疗费用使这个家庭陷入贫困的谷底。毕水了解情况后，马上开了村务会，一致协调同意将许玉香家庭增补进贫困户，并向县民政局递交了低保申请，减轻了魏素贤老人一家的负担。

由于平时在党建工作中跟毕水有过深入接触，所以老人对毕水更是夸赞有加，愿意和他分享她的党建心得和生活经历。而老人也作为毕水了解其他群众的窗口，帮助他做了很多宣传解释工作。

2017年11月，农林村永安屯村民马清杨家的二女儿马远婷7个月大时，不幸患上了肠道细菌感染，并引起多器官衰竭。当时在吉大医院抢救，随时会有生命危险，家长花费了10多万元，已经是负债累累。得知此消息后，毕水与村党支部书记谷大力、村主任张宏光号召农林村全体村民捐款2万余元，同时联系新华镇政府、包保部门县民政局给予帮助。2017年11月贫困户动态调整，村里将马清杨家纳入贫困户。

现在的小远婷健康地长大，每次见到毕水都亲切地叫"毕叔叔"，毕水听到孩子稚嫩的声音，心里都会感到十分欣慰，因为他感受到了"家"的温暖和力量。

在前一段时间，有一位叫李树军的贫困户，患有非常严重的糖尿病，住院的手术费一时难以支付得起。毕水听到后，便立即召开党员会，动员党员和村民进行捐款，共计捐款4万余元，最终李树军康复出院，回村之后特意找毕水表示感谢。

毕水在农林村的扶贫工作并不是一帆风顺的，也会产生一些矛盾冲突。比如有的老百姓不理解扶贫政策，就不愿意行动起来支持工作；还有的老百姓会对政策产生"偏差性"的认识，无理取闹地要求享受一些无法获得的优惠待遇。

毕水和村民一起劳动

在毕水看来，出现这些情况都是正常的。遇到问题不应该回避不管，而是应该直面问题、解决问题，他耐心回答村民的疑惑，用坚持感化他们的心灵。

有一个叫沈建彬的村民，在危房改建政策实施时，他想以自己没有房子为由让村子给建新房子。但是，毕水等人通过走访发现他的房子是给儿子住的，像这种因子女婚嫁，把房子给子女的这种情况不属于无房户，当然也不能享受一系列优惠政策。

毕水把无房户的条件都跟他讲过，他自己也明白情况，但是就想钻这个空子，通过"闹"的方式为自己"争取"房子。当时接近一个月的时间，沈建彬每天都带着行李来到毕水的住处，派出所找他谈话，最终都无济于事。最让人意想不到的是，有一次督察组来到农林村检查工作时，他直接在公众场合指着毕水的鼻

236

子破口大骂，把所有的责任都往毕水的身上推。

　　毕水当时的心情很低落，倒不是因为挨骂有气，而是看到自己多次苦口婆心地为沈建彬开导说明，还是换来一通抱怨臭骂，他感到十分寒心和无助。他半夜里睡不着觉，回想自己来到农林村扶贫的心情，"我是抱着一种感恩的心来扶贫的，我要全身心地完成任务，是给自己也是给国家一个交代"，他觉得短暂的困境是难以避免的，而他更应该以感恩之心去解决矛盾。他每天都主动找沈建彬沟通聊天，经常做思想工作。时间一长，办公室里再也没有看到拿着行李来"闹事"的人了。

　　现在毕水如果走在村子里，遇到沈建彬媳妇，她都直接当面夸赞毕水，一个劲儿地说："你这孩子确实好啊，那些道理真把我家那口子给讲服了。"此刻，毕水饱受的辛酸在那一刻都融化成涓涓幸福的溪流，汇入他的心田，也汇入了农林村每一个"家人"的心里。

　　现在的农林村一改过去的落后与贫穷，村里有了致富产业，老百姓住上了宽敞明亮的新房。这里街道整洁干净，人们的思想素质都有很大的提高，脸上都洋溢着幸福的笑容，村容村貌焕然一新。

　　毕水在驻村期间也不断进步，先后获得了2017年度通榆县优秀党组织第一书记标兵；2017年度"白城好人"；2017年度"通榆好人·标兵"；2018年度白城市"扶贫扶志之星"；吉林省最美第一书记、吉林省"十杰百优"优秀青年等荣誉称号。

　　如今，34岁的毕水还未成家，很多村民都不希望他离开，纷纷要给他介绍对象，想让他永远留在村里。他笑着对村民说：

"农林村永远都是我的家，我会全心全意对待我的每一个家人。不完成脱贫任务，我是不会离开农林村这个'家'的。"这是一位"80后"扶贫干部说出的铿锵誓言，也是一名党员最美丽的青春告白。

八月的夏天，艳阳高照，空气中还有一些闷热。新丰村的村民们都在自家园子里忙活，一阵阵招呼声此起彼伏，让原本安静的村子顿时热闹起来。

"姑娘，来拿几根黄瓜回去吃吧，自己家的没有农药！""姑娘，先别走，等一会儿，刚摘的打瓜，拿几个给孩子吃，打瓜健康，多吃点好""姑娘，园子里菜都好了，吃啥就来摘""姑娘，

"超级"马丽

累不累，进屋坐一会儿"。村民口中的姑娘便是驻村工作队队员马丽，孩子则是她可爱的女儿。她们的身影一出现在村里，便引来村民们的热情招呼，那热乎劲儿就像一家人一样。

2016 年，作为县审计局的一名工作人员，马丽来到当时还是深度贫困村的新丰村开展扶贫工作。转眼间，今年已经是她在新丰村工作的第六个年头了。在她和驻村工作队成员的共同努力下，新丰村越来越美，村风更加和谐淳朴，村民们生产生活的积极性不断提高，每个人都在心里乐开了花。

马丽也在变化着，她从入村之前的一袭长发、清秀的面颊，到现在利索的短发、黝黑的皮肤，她能扛大包、抓大鹅、翻墙头、推农机……俨然一副"女汉子"形象。人们送给她一个有趣的外号——"超级马丽"，这足以说明马丽的变化之大，就连自己的女儿也感慨妈妈没有以前漂亮了。为此，马丽在写给女儿的诗歌中这样写道："青春需要梦想，这样才不负青春一场。"

马丽不会忘记来到新丰村第一次入户的场景，那天一场滂沱大雨使街道变得泥泞坑洼，稍微不小心就有可能滑倒在地，变成一个"小泥人"。

马丽望着眼前似乎寸步难行的道路，心里泛起了难。难的不是今天的路好不好走，而是为难了新丰村的老百姓。这么多年来，一直忍受着雨天路不好走的问题。她在雨中扶着墙边前进，每走一步都要靠垫砖头开路，她看见一排垫好的砖头，便下决心暗暗发誓："一定要把路修好，让老百姓走好路，过上好日子"。

如今的新丰村铺满了沥青路，道路两旁绿树成荫、花草相衬，家家户户不用再担心雨天路滑、路难走的痛苦，出门便能欣赏让人心情愉悦的风景。

新丰村的村容村风在变好，村民的腰包也都鼓了起来。原来的马丽也有了"超级马丽"的称呼，而更重要的是马丽和新丰村的乡亲们也变成了一家人，而这一切变化的背后，都离不开马丽的辛勤付出。

村民们第一次见到马丽时，大多都持怀疑态度，他们在心里想，"眼前这个面庞清丽、长发披肩的扶贫干部能给农林村办实事吗？一看就是县里派来'走过场'的"。因此，马丽最初的走访过程并不是很顺利，很多村民们都不愿意给她好脸色，甚至有贫困户给她吃闭门羹。

马丽清楚地认识到，扶贫工作是一个心连心的过程，只有和老百姓的心拉近，这样才能取得他们的认可与信任。于是，她仍然坚持起早贪黑地挨家挨户走访调研，走村访户嘘寒问暖，田间地头调研工作，不到一个月的时间，她的脚步就走遍了全村的每个角落。

通过与村干部和百姓面对面的沟通，对村里的耕地、草原、林地等资源、村集体经济、支部工作等具体情况有了进一步的掌握，对村里的基本情况、村民生活现状做了深入细致的了解。白天忙于走访调研，晚上梳理问题、归纳和总结，并深入分析症结所在，根据各户的实际情况研究脱贫措施。

她有时候忙得连饭都来不及吃，经常两顿凑一顿将就着吃。由于常年的"饮食不规律＋泡面常相伴"，2019 年体检，她被查出有甲状腺炎和胆结石。

"我怀着一颗学习之心向新丰村两委请教，向新丰村人民群

马丽走访贫困户

众请教，我更是以一颗温暖之心对待我生活和工作中每一个人。"马丽正是抱着这样的态度对待工作、生活和身边的人。

有一次她正走访一户村民，隔壁院子有急事喊她，她直接翻墙跳过去就着手处理。见识到她的"身手"与改变后，村民逐渐消除了心理隔阂，与她的距离慢慢拉近了。

她经常来到村民家里，拿起小马扎一坐就是半天，通过聊家常的方式了解老百姓的所需所求，同时也向他们宣传扶贫的相关政策，帮助他们克服传统的思想，以积极的姿态面对生活。她还经常帮助村民收拾屋子、扫猪圈、扒炕、铺砖、种蔬菜，做一些力所能及的事情，乡亲们在点滴小事中感受到了马丽身上的真诚和踏实，都对她改变了之前的印象，纷纷为她竖起大拇指。

为她竖起大拇指的还有马丽的家人，尤其是她的女儿都以妈妈为榜样，以妈妈用心扶贫而感到自豪，她还经常向身边的同学介绍妈妈在农村的日常工作，尤其是她自己陪伴妈妈驻村的美好生活。

在全县第二个"百日攻坚战"开始时，审计局的领导考虑到马丽家的实际情况，当时孩子年龄还小需要陪伴，老人也不在身边照应，便询问她是否能够坚持。如果不能坚持的话，可以进行工作调整。马丽陷入了两难的选择，一边是年仅 7 岁的女儿需要照顾，另一边是几百户的乡亲。

回到家后，她和爱人、女儿召开了家庭会议，没想到一家人最后全票通过，爱人和女儿对她说："在这关键时刻，新丰村那个家更需要你"。从那之后，每周白天在村里工作七天，晚上在村里住四晚成了马丽的工作常态。

2019 年 7 月 4 日，在平常人看来这是一个再平常不过的日子，但对马丽来说却是一个不平凡的日子，因为在这一天女儿考完期末试放暑假了。马丽的父母公婆身体都不好且都居住在外地，爱人又工作繁忙早出晚归，女儿过着东家窜西家散养的日子。她每次回家都对女儿说："放假就好了，放假就能带你一起到村儿里了"。

在那一天，8 岁的女儿也来陪妈妈驻村了，成了一名不在册的小驻村队员。很多人会说假期带孩子驻村遭罪又麻烦，乡下蚊虫多，条件也不是很好，孩子怎么可能受得了呢？可是马丽却不这样想，女儿来"驻村"，一是可以弥补长时间没有陪伴孩子的愧疚；二是可以锻炼孩子，让她感受一下农村的生活，看一看有这样一群人为摆脱贫困在努力奋斗，有那么一群人撇家舍业为乡亲们过上美好的日子而辛勤付出。

就这样，整整一个暑假女儿都在村里度过。马丽入户开展工作，女儿就给大家照相留资料；驻村队去贫困户家帮助给农作物除草，她也去跟着帮忙……一个假期下来，女儿在村里结识了新的小朋友，还学会了不少农活。

有一天，马丽晚上加班到2点多回到住处，她看见女儿为了等她回来在凳子上睡着了，她的心里顿时五味杂陈。她问自己为什么要这样拼？这样的付出值得吗？

无数个夜晚，当她拖着疲惫的身子躺在床上，听着窗子外面蝈蝈不停地鸣叫，脑子里一直都在思考着，万千思绪里有着无数的答案，却唯独没有后悔这两个字。

新学期又开学了，女儿临走的时候骄傲地贴着马丽的脸庞说："妈妈你真棒！放假我还来陪你！"女儿简单的话语让她的心中充满了愧疚，可是同时也更加坚定了要做好这份工作的决心。无论是在审计局还是在新丰村，她相信心中若有桃花源，何处都是云水间！

初到新丰村，这里就成了马丽心中的"桃花源"，为了让大家早日享受到"桃花源"的生活，她在驻村之初便下定决心早日帮助乡亲们脱贫致富过上好日子，让新丰村整体面貌焕然一新。

从2016年开始，在以马丽为代表的驻村工作队扶持下，新丰村通过光伏产业、合作养殖、种植中草药等项目，于2019年实现整村脱贫出列。新丰村所开展的扶贫项目都充分结合了当地的自然环境和经济优势，光伏产业是通榆县产业扶贫的特色项目，主要设立公益岗，同时以合作养殖的方式养殖牛、羊等，通过产业链的方式提供资金扶持。

▌瞻榆镇发展
庭院经济，助
力脱贫攻坚

最重要的经济扶贫项目是发展庭院经济，这一措施现在所带来的收入能够占到人均收入的一半，受到村民的强烈支持，也得到了相关部门的肯定。但是，以马丽为代表的驻村工作队在推广之初也是经历了一番挫折。

2018 年，他们用一年的时间来推广庭院经济，比如推广种植蒲公英，老百姓一开始对此很不认可。尤其是种植技术的指导、产品的销售等一系列环节的工作也很繁杂庞大。

马丽当时听到老百姓的抱怨是"种了一辈子地，都没种过这玩意儿，赔钱了谁管啊""能挣着钱嘛"，她知道老百姓心里没有底，这就需要她们作出让人心底踏实的项目计划，她也深知只有让老百姓有收益，庭院经济才能持续地发展下去。

马丽动员一部分村民种植蒲公英，向他们讲解种植蒲公英的成本低、收益大、保障好等多方面的好处，也享受政策补贴。她也积极同收购企业洽谈，做好产品供应的准备，让老百姓放宽心地去做。

时间能够证明一切的努力都不会白费。秋天收获的时节，蒲公英的价格已经达到了 10 块钱一斤，大家都看到种植蒲公英的优势了。在第二年的时候，原来没有种植的村民纷纷主动要求加入种植队伍。"工作只有得到了老百姓的认可，才能说进一步发展的机会。"马丽曾这样总结。

2019 年底，蒲公英市场相对有些饱和，再加上 2020 年受到疫情的影响，蒲公英面临着滞销的困境。马丽和村里的第一书记方哲为了不让老百姓失望，他们想尽各种办法来解决困境，一个是找收购企业交接，一个是找电视台进行宣传，而且第一书记亲自代言，最终产品都顺利地出售。

去年，马丽和第一书记方哲又开始研究新的庭院经济发展模式——小麦套种白菜，这样收完小麦也不耽误种植下一季的白菜，还种植当地特色的打瓜。

除了发展产业扶贫和种植经济等项目，马丽等人还积极贯彻其他脱贫攻坚的政策。在住房方面，一共改建危房 106 户。在交通方面，出门就是沥青路、水泥路，出行四通八达。老百姓的饮水质量也大幅度提升，那感觉就是喝在嘴里、甜在心里。

老百姓的生活发生了天翻地覆的变化，幸福指数节节攀高，这一切都是来自党和国家的好政策，都是因为有像马丽这样默默坚守扶贫岗位、舍小家顾大家的人！

《钢铁是怎样炼成的》是马丽读过的第一本世界名著，她一直记得保尔说的那句话"当一个人回首往事时，不因虚度年华而悔恨，也不因碌碌无为而羞愧"。这句话时刻影响着她的人生。帮扶路上，马丽立志做到一个都不能掉队，也立志让新丰村的老百姓过上更加幸福美满的日子。

当然，作为一个母亲，在她心里也有对女儿的承诺，"等扶贫工作结束了，妈妈就带你去外面玩，带你去学琵琶……"

现年 56 岁的通榆县兽药监察所所长齐军，至今还记得他第一次出现在边昭镇西战村太平屯时的场景。恍惚间，他觉得自己走错了地方，面对的不是帮扶对象，而是债主。围绕他周围的都是冷漠的眼神和犀利的语言。

"扶贫？你们你会个啥？还不就是走个过场戏？回去糊弄领

▌丰收的喜悦

导，一件实事不做，说得天花乱坠……"

一个叫房立文的老汉叼根烟，气势汹汹地走到齐军跟前，唾沫星子差点喷到齐军的脸上，短短的三五分钟，母亲被问候了若干次。

有人唱主角，就有人跟着演配角。煽风点火的、冷眼旁观的、起哄嘲讽的，还有翻出陈年旧账抱怨的。

房立文"火借风势"骂得更起劲，从屯里骂到村里、从住房骂到道路、从医保骂到低保，骂天骂地骂世道，好像全天下都欠了他一笔巨款。

齐军来之前，就已经有人提醒他，太平屯有个上访专业户，常年告状，浑身是刺，胡搅蛮缠，很难对付，谁见谁头大。尽管有思想准备，齐军还是没料到"烈度"会这么大，尤其房立文的脏话，如同火药桶，遇上他忍耐度稍小一点的人，立刻就能炸开。

那是齐军人生中最"别致"的见面，他几乎没捞上正经说话的机会，更没法跟大伙儿掏心窝子。在对方的"暴风骤雨"中，他默默地离开了。那一次之后，齐军深刻地理解了扶贫工作的难度在哪里，如果缺乏信任感，哪怕你掏心掏肺，人家也会嫌弃有腥味。

怎么解决这个问题？齐军度过了几个不眠之夜。为了取得信任，那就要让百姓感受到自己这颗火热的心！

齐军带领兽药监察所的全体人员顶着压力，迅速摸清村里的基本情况，并一一造册登记。根据这份资料，齐军制定了一份详细的扶贫工作计划，分对口扶贫、环境改造、产业扶贫、专项扶贫等几个大项，为每一位贫困户制定了不同的扶贫方案。

2017 年是齐军最繁忙的一年，他几乎天天在村里，每天都忙到晚上十点多钟，才披星戴月地开车往县城赶。

他带领全所职工给每个贫困户送去鸡雏 60 只，饲料一袋，通过小型养殖，为贫困户增收；他们挨家挨户，帮村民打扫卫生，清理垃圾和畜禽粪便；他们为五保户杨占春粉刷墙壁，改造电路，排除了安全隐患；在端午节期间，集资购买慰问品到他家慰问；他自掏腰包，花钱雇来铲车，帮贫困户董占林推倒残垣土墙，平整院落；他联系县里打井工程队，帮助太平屯打了 16 眼灌溉井；他们清理道路两侧垃圾 3000 延长米，修葺花坛 300 平方米，使整个太平屯的环境得以改善；他自费 1800 元，雇来铲车、抓机，以及修理柴草垛所需要的工具和防晒网，挨家挨户与老百姓一起整理大型柴草垛 11 个，小型柴草垛 18 个。

那段时间，齐军咬牙工作，直到有一天，县政协副主席王东秀到西战村办事，发现他拖着半拉身子干活，大吃一惊地高喊："你怎么还干这活，不要命啦！"

人们这才得知，齐军患有双侧脑血栓，曾两次发病。繁重的体力劳动，让齐军的病情又有了反复，实在支撑不住了才去医院检查，医生要求他立刻住院治疗。县里得知齐军的状况，也给他开了绿灯，同意他结束扶贫工作。没想到齐军竟然一口拒绝了，不光如此，他还不肯住院，让医院给他开了药，每天下班回家后，由妻子帮他打点滴。

有人不解地问："老齐啊，年轻人扶贫为了提拔，你都过了年龄杠，没几年就退休了，这么玩命图个啥呢？"

　　齐军笑笑，不做任何解释。其实在他的心目中，扶贫不再是一项工作，而是一份使命。当他看到村民们的眼神，从冷漠变得热情，他知道自己慢慢被接纳了。

　　贫困户王洪纯腿有残疾，妻子在大连打工，长年基本上不在家。齐军自己出钱给王洪纯购买了海绵床垫，这样，无论是天热还是天凉，睡觉的时候都有个舒适的环境。看到王洪纯感激的眼神，齐军的心里暖乎乎的。

　　齐军了解到贫困户董占林家养殖的 6 头牛，错过了防疫期，没有按期注射上疫苗。他立刻与当地畜牧兽医站联系，帮助董占林家的牛及时注射上了疫苗。董占林拉着他的手，连声谢谢，那一刻齐军心满意足。

　　提到齐军，重点贫困户张青和老伴儿罗淑兰，忍不住泪眼婆娑。原来，张青因严重的静脉曲张，不得已做了双腿高位截肢手术。齐军得知情况，第一时间去探望并送去了慰问金。

　　"我住院时候瘦得跟鬼似的，齐军看我三次，

■ 齐军参与村容建设

给我扔钱、买营养品……"

针对张青家的特殊情况，齐军真的没少操心。他逢年过节都要给张青送去大米、白面、食用油和现金。为了从根子脱贫，张青在齐军的鼓励下，决定发展庭院经济。然而现实的困难是，张青的身体状况干不了体力活。

那就只能靠齐军帮忙，2018年张青家种植打瓜收入2100元；2019年种植绿豆收入1900元。而这些活儿，大多是齐军代劳了，连雇车平地的钱，也由齐军支付了。

灭绝危房时，张青曾经跟工作组充满敌意，他漫天要价，坚决不肯拆旧房。在齐军的感化下，张青改变了态度："我听老齐的，他让我拆我就拆，我信得过你！"

张青短短一句话，差点没让齐军掉眼泪。

2019年秋天的一天，齐军正在张青家院子里干活，张青的妻子罗淑兰惊恐的叫喊声惊动了他。他扔下手中的活，快步跨进屋内：原来张青的心脏病犯了！

齐军迅速掏出手机，打电话叫来救护车，并亲自送他到县医院抢救。五十好几的人不停奔跑，加上自己身体原本不好，等张青安顿完毕，齐军吃力地靠在医院的角落已是筋疲力尽。

三天后，张青不幸去世。齐军又顾不得休息，帮他跑前跑后处理后事。提到这件事，不善言辞的罗淑兰，每每激动得泪水直流。

张青是个"小刺头"，那个张口骂骂咧咧的房立文，才是真难对付的"大刺头"。2020年12月，当笔者来到太平屯时，房立文的"话风"变了："你到屯子里随便问，（老齐）评价老高了，谁要说他半个不字我跟谁急！"

房立文的态度为何变化这么大？是齐军对他施了什么魔法吗？

不是齐军有魔法，而是房立文自己"着了魔"。2018年，房立文养了300只羊，齐军出于好心，提醒房立文卫生消毒需要改进，结果被骂出了门。几个月后，村里传来消息，房立文的羊，得了"怪病"，不断出现死亡现象。

齐军得到消息赶紧前去查看，专家就是专家，他一眼就判断，羊群得了传染病"羊痘"。没想到房立文固执得很，依旧满口粗话，丝毫不理睬齐军。就这样，那一年房立文的羊，先后死了32只，直接经济损失2万多元！

这么大的损失，对一个农户来讲，损失实在不小。齐军硬着头皮，再次来到房立文家，企图说服他，接受自己的指导，进行科学养殖。让人意外的是，面对惨痛的教训，房立文鸭子嘴仍很硬，他依然叫板："你哪来专家？养过羊吗？你懂个屁！"

齐军忍不住火了："你死多少只羊我损失一分钱吗？你连羊痘爆发都看不出来，还不听劝，再有传染病你怎么办？你有多少钱够赔？"

齐军这一"炮"打中了房立文的软肋，是啊！羊群再有传染病，自己还承受得起吗？齐军趁热打铁："羊痘发现得早，本来是可以防治的，你得相信科学，这么蛮干，不是个事！"

"谁养羊不死羊？"房立文喏喏地顶了一嘴，"你敢保证一只不死吗？"

齐军笑了，他知道房立文开始"软化"了："一只不死我也不敢保证，但是只要你按我说的做，我可以保证再不会出现这种大量死亡。"

房立文第一次用沉默回复齐军。

几天后，齐军自掏腰包，花了824元给他买来一箱消毒液，他亲自操作，同时给房立文做简单科普，将他的羊舍做了个彻底消毒。一天忙碌下来，看着疲惫不堪的齐军，房立文的口中，居然说出了"谢谢"二字。

后来，齐军又给房立文的羊群，免费注射了羊痘疫苗，还将羊群常见的几种传染病表征，一一传授给房立文。

"妈呀，养个羊这么复杂呐？"房立文开始谦虚起来。

"羊跟人一样，人会得病，它们也一样。羊群这么大数量挤在一起，更容易得传染病，千万不能大意，摊上了一次损失可能让你几年都缓不过来。"

从那以后，房立文态度变了。2019年，他又养了三百多只羊，在齐军的指导下，羊群居然没出现一例传染病！

房立文高兴得不知所措，逢人就夸齐军："好人呐，技术好人也好。他到我那疙瘩就是干活，满身大汗，要不是他，我的损失大了去了……"

那年底，房立文追着齐军，非要送他一只羊过年。齐军躲避不过，只好接受了，转手他回赠房立文一箱酒。

房立文的变化，让齐军深感欣慰。他说："通过自己的努力，房立文改变了对扶贫工作的偏见，对党和政府的政策信心也足了，工作配合度也高了。你们不是问我，我到底为什么参加扶贫工作吗？这就是我的答案。让老百姓的心，跟党真正贴合在一起，这不仅是工作，对我来说更是使命。这是个人价值的体现，作为一名邻近退休的老党员，我很自豪！"

齐军还讲了一个故事。他说，有一次他被村民的狗咬了，去防疫站打针，进了防疫站，他忍不住笑了：他居然碰上三名等着打针的同事，他们跟自己一样，都是在扶贫工作中挨了狗咬！

齐军感慨地说："其实类似的事真的不少，我所做的事跟他们一样，平凡琐碎，没啥可说的。大家都是一个心思，尽自己的最大的努力，帮贫困户脱贫，践行自己对党的承诺！"

盛夏骄阳红似火，攻坚大业正如荼。

2020 年 7 月，当国家脱贫攻坚普查组成员走进通榆县苏公坨乡农牧村时，一栋栋黄色的楼群，在阳光照射下格外抢眼。配

旧貌换新颜

套设施完善的小区里，人来人往，一片欣欣向荣的景象。

"现在看可是行了，但以前啊，可是不一样啊，当时住户分散、道路泥泞，村屯环境和现在是一个天一个地，根本没法比啊，生活改善太大了，现在全村人都努力挣钱争着脱贫。"农牧村村民刘振泉高兴地说。刘振泉在不大的农牧村，算得上是脱贫致富的能人了。当问到他享受的扶贫政策时，刘振泉说："咱有手有脚还能干动，不能依靠政府的救济过日子。去年，村上把有扣棚经验的人请来给我们传授经验后，我就扣了大棚。当时扣了6个，二亩多地，头茬瓜，二茬豆角，两茬庄稼挣了四万多，收入直接就翻番了。现在共建设了14个大棚，这14个棚子去掉开支能剩五万多。现在我扣这棚子，可以骄傲地说，我自己脱贫了，身上的饥荒也都摘下去了。这一切都要感谢党！感谢我们村的第一书记啊！"

刘振泉要感谢的第一书记叫李玮。

2005年，大学毕业后的李玮回到了家乡通榆，在县人社局谋得一份职务。农村出生的李玮，对农民始终有一种难以割舍的情怀，对农村始终有一种无比特殊的感情。2015年，当这个"80后"的年轻人，看到选派第一书记到农村挂职的文件后，第一时间向组织递交了申请书。

李玮担任第一书记的村是苏公坨乡农牧村。"我们村有4个自然屯，面积能达到40多平方公里。耕地有2040公顷、林地405公顷、草原1226公顷，主要产业为种植业和养殖业。总户数433户1420人，当时的贫困户比例还是很高的，有222户455人"。说到农牧村，李玮如数家珍。

"吃万家饭"是县里给几百人的第一书记和驻村干部提出的要求。为何要吃万家饭，就是要让挂职干部深入走访、与村民交心，之后有针对性地制定脱贫攻坚整体规划，制定出阶段工作安排，有计划、有目标地推进脱贫攻坚工作。做到目标任务明确、基本原则可行、保障措施有力。从李玮到村的第一晚入户至今，他自己也记不清走过多少贫困户，根本没法统计。

70 多岁的村民刘淑琴患糖尿病多年，越来越重，已经到了综合征阶段，半瘫痪在床。李玮看到这种情形，问老两口有什么困难时，老伴儿邢士友表示需要一台轮椅，可是问过别人，得要不少钱，一直没舍得买。李玮现场就咨询了民政部门，随后按照民政部门提出的建议为刘淑琴办理申请，并亲自代替家人找相关

李玮走访贫困户

部门和领导审批。第二天晚上，当李玮把轮椅送上门的时候，朴实的老两口激动地不知道怎么感激，连说了好几遍"没想到，没想到"。

李玮在农牧村不是一个人在奋战，自打他到农牧村后，他所在的县人社局就把农牧村当成了本单位的"责任田"。主要领导帮助谋划和协调建设了葡萄采摘园，利用建设预留地栽植葡萄1万多棵，解决30个贫困劳动力的就近务工问题，每年为村级创收10万元以上。人社局在帮助已有了两家"大棚香瓜"种植的基础上，又动员和引导附近几家农户从事"大棚香瓜"种植产业。协调谋划的大棚园区正在建设中，园区建成后，将为农牧村村民开辟又一条致富渠道。为使就业困难人员和贫困劳动力掌握一技之长，增强自身"造血功能"，李玮又通过人社局渠道，在村里组织开展电焊工、砌筑工、柳编工、针织刺绣、面点、厨师技能培训，邀请培训学校专业老师到村授课，悉心传授技能手法，确保学员学有所成，实现劳动技能培训和精准扶贫工作的有机融合。

让李玮更感骄傲的是，他所倾力支持的裕奶农专业合作社正在成为全乡乃至全县的减贫助农明星企业。在李玮的建议下，合作社与农户真正实现融合共赢，开辟了产业扶贫新思路。他们对全村二、三星贫困户的扶贫资金整合使用，资金不足部分为贫困户担保借款，统一购买奶牛，采取托管经营方式，由合作社进行经营管理，取得了很好的经济效益。"按现在的市场牛奶价格计算，贫困户的年经营收益能够达到5000元左右，并且上不封顶。公司保底贫困户的收益为12%，即年户均保底收入1560元。"

只有真正富了，才能有发自肺腑的感恩。这就是每当提起李玮，村民为何都竖大拇指夸赞他是个干实事、干好事的书记的原因。

一心扑在村里，一心为了村民。可曾想过，李玮也是家里的顶梁柱，也是妻子的丈夫，也是两个孩子的父亲。"这几年，亏欠了他们啊，孩子的一切事情都顾不上过问。儿童节，我都是跟两个儿子在网上过的，孩子眼巴巴地盼着我回去啊……"当提到自己的小家、提到孩子时，李玮眼眶湿润。有一次晚上 10 点多，李玮忙完一天工作回到家，两个儿子都睡着了。为了不惊醒睡梦中的两个宝贝儿，他没有打开卧室的灯，默默地亲了亲两个可爱的儿子，惭愧得分不出哪个是老大，哪个是老二。妻子看到这个情景，转过身去潸然泪下。

是的，每一位驻村第一书记，都有一段感人的扶贫故事。他们主动放弃城市的舒适生活，带着对贫困乡村的朴素感情，到穷乡僻壤担当一名脱贫攻坚的战士，用实际行动诠释第一书记的光荣称号，以家国情怀谱写自己的青春之歌。

产业扶贫是最直接、最有效的办法，也是增强贫困地区造血功能、帮助群众就地就业的长远之计。

——习近平

第八章

鹤舞蹁跹

三一牧原新洋丰,

产业扶贫显神通。

巧拿资源换项目,

带动富裕立大功。

　　近年来,通榆县在推进脱贫攻坚工作中,本着"绿水青山就是金山银山"的发展理念,通过发展风电、水电、太阳能等绿色清洁能源扶贫产业,让贫困群众实现可持续增收。在脱贫攻坚进入攻城拔寨、啃硬骨头的关键阶段,在全社会力量参与的脱贫攻坚战中,企业成为脱贫攻坚中最为重要、最为活跃的主体。通榆县的三大支柱企业"三一""牧原""新洋丰",就是以其各自的独特优势,积极参与产业扶贫、就业扶贫,在通榆经济社会发展和扶贫开发史上写下了浓墨重彩的一笔。

　　"三一"是一家集团企业,它是集三一重工、三一国际、

▌三一风电

三一工学院三家上市公司为一体的世界 500 强企业。为什么叫"三一"？缘于"三一重工""创建一流企业，造就一流人才，作出一流贡献"的企业使命。

说起"三一重工使命"，还有一段故事广为流传。1986 年，梁稳根等四位三一重工早期创始人，筹措几万元创业成立焊接材料厂，当时租了湖南涟源县茅塘乡道童村的一幢房子。这幢房子有两层半，最下面半层是地下室。一楼是当街门面，只有生意人才租得起，梁稳根他们是租不起的。

于是，他们就租下了二楼和地下室。那年春节，梁稳根写了一副对联，贴在涟源焊接材料厂的门上，上联是"创建一流企业"，下联是"造就一流人才"。虽然对仗不工整，但却是企业文化之根本。当时，涟源的一位领导来这里看望梁稳根他们，看到这副对联后，他认为可以再加上一句话做横批，那就是"作出一流贡献"。

梁稳根当即采纳了这个建议，这就是三一重工的由来。"三个一流"，可以说非常符合梁稳根的产业报国理念，因此它也就很自然地成了三一人的使命，并由此奠基了三一重工的企业文化。

通榆得天独厚的风力资源，正是三一风电取之不尽、用之不竭的天然能源。于是，便开启了通榆与"三一"水乳交融、互利共赢的新篇章。

瞄准绿色能源产业，是通榆真正具备做大做强潜力的中坚产业，清洁能源基地、风电装备制造基地是通榆振兴崛起的必兴之业。

通榆经济开发区始建于 2005 年 7 月，是通榆县委、县政府抢抓国家振兴老东北工业基地、南资北移和省委、省政府扩大县（市）经济社会管理权限三重机遇，为打造通榆招商引资和项目建设平台，加快推进工业富县进程，规划建设的一个全新的以工业项目为主的多功能产业园区。

开发区紧邻老城区，含一个主体园区和迎新、铁西和胡家店三个区外园。主体园区位于县城的东部，总体规划面积为 21.94 平方公里。三个区外园分别占据县城南、西、北三个方位，面积为 12.47 平方公里，从而构成了总面积为 34.41 平方公里的"一区三园"的总体框架。

为构筑绿色开发区，实现可持续发展，通榆经济开发区立足生态环境保护，摒弃"有项目就招、剜到篮里就是菜"招商模式，对入园企业的首要要求是无污染。

1999年，通榆风电开始开发建设，位于通榆县城西80公里的同发风力发电场，总装机容量为3.06万千瓦，为当时东北较大的风力发电场。

2004年，通榆县获得了国家发改委批准的40万千瓦特许经营权项目；2006年4月，龙源、华能两家国际知名的风电开发企业落户通榆，共同开发风电特许经营权项目。

为解决风电输出瓶颈，2009年9月15日，吉林省瞻榆风电资产经营管理有限公司正式成立。在此基础上，三一集团投资成立通榆三一风电产业园，实现了当年引进当年开工建设。

通榆三一风电产业园，全称为"通榆县三一风电装备技术有限责任公司"（简称通榆三一），隶属于"三一重能"的全资子公司。通榆三一风电现有职工600多人，具备年产600套风电叶片能力。产品销售全国市场，年产能1800支，主要分布在山西、山东、辽宁、青海等地。

30多岁的任志慧，在行业内工作已经有10多个年头了，他凭借自己的才华和能力，担当起通榆三一风电装备技术有限责任公司总经理的重任。他以转型升级为抓手，不断致力于风电产业的创新发展，推动当地包括风力发电、配套装备制造、风电场运营维护和风电设备物流等在内的风电全产业体系的形成，为新能源产业又好又快发展和实现转型升级作出了突出贡献。

三一风电装备技术有限责任公司行政负责人陈永春，指着眼前摆放的"庞然大物"说道："这叶片就是为内蒙古通辽奈曼旗风场生产的订单，按照任总所说的速度计算，用不上一个月，就能完成去年全年生产总量。2020 年，随着国家风电产业利好政策的不断推出，整个风电行业呈现井喷式发展，公司原有一条生产线已经满足不了周边市场的需求。作为企业的带头人，任总适时调整生产策略，积极申请产能扩容资金 4100 余万元，增设叶片生产线两条，叶片年生产总量将由原来的 30 余套增加到 270 余套。同时，解决当地人员就业 500 余人，年预计产值达 5 亿元，缴税额达 2000 余万元。"

为了一举实现产能扩容与产业转型升级，任志慧带领他的团队，开始了没日没夜的蒙皮灌注 FMEA 分析、各类材料的试用与变更，带头参与三一重能研究院的 146 机型产品的研发，并于 2020 年 7 月研发试制成功。截至 2020 年底，已经生产 146 机型叶片 30 多套，不但降低生产成本，还极大改善了产品性能。

2020 年 9 月 16 日，时任省长景俊海到通榆县调研时，来到三一通榆产业园考察，参观了产业园生产车间，了解考察三一集团从风场设计、施工到发电的全产业链建设优势。他称赞三一集团是一家靠谱的企业，是"响当当的实体经济"。

景俊海说，三一集团作为国际知名工程机械制造企业，长期以来与吉林保持着良好合作关系。我们一定牢记习近平总书记殷殷嘱托，坚决把实体经济特别是制造业做实做优做强，全面提升全产业链水平，培育新业态新模式，促进产业转型升级，加快新旧动能转换，推动新时代吉林全面振兴全方位振兴。他同时希望三一集团抢抓机遇、优化布局，深化与吉林全面合作，加大在新能源开发利用、机械制造等领域投资力度，积极参与白城国家级

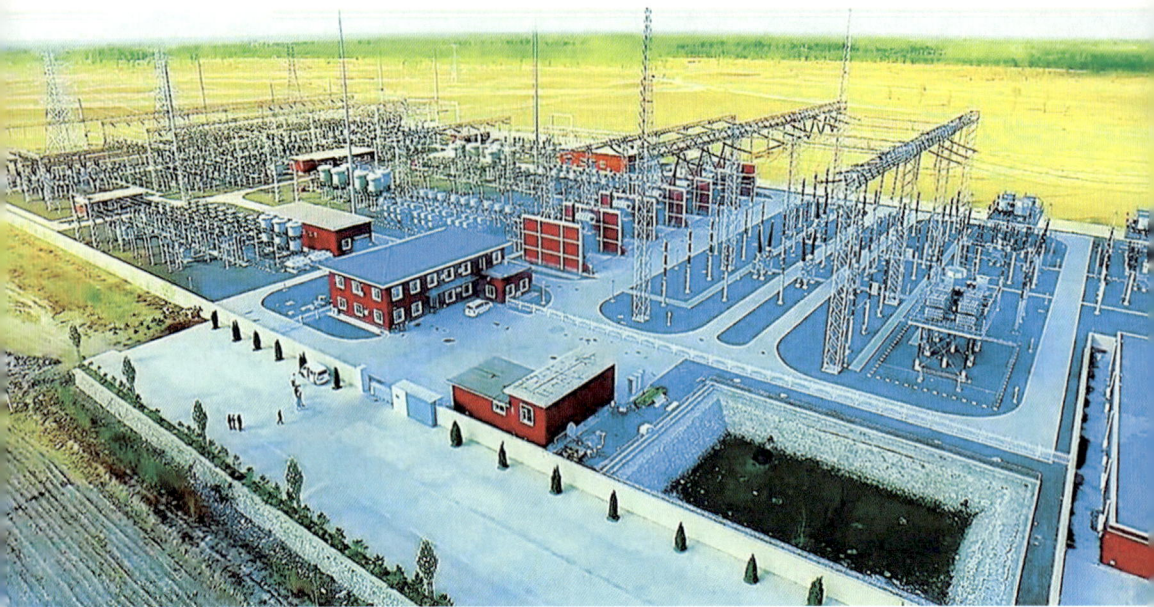

▌光伏扶贫电站

高载能高技术基地建设，共同实施一批重大项目，立足吉林辐射东北乃至东北亚，助力吉林经济社会发展实现新突破。

2021年1月，省委副书记、代省长韩俊和三一集团总裁唐修国座谈中强调，三一在充分发挥富风富光优势，加快推进新能源产业高质量发展的基础上，将在项目建设、产业布局、技术研发等方面向吉林倾斜，将新能源设备全产业链研发制造落户吉林，努力实现互利共赢、共同发展，共同把风电装备制造业做大做强。

2021年3月，省长韩俊在三一重能北京南口产业园与三一集团董事长梁稳根会晤，在通榆风电产业园建设、叶片生产制造、风电智能制造产业园二期项目、智慧风机研发试验基地项目、本地化合作、工业互联网等10个方面达成了合作共识，并签署了通榆风电投资合作协议。根据协议，双方在吉林省范围内发挥各自优势，开展风电、新能源产业链及技术开发应用等领域的全面合作。三一重能将在通榆县投资建设三一通榆风电智能制造产业园（二期）暨智慧风机研发试验基地项目，大力促进当地经济发展；吉林将全力支持三一重能在通榆县域内开发建设风电场，在未来两个五年计划里，加快以通榆县域为中心的千万千瓦级风电基地建成投产。

韩俊说，三一集团的大国重器、社会担当都值得称赞，近年来在新能源领域发展进步很快。他希望三一能加快在吉林布局，加快推动项目落地。吉林省各级政府将创造一流的营商环境，用吉林速度、吉林效率、吉林品质推动三一在吉林快速发展。

每当坐在汽车行驶在通榆高速公路上时，便可看到道路两旁散落在这片广袤的热土上的"大风车"。放眼望去，蓝天白云，相映成趣，每个"风车"都有近百米高，擎天而立，迎风飞旋，如一个个巨人守护着这座美丽的小城。风吹来时，叶片转动，风电疾驰间，划过一条完美的弧线。据了解，一台风力发电机与同容量的火力发电机相比，每年可以减少 1400 吨二氧化碳，10 吨二氧化硫，1 亿吨二氧化碳的排放量。

"三一"从 2019 年 8 月至今，已为通榆百姓解决就业 500 余人，其中 80% 是周边的农民，这些农民彻底摆脱了以往的看电视、打麻将、喝酒、懒惰的"精神荒芜"现象。来到"三一"他们成为生产线上的工人，成为管理岗位上的人员，这些农民没有一技之长，不能自主创业，来到这里，一方面增加家庭收入，维持家庭的正常开支。更让农民欣慰的是在家门口就可以上班，既解决了养老保险，又可以解决了基本的生活开支，也让企业赚取了高额的利润。招聘管理岗位上的大学生有 80 人，还解决了残疾人的就业难题，真正实现了一人就业、全家脱贫。

见到石海龙时，他穿着工装面带微笑，富态地走进了小会议室。他今年 31 岁，皮肤微黑，有些胖，一副笑面，他曾经是当地鸿兴镇的农民，家境一度贫寒。父亲患肺结核多年，没有劳动能力，母亲因着急上火，一只眼睛失去了视力。高考那年，石海龙胳膊摔折，学习受到很大的影响进而没考上大学，这让本已贫困的家庭雪上加霜。为了维持家里的生活，胳膊还没恢复的石海龙不得不到县里工地去打工，起早贪黑又苦又累。那个时候，他就想，这样的日子什么时候能熬到头呢？

不久，"三一"招工的消息传到了石海龙的耳朵里，他了解到"三一"待遇好，有发展潜力，他兴奋地要跳了起来，他必须去"三一"工作，因为他终于可以有出头之日了，终于可以改变家庭贫困的面貌了！都说"三一"好，当了"三一"的生产工人之后，没想到"三一"好得让他出乎意料，月薪能达到 15000元，还给每天中午的餐补，这对于一个农民家庭来讲，那真是天壤之差，这是连做梦都想不到的惊喜呀！

他清楚地记得，之前他的家庭全年的总收入都达不到 15000元，现在一个月就是这个数字，那么一年的收入接近 20 万了！这不是一步登天了吗？如他这样的农民进了"三一"，不都能快速达到小康水平了吗？仿佛从天上掉下来的好事，让他做梦都能笑醒。

的确，"三一"让石海龙彻底改变了命运。从 2018 年到现在，他的家庭生活水平直线上升，他不仅给父母重新盖起了 80 多平方米的房子，而且父母的病情也日渐稳定，他还为自己在通榆当地买了一套 86 平方米的楼房，买了一辆大众汽车，小日子一下子就红火起来了。

每当有人问他在"三一"上班的感受时，石海龙总是很自豪也很兴奋，他动情地说："如果没有'三一'，就没有现在我的一切，所以，我要感谢'三一'，报答'三一'，我会尽自己最大的努力好好工作，为'三一'添砖加瓦。"

近几年，石海龙在工作中努力上进，表现积极，多次被公司评为岗位标兵和优秀班组长，每年都能得到公司额外的奖励。他的表率作用和身上的正能量，也带动和影响了其他工人，大家干劲十足，争先创优，营造了团结奋进，挥洒汗水，为"三一"做奉献的良好氛围。

每当石海龙下班回到家里，看到妻子和一双儿女迎接他时，一股幸福的暖流涌遍全身。7 岁的女儿课余上了舞蹈班，她总是高兴地喊着爸爸，要给爸爸跳一支舞，4 岁的儿子学了口才与演讲，争着要给爸爸朗诵诗歌。此时，音乐响起，一首《我们的祖国是花园》的旋律漫遍整洁的房间，"我们的祖国像花园，花园里花朵真鲜艳，和暖的阳光照耀着我们，每个人脸上都笑开颜。娃哈哈，娃哈哈，每个人脸上都笑开颜……"

石海龙突然感到，他生活中的幸福虽然不像大海那样波涛汹涌，也不像泉水那样沉寂无闻，它就像清澈的小溪，但那涓涓细流更能温暖人心。他天天都这样被幸福包围着，他觉得自己就是世上最幸福的人。

在"三一"公司中，有一位来自景色优美的云南丽江贫困地区永胜县的农民，他叫汤亮，今年 35 岁。他的父母在当地老家也是农民，而且年龄也大了，还有一个妹妹。用汤亮的话说，他的家曾经一贫如洗，每到雨季，外面下小雨，屋里下大雨。高二时，他为了贴补家用，到山上去采蘑菇把腿摔折了，至今落下了轻微的腿部残疾，导致他没当上兵，也没考上学。

汤亮的母亲，是一个很要强的女人，命运却和她过不去。有一年的夏天，她查出患上了膀胱癌。他的父亲是一个沉默不语的人，所有恼人的事儿都憋在心里。家里本已贫穷，孩子妈却得了绝症，这日子该怎么过呀！他没有什么特殊的本事，只能当地干零活维持家用，在如此收入低、负担重的情况下，他的心里像装进了一块石头，压得他喘不过气来。看着日渐消瘦、皱纹渐多的父亲，懂事的汤亮心里很难过。为了让这个家能生活下去，他千里迢迢来东北打工，想用自己瘦弱的身躯撑起这个家。到东北后，他做过各种零工，但收入仍不能让家里的困境得到缓解。生活的窘迫让汤亮对未来失去了信心，他一度彷徨，一度颓废，不久便陷入网络赌博的深渊而不能自拔，日积月累，最终欠下了 20 多万的债务。

正当他处于内心纠结和迷茫之时，一则"三一"招聘工人的消息，让汤亮的生活看到了一线光明，也让他自己和家庭彻底得到了实质性的飞跃。他立志好好做人做事，要有志向和志气，决不颓废，让正能量如影随形。来到"三一"后，他还清了一部分债，在城里买到了自己的楼房，给云南的父母翻盖了房子，还给父母每年 3 万左右的补贴，他的媳妇开了一家理发店，这些接连不断的好事是他从前连想都不敢想的事情。

現在 15 岁的大女儿在白城十中上学，8 岁的儿子在白城长庆小学上学，而且还分别上了舞蹈和美术兴趣班。说到这里，汤亮的脸上露出了幸福的笑容。"我打个比方吧，我们的生活就像从前孩子喝简装娃哈哈，现在喝上了精装安慕希一样，有很大的差距。那么，接下来，我要努力工作，向身边的榜样学习，也争取得先进，多挣钱，明年争取买辆车。我要勤奋努力，自立自强，为'三一'多作贡献的同时，也让自己的生活再上一个新台阶。"

在"三一"还有类似汤亮这样的人，他们远离自己的家乡来到东北，并娶妻生子扎根通榆，被异乡的温情所打动，被当地的美景所吸引。这里的冬天虽然寒冷，却能与这个城市和这里的人温暖相依，汇集成一点一滴的热度。他们越发感到，幸福无处不在，找寻自己想要的幸福，就要有坚定的信念和决心。

宫强也是类似的典型。他是在 10 岁的时候随父母从内蒙古来到通榆租房定居的，父母没有工作，还有一个姐姐，家境窘迫。他今年 35 岁，阅历也很丰富，16 岁辍学，当过汽修工、跟过卡车跑长途、还做过烧烤、在南方搞光伏工程等。尽管如此，他也没有逃脱贫穷的羁绊，后来在社会上做小本生意还赔了 10 多万元。

来到"三一"后，一年的收入就让宫强的生活有了很大的改观。虽然媳妇因听力障碍不能干活，但靠他一个人在"三一"工作就能轻松撑起这个家。几年里，他不但还清了 10 多万的债务，买了 70 多平方米的楼房，还为自己的父母添钱买了房子。

他突然想起，高调地对人说："这些都不算啥，我的丈母娘患肝癌晚期已经三四年了，一个月光买药就得三四千，这些费用也都是我支付的。"此时他的表情有些得意。

宫强有一个 12 岁的儿子上小学二年级，还上了英语和奥数补习班。"三一"的工作，让他的生活过得井井有条，并没有感到有什么压力，因为他相信，只要好好工作，就会有好的回报。因此，他获得了岗位标兵和优秀班组长的荣誉，也得到了相应的奖励。

谈到他今后的打算，他脸上充满了信心，底气十足地说："我争取一年之内再换个大房子，然后把父母接到家里一起生活。我说什么是幸福？我认为幸福就是这种滋味，像我现在的这个样子。"

祖慧东是当地农民，今年 33 岁。他曾经在大连造船厂做过数控等离子切割工作，当时他的媳妇在农村开了一家幼儿园却赔了 50 多万。2012 年，来"三一"当上了工人后，他的家庭条件开始有大幅度的改善。祖慧东的父母在农村种地，他就给父母花了五六万盖上了新房，而且每年还要给他们补贴 2 万元。之后他又在城里买了一套 80 多平方米的房子，媳妇又在县里开了一家规模稍大的幼儿园。

他说，公司的培训，以及企业文化、管理经验都让他脑洞大开，也使他的思想观念发生了变化。他越来越热爱"三一"这个集体，是"三一"让他改变了命运，也扩大了视野。他要感恩这个时代，感恩三一公司。

的确，石海龙、汤亮、宫强、祖慧东这些农民摇身变成了工人，对他们来说，"三一"就是他们生命中的希望之光，这束光照亮了他们的生活，有了尊严，也有了自信。而自信又使他们重树人生目标，他们选择了"三一"就是选择了希望。以扶贫带动就业，让农民直接受益，这也是"三一"不变的初心和担当。

走进生产车间，看到工人们正忙碌地生产风机叶片，风机叶片生产线上钢花四溅、机床轰鸣，"全副武装"的工人们正在有条不紊地忙碌着，全神贯注地操作着各种机械，一派热火朝天的生产景象。

很难想象叶片就是在这里从零开始制造成眼前这样的庞然大物，顿时心生感慨和敬佩。这些即将交付的巨型风机叶片进行测试检查。不久后，这些叶片将被运往机位点正式"上岗"，践行它的使命，实现它的价值，在空中旋转，在空中绽放。

据工人们介绍，制造这个庞然大物，需要十几个步骤，叶片一般是用玻璃钢或高纤维树脂材料做成的，先做一半然后做另一半，最后将两半合起来，用特殊的焊接工具焊起来，用声波检查仪检查是否有没有焊接好的地方，做好三个叶片后，需称每个叶片的重量，确保三个叶片重量一致，这样才能保证在运行中的受力平衡。

近年来，"三一"积极搭建平台、拓宽渠道，开展了"关爱贫困农民，支持扶贫事业"活动，以及免费早餐公益项目，把红包直接送到乡政府的手中，先后捐资了苏公坨乡和新兴乡。还为向海乡梧赫村提供铲车、碾道机等修村路，利用一个星期的时间就建成了 13 公里的村路。

通榆的发展潜力是巨大的，三一风电产业必将带动通榆县工业经济强势崛起。上有灵鹤飞舞，中有风车旋转，下有牛羊徘

通榆高速路

徊，在这三维的立体画卷中，这片希望的土地上，到处充盈着康庄之路的诗情画意。

在脱贫攻坚的"战役"中，牧原集团传承美德，助力脱贫，回馈社会、关爱贫困户，用爱心彰显了它独有的特色。

2021 年 2 月 25 日，对牧原集团来说是个值得纪念的日子。这一天，全国脱贫攻坚总结表彰大会在北京人民大会堂隆重举行，中共中央总书记、国家主席、中央军委主席习近平向全国脱贫攻坚楷模荣誉称号获得者颁奖并发表重要讲话。而此时，董事长秦英林正代表牧原集团接过了代表崇高荣誉的"全国脱贫攻坚先进集体"奖。

那一天，远在千里之外的通榆县牧原子公司的员工们从电视新闻中看到了这一令人激动的时刻。作为集团公司的一部分，这份荣誉凝聚了太多牧原吉林子公司对通榆父老乡亲们的爱。

从 2018 年 4 月 10 日，牧原集团与通榆县签署产业扶贫合作协议，开展 1.6 亿元资产收益扶贫模式。到 2021 年 2 月，累计支付租金 2172.43 万元，租金发放用于全县 27104 名建档立卡贫困户分红。在生猪持续供应市场的同时，大力支持疫情防控工作，累计向通榆县慈善总会及县内各卡点捐赠口罩、防护服、一次性手套、酒精、护目镜、84 消毒液、硫黄皂、生活物资若干，总价值 20 万元，在疫情期间，还举行了一次特殊的大型招聘会。

在高效现代农业上，通榆牧原结合农业农村局专家成立 5 个农业服务站，开展 130 余次农技服务座谈会，服务周边农户达 4600 人次；铺设支农管网辐射农田 4 万余亩；开展畜禽粪污资源化利用项目，农户减投增收 200 元 / 亩（化肥减少 110 元 / 亩，产量增收 90 元 / 亩）。

子公司还积极助力贫困大学生，通过"金秋助学"资助 264 名大学生，累计帮扶金额 116.8 万元。同时，公司每年向场区占地村发放书包、文具盒等文化用品，助学当地中小学生，通过"春苗计划"帮扶 823 名小学生，累计帮扶金额 3.5 万元。

子公司走本地化路线，在通榆开展了百余场社会招聘和基层招聘，吸纳当地社会人员上千人。透过这些闪光的数字，可见通榆牧原人的大爱。

抢农时，备春耕，县农业农村局送科技到家

2020 年春季的一天，新华镇大有村村民老孙心急火燎地前往自家田头巡视已经播种了一个月

的绿豆苗。五月初的东北，依然有丝丝凉意，风吹在老孙身上，却扑不灭他身上的火气。

"谁让你们在我地里种向日葵的？"老孙一脸怒气，对正在地里忙活的村民大发雷霆。

"怎么了，老孙？"刘嫂抬起头，一脸疑惑："人家免费帮你补种，你咋得了便宜还卖关子？瞅你地里苗出得稀稀拉拉的，今年准备喝西北风啊？"

老孙哭笑不得："你瞅仔细了，我家地里长得是绿豆，你们给我补种向日葵，搞杂交实验呐？"

刘嫂一惊，所有人都停下手里的活，一遍又一遍仔细鉴别着地里的苗："妈呀，可不咋的，好像不是葵花苗唉！"

"啥叫不像，它压根就不是，我自己种的还不知道？"老孙直跺脚。

"咱也不知道咋回事啊，王凯让我们给你补种的，快点的，给牧原打电话！"

王凯是通榆牧原公司第三分场的环保运营管理员，一个企业的负责人，跑村民地里给人家补苗是怎么回事呢？

原来这是牧原公司利用自身优势，对村民展开的"沼液还田"项目。牧原在通榆县有 13 个大型生猪养殖场，养殖场每天都要产生大量的猪粪。庄稼一枝花全靠粪当家，只可惜农家肥很金贵，所以追求产量的农民，早就习惯了使用更方便的化肥，农家肥反而被视作"废物"。

县农业农村局农技专家徐明慧教授说："猪粪便是非常好的有机肥，它不光含有大量植物生长所必需的有机质，还对土壤板结起到改良作用。使用有机肥不光能提高产量，更有助于提高作物质量。县里对牧原养猪场的沼液还田项目非常重视，过去我们是求之而不得，如今是天上掉馅饼！"

提到沼液还田，徐教授一脸兴奋。可惜的是村民们却一脸茫然，甚至写满质疑的神色："这玩意多脏，以后咋下田干活？""肥劲太大，还不得把庄稼烧死了？""化肥都用了几十年了，啥东西能比化肥好？""牧原猪粪没地方排了吧？我反正不用，别往我家地里排！"

徐明慧哭笑不得，等着收购粪便的企业都排成了队，给你们送上门反而嫌弃臭。也只有徐教授才知道，为了实施沼液还田，牧原作出了多大的牺牲。

通榆牧原公司经理符孟说："我们在各分场修建了粪便处理

庭院经济

277

车间，购置了大量设备，以保证生产出符合不同节令、不同作物的沼液，又铺设了总长度超过 200 公里的排液管道，总投资额超百万。为了达到科学施肥的目的，我们成立了专业的农技服务部，又与县农业农村局保持密切合作，举办了多次农业技术培训会。在沼液还田前，我们对每一个地块都要做精确的测土配方，以保证施肥效果，保障农民兄弟的利益。所有这些费用，全部由我公司承担。"

虽然牧原公司和县、乡、村、屯干部多次宣传培训，可响应者寥寥，农民们保守的天性，让他们宁可脚步慢一点，也不愿意冒任何风险，他们只相信自己的眼睛。

王凯好不容易说服了一位村民，同意尝试一下沼液还田。徐明慧发现该村民的地出苗率不佳，建议补苗，牧原主动承担了补苗的费用。然而，在信息传递过程中出现了偏差，误将春苗补种到老孙的地里去了。

本来就不顺，好事还办成了坏事。老孙火气很大，坚持说一定是牧原偷摸排污，伤了自己的苗，做贼心虚地来给他补苗，激动之下他差点把王凯揍了。

那几天，王凯满肚子委屈，还不得不低下头请人牵线搭桥，带着徐教授几次登门给老孙道歉解释。

好在老孙被徐教授的学识打动，慢慢打消了顾虑。最后，竟然同意补苗并接受沼液还田。一场干戈化玉帛，老孙后来还成了沼液还田的义务宣传员。

两个月后，庄稼的长势出现了明显的差异，经过沼液还田的庄稼，茎秆明显粗壮，叶子墨绿墨绿的。而未经沼液还田的庄稼，显得纤细无力，叶子翠绿中夹杂着大量的枯黄。

一贯只相信自己眼睛的农民这下猛然觉醒："原来人家牧原真的是为咱好！"

于是不断有人主动提出，希望牧原能对自己的地实施沼液还田。就在牧原沼液还田项目顺利推进的时候，村民们的心变得越来越焦急：原来遇上了干旱，一连数月天上未下一滴雨，好多村民地里根本没有水井，再干旱下去就要绝收了！

村民们把目光都盯上了牧原，至少沼液可以解决干旱问题，谁也顾不上原先的疑虑了，一窝蜂找到王凯求救。王凯从"万人嫌"变成了"讨喜宝"，他陷入了幸福的烦恼：公司的沼液供应量有限，管道铺设也需要时间，不可能解决所有人的问题。

浇灌上的村民喜笑颜开，庆幸自己明智，下手早。未能浇灌上的村民心急如焚，黏着王凯跑。村民赵吉秋的十垧地享受到了沼液还田，可又担心地问王凯："听说你们要把粪便卖了，不给我们了？"

王凯笑了："你们放心，我们集团公司在全国各地都秉承服务农民的思想，义务实施沼液还田，帮农民兄弟实现减投增收一直是我们长期的目标。你们看那一堆管道，这都是刚刚运来的。我们还要继续扩建，助农是我们董事长的心愿，是牧原公司服务社会的善举，是不会终止的。"

限于供应量，王凯很遗憾没能帮到更多的农民。但从那以后，周边村民们的思想意识一百八十度大转弯，举办的所有农技培训讲座是场场爆满。

在开通镇团结村的一次培训会上，100 人的会场挤进了 120

乡间的小路

人。村民孙福生说："有机肥肯定是好东西，通过培训我们才知道，沼液还田比直接下猪粪牛粪更科学。"

村民谢海清说："一开始肯定有顾虑，哪有自己花那么多钱帮别人的，一定是那东西没地方排了嘛！正常谁都会这么想，这会儿才知道人家真的是学雷锋做好事呢。"

村民赵志亮算了一笔账，说："我家用了沼液还田，十五坰地一粒化肥都没撒，光这个就省了一万多。苞米产量比以往增产差不多四成，估算大概能多赚一万多。关键我啥也没做，连施肥的时间都省了，专家说沼液还田地的肥力一年比一年好，赚大便宜了，真要感谢牧原！"

2020 年的春节对每一个中国人来说是个值得永远纪念的日子，一场突如其来的新冠疫情突然席卷全国，打乱全国人民正常的生活节奏，也让不少家庭蒙上了一层阴影。

元宵节刚过，尚处于居家隔离状态的符孟接到县就业服务局的电话：由于疫情影响，预计全县将有近万名外出务工人员滞留家乡，牧原是否有能力消化吸纳部分民工？

就业扶贫责无旁贷，虽然身处特殊时期，但这丝毫没有挡住牧原公司的脚步。他们借助网络优势，克服重重困难，通过政府就业平台，以视频面试的方式，针对务工返乡人员、建档立卡贫困劳动力、应往届大学毕业生，一次性招聘了550名员工。

在这次"抗疫情促就业"的重大活动中，牧原公司的社会责任感获得了县委、县政府的高度赞扬，也赢得了老百姓的一片赞誉。

一下子招聘这么多员工，在牧原公司的历史上尚属首例，在尽到社会责任的同时，牧原公司内部却承受了相当大的压力。

第一个问题就是疫情防控问题，新入职的员工如何隔离是个前所未有的挑战。根据国家"战疫情保复工"的政策，牧原对新员工实施两阶段隔离政策。

第一阶段个人居家自我隔离，时间28天，员工提供体温检测记录，并接受实时定位监控。第二阶段集中定点隔离，时间7—14天。牧原公司包租下蓝天和帝豪两座宾馆，新入职员工全部在宾馆里隔离居住，并由牧原公司提供24小时生活服务和隔离监管。为此，牧原公司光租宾馆就花去了15万元。

为防止与社会可能的交叉感染，牧原公司决定采取员工在场

区集体封闭生活的管理模式。这是一个相当大的工作量，牧原公司不得不额外配备了大量的后勤保障人员。从起居到衣食，从生活到娱乐，从工作到健身，都在公司管理层的考虑范围内。

符孟说："疫情无情人有情，隔离是迫不得已的行为，但牧原的兄弟姐妹是一家人，我们要努力营造家的氛围。"

这期间曾经发生了一个意外，50岁的员工赵某一天夜里突然心脏病发作，职工们都没有应对经验，现场一片慌乱。

好在牧原早有预案，已经休息的兽医总监王腾飞得到报信后，从床上一跃而起，抓起羽绒服夺门而出。从宿舍到医务室、再到赵某宿舍、上下楼梯六层，一百多米路程，包括取药他只用了短短两三分钟时间。当赵某的脸色转为红润，呼吸平稳后，王腾飞才发现自己仅穿了身线衣线裤，脚还光着。

从团结乡前屈村入职的员工白东旭说："场区里大家相处得跟一家人一样，虽然封闭，但是烧烤、唱歌、烤肉、健身啥都有，我这一年都介绍好几个亲戚来这儿上班了。"回想起那段生活，白东旭一脸满足感。小伙子二十出头，年龄不大经历倒不少，干过汽车配件销售、保险员、快递员、出租车司机，可哪样也没干出他所期望的结果。

小伙子不甘心，说服父母拿出全家积蓄，又变卖农机具，凑钱到长春某小区开了家超市。原想着从此打工仔变老板了，却不料一年下来赔得一塌糊涂，超市被迫关闭，全家人多年的积蓄都打了水漂。祸不单行的是，那一年，他的父亲又患上了严重的股骨头坏死，急需一笔治疗费，顿时全家人陷入了窘境。

那段时间白东旭充满自责，对前途感到一片迷茫。那是一个痛苦的春节，全家人几经商议达成一个共识：把家里的土地全租出去，春节后一家三口都去河北打工。不料，春节还没过完，疫情肆虐，各地都处于隔离状态，企业基本停工，白东旭一家出门打工的计划也泡汤了！

土地被出租，出门又出不去，全家陷入了绝境。就在他们一筹莫展的时候，白东旭无意间在村屯微信群里面看到了牧原公司招聘的信息。"好诱人的条件！"白旭东一看，"什么技术都不需要，就能赚四五千的工资，农村还能有这好事？""撞大运吧，反正没啥事可干。"白东旭将信将疑地报了名，还真的被录取了。

3月2日，隔离期过后白东旭第一次踏进牧原场区的大门，第一次接触大规模生猪养殖产业，感觉一切都那么新鲜。进入场区之后，白东旭跟着老师傅学习，能吃苦的他很快得到了公司的赏识，工资一步一步水涨船高，一年时间下来就涨到七八千元。

"猪"事如意

"意外惊喜！"白东旭激动地说："上外面打工也无非赚这些，花销还很大，一年下来还不如在牧原合适。"懂得感恩的白东旭，除了自己的零花钱外，大多孝敬给了父母。在牧原这一年里，白东旭还买了一辆小轿车，他说："牧原提升了我们一家人的幸福指数！"

白东旭的经历很具代表性，牧原作为通榆县的招商引资企业，三年来一直坚持走本地化路线，目前 1453 名员工中，本地化率超过 80%，为通榆脱贫攻坚作出了巨大贡献。

在项目分红、沼液还田和农民就业这些主项外，牧原的爱还扩展到了对贫困家庭孩子的捐资助学上。牧原集团董事长秦英林有一句名言："培养一名优秀学生，就能温暖一个家庭，就能播种一份希望，就能成就一个未来，就能繁荣整个社会。"通榆牧原公司秉承这样的思想，把爱洒进了孩子们的心田。

2020 年考入吉林师范大学的"00 后"女孩孙美奇，讲述了一段她与牧原公司之间的故事。

家住通榆县什花道乡金宝村的孙美奇，经历了一段常人眼里"不堪回首"的童年。她的父母都是老实巴交的农民，守着十几亩地，一家三口日子过得紧巴巴。由于连续几年的旱灾，孙美奇一家变得入不敷出，在她七岁刚上一年级那年，父亲决定远赴磐石某砖厂打工。

从那年开始，孙美奇和母亲就跟着父亲，过起了漂泊的生活，她不得不在父亲打工的地方借读于当地学校。由于父亲太老实，不善于沟通，常常遭人欺负，多次被雇佣方赖掉工资，因此父亲被迫不断更换工作。

父亲窠落的身影和母亲无助的哭声，被岁月之刃深深刻在了孙美奇的脑海中，年幼的她早早地体味到了她那个年龄不该有的苦涩。父亲不停地换砖厂，孙美奇也跟着不停地换学校，整个小学期间她辗转了十几个学校。每到一个新地方，为了让孙美奇读上书，父母就不得不赔着笑脸四处求人。

一家人漂泊了四五年，日子依然过得紧巴巴。父母唯一值得自豪的是，孙美奇无论转到哪个学校，学习成绩永远名列前茅。"那段岁月虽然很艰辛，但一家人能在一起就是幸福。"孙美奇回忆说。然而，她的幸福在她四年级那年被打破，腹部疼痛了一年多的母亲，被检查出得了肝硬化。

这个意外打击如同晴天霹雳，为了给母亲治病，一家人只好回到通榆。尽管父亲拼了命打工赚钱，却依然支付不起高昂的医疗费，为此欠下了两万多债务。两年后，母亲带着遗憾撒手人寰，丢下孤苦伶仃的父女俩。幸运的是，孙美奇的中学生涯得到了国家助学金和慈善协会的帮助。当大学录取通知书到来时，欣喜与愁苦一并向孙美奇袭来，为了减轻家庭负担，她选择了免学费的师范类院校，可生活费怎么解决呢？

正当父女俩一筹莫展的时候，学校给孙美奇送来一条大喜讯：牧原集团为了帮助贫困学子顺利上大学，特地推出了"金秋助学"计划。学校将她的状况反馈给牧原集团后迅速得到回复，他们将为孙美奇无偿资助 3500 元生活费。孙美奇感激地说："没有这笔资助，我没法跨进大学校门，3500 元省着点花够我四五个月生活费了。"

虽然符孟一直表示这些资助只是"聊表心意"，很"微不足道"，但懂得感恩的孙美奇开心坏了："牧原的资助让父亲不用发愁了，我也因此早早地憧憬起大学生活的到来，是牧原驱散了缠绕在我头上的阴霾，感恩充满温暖的社会，感谢牧原无私的爱。"

那天，久久不能平静的孙美奇又在日记中写道："'金秋助学'计划是牧原集团对我的肯定，千言万语化作一份动力，鼓舞我在以后的学习路上更加奋勇向前……正是'承载了太多人的期许，怎敢轻易辜负'，因为这一路有爱心人士的陪伴，我时刻告诉自己'你不是一个人，你并不孤独，勇敢前行吧！'"

当孙美奇得知牧原还有一项针对贫困家庭小学生的"春苗计划"时，她果断地选择了当一名志愿者，她说她要把牧原的爱传播出去，她有义务做牧原爱的大家庭中的一员。为此，上大学后她又参加了"学伴+"计划，给特困家庭的小学生提供义务补习帮助。后来，孙美奇加入了牧原集团的"学友会"，那是一个跟她一样，曾经接受过牧原资助的全国大学生群。在那里孙美奇受到极大的震撼：原来牧原是一个走到哪里都在播种爱的企业！

除了无偿资助外，牧原还给很多大学生提供无息助学贷款，未来学生毕业后如果选择入职牧原，所有贷款全免，如果有其他选择，学生们可以分期偿还。从牧原进入通榆后的三年多时间里，他们通过"金秋助学"资助了 264 名大学生，累计帮扶金额达 116.8 万元，又通过"春苗计划"帮扶了 823 名小学生。

孙美奇只是牧原公司帮扶的一千多名学子中的普通一员，她自幼经历了人生艰辛。在大爱的社会长大成才，如今又致力于做爱的传承人，这不正是秦英林董事长"温暖家庭，播种希望，成就未来，繁荣社会"的美好愿望么？

　　下面就用孙美奇的话结束这段故事："我会怀揣这份希望与温暖，努力回报社会，将爱和希望传递给我身边的每一个人，让他们跟我一样接受阳光、接受温暖。"

　　前脚刚踏出脱贫攻坚多年鏖战胜利的战场，后脚已迈进乡村振兴的元年。沉浸在新年的鞭炮声中的通榆新洋丰现代农业服务有限公司，又迎来了开门大吉的四封喜报：

　　喜报一："通榆新洋丰"入选全国"企业精准扶贫综合案例50佳"，是吉林省唯一一家入选企业。

　　喜报二："通榆新洋丰"以全年过亿元的销售金额，位列全国扶贫832平台销售排名前三名，并入选由财政部和中华全国供销总社联合出版的《2020 年政府采购贫困地区农副产品——优秀典型案例选编》一书。

喜报三：由"通榆新洋丰"等全国三家优质企业联合多家科研单位共同申报的"东北地区食品豆生产技术集成与示范区建设"项目获得农业农村部审核评审通过。

喜报四："通榆新洋丰"总经理的事迹被写入《稼穑人生》一书，在中国农业大学出版社出版。

这四封接踵而来的喜报如同连续炸响的春雷一般响彻通榆，人们在锣鼓声中回味、欣赏、品评。秉持"泽润耕者、康健食者"的经营理念，通榆新洋丰现代农业服务公司及其"扶贫科技

▋新洋丰携手吉大科技助农振兴乡村

小院"用真材实料走向全国的优质产品、用真心实意带动致富的家国情怀，一步步地践行"守护绿水青山、丰盈天下粮仓"的企业初心和美好愿景。

通榆新洋丰公司成立于2016年3月，是吉林省五星级扶贫龙头企业、吉林省放心消费示范企业、省农产品加工和食品生产百强企业。其公司旗下的品牌大米获评吉林省"最受欢迎扶贫产品"。

一位手拿麦克风讲话的农民，叫韩先孝，正在自己家玉米地头即兴脱稿侃侃而谈，吐露心声以表达感激和喜悦之情。谁能想象得出前些年，在前来看热闹的村民眼里和心目中，他还是一个烂泥扶不上墙的懒汉贫困户。是什么神奇的魔力能让懒汉贫困户变成模范户，在村民面前讲起经验来了呢？

原来这是一场由通榆新洋丰现代农业服务有限公司和"扶贫科技小院"主办的边昭镇五井子村示范田现场观摩培训会。

早在年初，由新洋丰农业服务公司为五井子村中的示范户无偿提供优质的种子、化肥，由"扶贫科技小院"及村屯干部督促农民按科学种田的要求耕种。田间管理上由中国农业大学、吉林农业大学的教授和研究生定期现场指导或网上答疑，及时作出处理意见，确保稳产、增产。韩先孝就是被选中的重点帮扶贫困户之一。

多年的贫困、靠天吃饭惯了，导致韩先孝养成了慵散懒惰的毛病。从种植、田间管理到秋收的各个环节，韩先孝被拽着干、扯着干。但随着玉米的长势逐渐喜人，田挨田、地挨地之间的差距越来越明显了，韩先孝的坏习惯也一点点消失了。"早晨不愿起，起来还想喝上两口"的旧习也要变得愿意早起和手拿锄头，有事没事到田间地头转转了。

现场会上，"扶贫科技小院"的专家对韩先孝种植的玉米田进行实地测产，产量 21700 斤 / 公顷。历史上五井子村的玉米一垧地从来没超过 14000 斤。可这个"懒汉贫困户"却打了 21700 斤，足足超出了 7000 多斤。虽然令人难以置信，但事实胜于雄辩，仅仅超出部分的收益就能让多年的贫困户、懒汉韩先孝当年摆脱贫困。

面对铁一般的事实，现场的韩先孝激动地说："感谢共产党、感谢政府、感谢通榆'新洋丰'和'扶贫科技小院'！在你们这些教授和研究生的帮助下，我丰收了，以后我一定好好干，再懒

大丰收了

下去能对得起谁啊？"这是韩先孝发自内心的转变，之后的三年他更加努力，每年的收入都有提升，做到了由"懒蛋子""穷汉子""贫困户"变成了受人瞩目的标杆"模范户"。

朴实的农民就认"喊破嗓子，不如干出样子"这个死理。"新洋丰"和"扶贫科技小院"在田间地头成功召开的现场观摩示范大会，在村民中产生了不小的轰动引领效应，为"新洋丰"和"扶贫科技小院"的健康发展和上台阶服务拓宽了道路，也让掌舵人毕见波更加坚定了科技带动、智志双扶的理想。

说到新洋丰现代农业服务发展有限公司和"扶贫科技小院"，就不得不提到毕见波这个"科技支撑农业振兴的觉醒者"、崇尚科技的"企业领头人"。

毕见波是土生土长的通榆人，也是闯关东人的后代。花白的头发和深深的皱纹与才仅仅50周岁的年龄极为不符，但他的目光始终坚定、充满自信。毕见波从小家境贫寒，初中在学校住宿，"没有钱啊，去食堂吃饭打不起菜，打饭都等同学吃完之后去，打俩馒头，夹点咸菜"。也就是从这时候起，他便坚定了一定要改变命运的信心。中学毕业后，因为贫困上不起学，他只能回到"希望的田野"，继续饱受耕种的艰辛。他常常枕着锄杠躺在白花花的盐碱地头，闭目幻想，幻想着如何改变家境，如何造福家乡。毕见波之前还曾做过短暂的小学教师，但微薄的收入让他不能安于现状。他不想随遇而安，始终保持着学习的状态，不放过任何成长进步的机会，就像通榆特有的黄榆树一样坚韧、坚强，始终不断求索，寻觅着自己的圆梦之路。

天道酬勤，机会总是青睐有准备的人。2016年初，毕见波

■ 张福锁院士（左）与毕见波总经理结缘

在湖北新洋丰肥业考察及黑龙江三江学习期间，他与中国农业大学张福锁等专家结识，得知作为全国农业研究院校的龙头，中国农大早在 2009 年就在河北省曲周建成了第一个"科技小院"，开始了"零距离、零时差、零费用、零门槛"服务农业、农民的崭新历程。于是，他马不停蹄地奔赴河北曲周"科技小院"考察、学习、取经，并争取到中国农大在通榆县设立"科技小院"的项目，使之成为助力通榆脱贫攻坚，并与精准扶贫紧密结合，命名为"扶贫科技小院"。

同年春，在通榆县委、县政府的支持下，毕见波投资 1000 万元，成立集现代农业科技培训、农产品加工销售、仓储、物流等职能于一体的通榆县新洋丰现代农业服务有限公司，并在第一时间与吉林大学和中国农业大学合作，通过"扶贫科技小院""帮

张福锁院士为"科技小院"揭牌

扶单位+新洋丰农业服务公司+种植大户+贫困户"的扶贫模式，带动贫困户脱贫致富。

　　一次次的诚恳的登门对接，一次次对科技充满渴望的诉求，崇尚科技、渴盼科技的毕见波打动了高校和科研单位，中国农业大学、吉林大学、东北师范大学、吉林农业大学、北华大学、吉林农业科技学院等陆续与通榆新洋丰建立合作关系，将通榆新洋丰作为科技成果转化基地、学生生产实践实习基地。时任吉林大学党委书记的杨振斌两次带着科技专家团队来到"新洋丰"，他对"扶贫科技小院"的模式高度赞扬，最早由中国农业大学张福锁院士倡导建立的"科技小院"当时落户在河北曲周，而河北正是杨振斌书记的故乡，他见证了"科技小院"的成长和对当地的贡献，他坚信结合通榆扶贫实际而建设的通榆"扶贫科技小院"

晾晒粉条

一定会成为通榆脱贫攻坚生力军，也一定会成为通榆脱贫攻坚的一张靓丽名片。"加油干吧，我把吉林大学的科技专家都带来了，作你们的后盾。"听到杨振斌书记这番打气儿的话语，毕见波握紧杨书记的手，久久不愿松开，他仿佛看到了自己的企业已经乘着科技的翅膀，翱翔在了广阔的天空之上。

时间回到 2016 年春天，"扶贫科技小院"的专家走进乌兰花镇春阳村，扶持规模种植户。26 岁的青年种植能手王天禹成立了"大成家庭农场"，自家成了"扶贫科技小院"的工作点，同时也成了示范和帮扶本村贫困户的主力。但被帮扶对象陈海军就在嘴上不服劲，说道："我种了二十多年的地，摆弄土坷垃还不如你们小嘎牙子？"

"城里的专家、研究生懂啥呀？翻书本的还能翻土？顺垄沟找豆包都找不着。"这样的三七疙瘩话，就是等着看笑话的陈海军的口头禅。

要说陈海军也是个地地道道的庄稼把式，也是奔五十的中年汉子了。从 17 岁就务农，土里刨食，30 来年勤勤恳恳。邻里乡亲都承认他能干、肯干、认干，但付出的力气与汗水和收成回报总不能成正比，闹的是年复一年得不到好收成，任凭他倔强、有志向，但也找不出一条脱贫致富的好路子。

别看陈海军嘴上说着专家、教授、研究生这帮捏笔杆子的、握不了锄杆子，可眼睛也不时地紧盯着王天禹和"科技小院"从春种到秋收的一举一动。直到当年年底王天禹种植的玉米实现每公顷平均达到 21000 斤的惊人数字。这在春阳村是破天荒的事，不亚于爆炸式的新闻。对陈海军来讲，别说他种了近 30 年的地，就打他记事时算起，也没听说过当地每公顷能超过 13000 斤的产量。

"科技小院"的扶贫初战告捷，让陈海军等一众乡亲们彻底心服口服，光靠从前的蛮干、苦干肯定不行，只有懂科学、靠技术才是致富路。

从此，在"新洋丰"的帮助下，"扶贫科技小院"成了陈海军的"家"。王天禹和研究生、专家们也成了陈海军的朋友。从领着看、模仿干到追着学、竞赛干，处处靠科学技术指导操作。到了 2018 年，陈海军耕种的 9 公顷谷子和玉米的年纯收入就突破了 70000 元，也成了脱贫户的典型代表。

如今，仅王天禹的家庭农场耕地面积已突破 80 公顷，拥有大中小型农机设备 14 台套。在"扶贫科技小院"指导下，带动全村及周边的村屯 200 余户进行科学种植，王天禹本人也在专家教授的指导下成了名副其实的"本土农业专家"。

新洋丰现代农业服务企业通过"扶贫科技小院"，不仅帮扶贫困户助力扶贫攻坚，而且更加有力地推动了当地农业的转变与发展模式，实现"校、政、企、农"高等院校和科研单位、当地党委政府、农业企业、农户融合发展之路。通过"科技小院"+贫困户、种植专业合作社、家庭农场、种植大户等模式的推动，助力扶贫攻坚和乡村振兴，先后成立了具有通榆特色的"育林粉条厂""米面加工厂""问香禾""落不下"等绿色优质农产品品牌，并在各种销售平台响彻全国。科技专家做技术支撑，从选地到选种、从耕作到施肥、从收获到加工，全过程的科技指导让"新洋丰"的产品更加优质绿色，从"田间"直接到"餐桌"的产品供应模式，也得到广大消费者的青睐。

2018 年，时任吉林大学校长李元元在通榆县参观"扶贫科技小院"，又实地察看了示范田和相关产业，不禁感慨"科技小院"的力量和新洋丰公司掌舵人毕见波的真情奉献和实干精神。他积极推动吉林大学生物质改良盐碱土壤和现代绿色农业工程研究中心落地"新洋丰"农业，将过去一直是导致通榆县贫困落后的盐碱土地成功转化蝶变为优势资源，运用科技支撑加持，打造出一系列绿色、有机、弱碱性的农产品，并得到了家庭农场主、合作社、种植大户、合作伙伴和社会各界的高度认可，最大化地提高了通榆特色农产品的附加值。

耕种盐碱地的农民真正享受到"收获在地头，销售在村头，

▌火红的高粱

数钱在炕头，快乐在心头"的幸福感和获得感。

面对取得的成绩与社会认可，"新洋丰"总经理毕见波深有感触地说："企业找准科技小院的药方子，是切中了传统落后农耕生产与贫困农户的病根子，而'药方'中的高等院校、科研单位、教授、研究生、推广平台等就是一服良药中的君、臣、佐、使，互相融合，共同奏效。培养出来的一代掌握现代科技理论的新农民，不仅是留得住的土专家，更是通榆这一方土地上能够传承的农业创造力和免疫力。"

随着脱贫攻坚的胜利以及乡村振兴的到来，今天的"扶贫科技小院"会发展成为明天的"乡村振兴科技小院",变的是名字,不变的是依靠科技减贫带富的理念和决心。"过去,我们'新洋丰'没有向国家伸手要过一分钱,没有向省里要过啥项目。以后,我们也会继续带着优质的'问香禾''落不下'系列农产品,带着37万通榆家乡人民的希望,做脱贫致富的带动者、做绿色农产品的生产者、做健康品质生活理念的传播者……"毕见波说道。

未来的新洋丰将在长春和北京设立运营中心、设立前置仓储中心、引进高端人才、引进现代化生产线、扩大种植基地、进行新产品开发和品质升级……不用扬鞭自奋蹄,来不及悠闲品尝脱贫攻坚胜利的果实,通榆新洋丰已经重新披上乡村振兴的战袍,挥旌启航。

脱贫摘帽不是终点，而是新生活、新奋斗的起点。

　　乡村振兴是实现中华民族伟大复兴的一项重大任务。全面实施乡村振兴战略的深度、广度、难度都不亚于脱贫攻坚，要完善政策体系、工作体系、制度体系，以更有力的举措、汇聚更强大的力量，加快农业农村现代化步伐，促进农业高质高效、乡村宜居宜业、农民富裕富足。

——习近平

千载悠悠圆一梦，

百年切切为民生。

鹤鸣九皋催奋进，

美丽乡村唱振兴。

新年新气象，喜事喜开端，脱贫攻坚迎来收官年。

行百里而半九十，前脚跨得精彩，后脚必须跟上。

数九严冬，寒霜千里，这样的天气也不能阻挡景俊海省长督导检查脱贫攻坚的脚步。

2020 年元旦过后，时任省长景俊海再次来到通榆县，督导中央巡视"回头看"问题整改工作，开展走访慰问，落实包保责任。

景俊海语重心长地说："脱贫攻坚既面临着一些多年未解决的深层次矛盾和问题，也面临不少新情况新挑战。脱贫攻坚已经到了啃硬骨头、攻坚拔寨的冲刺阶段，所面对的都是贫中之贫、困中之困。"

1月6日晚，景俊海在通榆县召开会议，督导问题整改。他说："今年是脱贫攻坚决战决胜之年，必须只争朝夕、一鼓作气。对发现的问题要立行立改、真改实改，同时要举一反三，解决个性问题和共性问题。要坚持实事求是，杜绝形式主义等作风问题，把整改过程变为对深化脱贫攻坚工作认识的过程、不断增强群众获得感的过程。"

1月7日上午，景俊海在开通镇榆林村以"四不两直"方式走访贫困户，看吃得怎么样，穿得怎么样，医疗保障怎么样，教育保障怎么样，住房保障怎么样，收入怎么样。当得知去年付万和家人均收入超过6000元时，景俊海非常高兴，嘱咐他要保重身体，并祝愿他生活幸福。看到李国忠家菜品丰盛、热气腾腾，景俊海说："我来就是要了解真实情况，既攻克现实问题，又探索有效机制，确保脱贫工作成色十足、不落一人一户。"

在边昭镇五井子村棚膜产业园区，景俊海询问产业扶贫等情况，他说："要开展全季节经营，实现常态化就业，带动更多人脱贫。"边昭村是景俊海扶贫包保的贫困村，他在村卫生室察看药品供应情况并指出，要着眼满足村民诊疗需要，建立长效机制，让医疗资源下沉并高效使用，最大限度方便老百姓。

贫困户门喜平家院内干净利落，景俊海问得仔细，群众答得利落，门喜平高兴地说："我情愿待在这里，不离开这儿。因为这里是我的家，我的根就在这里。如今啊，我们拥有了'两不愁、三保障'，我们时时能得到了党的温暖。"景俊海拍了拍门喜平的肩膀，鼓励他说："要再接再厉，做好榜样，把日子越过越红火。"

景俊海一直惦记着因病致贫的贺立成和禹振华家，他说："要完善救助机制和体系，增强群众生活信心。"在边昭村牧业小区，景俊海指出："要搞好技术扶贫，延长产业链条，让群众稳定增收、产业持续发展。"

一声声深情的问候，一番番深情的交谈，一次次深情的握手，从百姓的眼神中，景俊海看到了变化、看到了希望，这"变化"是摆脱贫困后洋溢在脸上的笑容，这"希望"是对未来生活充满美好期盼的话语。

东北的冬天虽然寒冷漫长，但春天的脚步永远不会迟到。

当向海湖上冰雪消融泛起浪花，喜讯也伴随着温暖的春风来到通榆。

2020 年 4 月 11 日这一天，通榆的天空格外湛蓝，阳光格外灿烂。

通榆县全县 90 个贫困村，26498 户 48947 人建档立卡贫困人口实现了"户退出、村出列、县摘帽"的目标，正式退出贫困序列。

脱贫摘帽后的通榆不松劲儿、不歇脚，在巩固好脱贫成果的基础上，筑牢稳定脱贫、防止返贫"防火墙"。昔日那个底子薄、基础差、包袱重的通榆，正在踏上富裕的小康之路。

近万名包扶干部再次深入贫困户家中开展"巩固提升十大专项行动"，补齐住房安全、义务教育、基本医疗、安全饮水和兜

2020 年，在新冠肺炎疫情的影响下，通榆县成功抗疫，保障丰收，农民们红红火火，过起了丰收节

小康之路：乌兰花水稻田

底保障等政策落实短板，强化产业扶贫，稳定农户增收。

　　65 岁的什花道乡曙光村建档立卡户孙红正，凭借各项兜底政策顺利脱贫。可老人常年患病，为了防止返贫，县妇联的包保干部再次来到老人家中，帮助谋划庭院经济种植。老人高兴地说："今年园子里打算重点花生，不仅花生有收入，到秋后，庭院经济补贴也是一笔收入，我的日子肯定越来越好。"

　　2020 年 12 月 31 日，县委书记李德明在县委十五届三十二次全会上做了《汇聚众智，合力攻坚，全力推进通榆高质量发展》的报告，总结了五年来"脱贫攻坚"工作。

　　他说："五年来，我们高质量完成脱贫摘帽任务，现完美收官。我们始终把脱贫攻坚作为首要政治任务和第一民生工程来抓，全县各级员参战、尽锐出战，历经 5 年 1800 多个日夜奋战，于 2020 年 4 月正式脱贫摘帽。全县 90 个贫困村全部出列，47683 名贫困人口全部脱贫，贫困发生率由 21.8% 降至零，'两不愁、三保障'等 35 项退出指标全部完成，农民群众稳定增收有来源、安全住房全覆盖、义务教育有保障、出行看病不用愁、全部用上放心水。在全省率先实施易地扶贫搬迁工程，搬迁行政村 31 个，惠及建档立卡贫困人口 4799 户 9418 人，占全省总工作量的 70%。"

县长刘振兴也兴奋地说："脱贫摘帽不是终点而是新生活、新奋斗的起点，按照习近平总书记和党中央关于打赢脱贫攻坚战的指示精神，通榆将严格履行摘帽不摘责任、摘帽不摘政策、摘帽不摘帮扶、摘帽不摘监管'四个不摘'的要求，牢牢托住'两不愁、三保障'扶贫工作底线，守住现行标准下扶贫政策的红线。瞄准巩固提升目标聚焦发力，将脱贫攻坚与乡村振兴有机结合，努力让广大农民群众过上更加美好、更加富足、更加幸福的生活。"

鹤乡的韵味很深，丰富的哲理蕴藏在点滴之中。

请聆听县委书记李德明发自内心的声音："在我任职期间，决不能给通榆这座城市和这里的百姓留下任何遗憾。一个城市的发展，必须要一任接着一任干，决不能一任连着一任拖，那么这座城市大有希望。对于通榆而言，创业的路还很长、很难、很曲折，但并不可怕。有党中央的英明领导，有省、市两级党委的亲切关怀，我们只有义无反顾、大胆地向前走！"

"问天下谁是英雄"

2021 年 2 月的北京，春光正好，万物复苏。人民大会堂气氛隆重热烈。主席台上方悬挂着"全国脱贫攻坚总结表彰大会"会标，后幕正中是熠熠生辉的中华人民共和国国徽，10 面红旗分列两侧。二楼眺台悬挂标语："紧密团结在以习近平同志为核心的党中央周围，全面推进乡村振兴，巩固拓展脱贫攻坚成果，为全面建设社会主义现代化国家、实现中华民族伟大复兴的中国梦而团结奋斗！"

2 月 25 日 10 时 30 分，全国脱贫攻坚总结表彰大会隆重举行。

大会开始。解放军军乐团奏响《义勇军进行曲》，参会人员约 3000 人全体起立高唱国歌。此时，作为全国脱贫攻坚先进个人的通榆县委书记李德明，目光如炬凝视着主席台和大家一起高唱国歌。他心潮起伏，激动不已，他深知荣誉来之不易，这不仅仅是他个人的荣誉，更是全县人民在这场脱贫攻坚战中用血和泪换来的特殊战果。

正如媒体对李德明的评价："他打了领域、行业招法牌，破解了饮水安全、危房改造等重点领域的'顽症'；他打了亲情、友情感召牌，组织开展县委书记和县长'吃百家饭'、包保联系干部'吃万家饭'活动，与百姓拉家常、交朋友，创新建立了重要节日、生病住院、遇到重大灾害、遇到重大矛盾纠纷要联系的'四个联系'机制和送观念、送政策、送技能、送信息、送资金的'五个帮送'机制，群众满意度显著提升；他打了经验、做法创新牌，打造脱贫攻坚典型样板，给全国打了样、探了路，提供了有益借鉴；他打了模范、引领作用牌，铸就脱贫攻坚恢宏伟力，始终旗帜鲜明讲政治，把为党为民作为毕生的追求，模范遵纪守法，率先士卒、严格自律，做全县党员干部的榜样。"

脱贫后的第一个春节，让鹤乡人民完全沉浸在无限的喜悦和幸福当中。也正是在这新正大月，万象更新的祝福欢庆声里，李德明对全县人民发表了新春贺词，对过去工作做了全面的总结和充分的肯定，对未来前景进行了全方位的展望。他说："'十三五'圆满收官，'十四五'画卷徐徐展开。事业需要一届接一届地干，问题需要一个接一个地解决，绝不能把难题留给未来。我们一定会在以习近平同志为核心的党中央坚强领导下，创新作为，担当拼搏，以更加昂扬的姿态迎接伟大的中国共产党成立100周年，一定让全县人民过上更加'有尊严、有地位、有品位'的美好日子！"

通榆县干部在推介农产品

　　伴随着乡村振兴工作的实施，国家"十四五"规划开局大幕也徐徐拉开，举国上下在"强农业、富农民、美农村"的蓝图鼓舞下，通榆人民又在续写乡村振兴的华美篇章。

　　"脱贫摘帽不是终点，而是新生活、新奋斗的起点。"县长刘振兴时刻牢记着习近平总书记的话语。

　　"乡村振兴，我们还有很多工作要做。我们必须以习近平总书记在全国脱贫攻坚表彰大会上的重要讲话精神为指导，深入贯彻党中央和省委关于全面推进乡村振兴、加快农业农村现代化的部署安排。以永远在路上的奋进姿态，持续发力，久久为功，不留空当期，抓好过渡期，高质量巩固扩展脱贫攻坚成果，全力推进与乡村振兴有效衔接。"在全省乡村振兴大会上的表态发言，刘振兴县长激情满怀，胸有成竹。

做好"五篇大文章",通榆县委、县政府对接下来的工作也有了清晰的谋划。

维护国家粮食安全,做好粮食文章。大力推进集中连片、设施配套、高产稳产、生态良好、抗灾能力强、与现代农业生产和经营方式相适应的高标准基本农田建设。不断提升农业科学化、机械化、智能化水平,推进稳粮增收。大力推广膜下滴灌、全膜覆盖、半膜覆盖等农业旱作节水技术,提高灌溉用水利用效率。到"十四五"期末,确保全县粮食年产量稳定在30亿斤以上。

提升农牧业项目,做好产业文章。大力发展小米、藜麦、辣椒、绿豆等特色农产品,依托牧原、吉运、亨通等牧业龙头企业,大力发展生猪、肉牛、肉羊产业。在发展种植养殖业的基础上,把农牧产品加工业、流通业做大做强。坚持"以资源换项目""拿馒头换面包"的招商理念,积极招引投资亿元以上农牧产品深加工项目。扶强现有的肉羊、辣椒等深加工企业。积极推进综合物流产业园项目建设,加快三产融合步伐。继续深化与吉林大学、东北师范大学等高等院校的产学研合作,加快转化先进的科研成果。通过凝聚各方面力量,努力把通榆优质的农牧产品资源这块"原石",精心打磨成名副其实的"珠玉珍宝",努力把通榆打造成吉林省乃至全国的"粮山""肉库"。

坚持绿色发展理念,做好生态文章。不遗余力地管好生态、建好生态、用好生态。深入开展农药、化肥"双减"和农膜回收行动,把土壤污染风险管控和修复工作牢牢抓在手上。深入实施农田防护林网修复完善工程,采取恢复、新建、改造、更新模式,对农田防护林网进行补充、完善和提高,形成完备的防护林

通榆红牛

牛气冲天

体系。把旅游和生态、农业紧密结合起来，开展生态游、农耕游、采摘游、休闲游、冰雪游，带动农民增收。

榆乡农家金字招牌"联姻"电子商务，闯出致富新路

实施乡村建设行动，做好宜居文章。以加快推进村庄规划为引领，加强乡村公共基础设施建设，实施农村人居环境整治提升行动。按照"四类村庄"特点和功能进行分类布局，因地制宜编制"多规合一"实用性村庄规划。实施农村路网、水网提升工程。推进村级综合服务中心建设，健全村级电子商务、物流快递、文化体育等服务设施。积极开展"村庄净美、厕所革命、垃圾处理、污水治理"四大环境整治攻坚战役，彻底改变农村环境面貌。

积极构建和谐乡村，做好治理文章。进一步健全党组织领导的自治、法治、德治相结合的乡村治理体系，建设充满活力、和谐有序的乡村社会，不断增强广大农民的获得感、幸福感、安全感。以自治增活力，积极打造阳光村务；以法治强保障，下好农村法治宣传教育先手棋；以德治扬正气，建设积极向上的社会主义新农村。

在这五篇大文章的基础框架下，通榆县"十四五"规划还有更美丽、更精彩、更细致的具体描绘，为加快乡村振兴，推进农业农村繁荣兴旺，绘就了一幅"四藏四新"的发展蓝图。

抓实"藏粮于地"。以"粮头食尾""农头工尾"为抓手，推动粮食产业创新发展、转型升级、提质增效，推动农业供给侧结构性改革，坚持从市场需求出发，优化粮油产品供给，促进粮

食产业高质量发展。解决好种子和耕地问题，保障粮食安全，规范耕地占补平衡。建设粮食安全产业带，加快建设高标准农田，大力推进集中连片、设施配套、高产稳产、生态良好、抗灾能力强、与现代农业生产和经营方式相适应的高标准基本农田建设。在耕地占补平衡中，坚决杜绝占多补少、占优补劣、占水田补旱地的现象。重点推动乌兰花镇、新兴乡、鸿兴镇等乡镇高标准农田建设。"十四五"期间，全县高标准农田面积达到 76 万亩，为稳定粮食生产奠定坚实基础；提高粮油综合生产能力，加大改造盐碱地中低产田力度，将中低产田改造成为优质、高产、高效的节水灌溉农田，提高单位粮食产量和经济效益，从根本上改变广种薄收的传统耕种方式。优化种植结构，将单一的粮食种植转变为"粮经饲"统筹的种植结构，为发展养殖业提供饲草饲料。"十四五"期间，粮食播种面积稳定在 420 万亩以上，总产量达到 25 亿斤以上。

抓实"藏粮于技"。树立"科技兴粮、科技强粮"意识，把科技兴粮摆在更加突出的位置，从政策上、资金上、人力上积极支持粮食科技发展，以科技创新带动粮食产业向更高层次发展。鼓励和支持粮食产业化企业积极采用现代高新技术，提高自主创新能力，不断提高粮食加工深度、加工层次和技术装备水平，延长粮食产业链，大幅度提高粮食加工转化增值率和副产品综合利用率。主动与吉林农业大学、省市农业科研机构对接，开展产学研合作。组织召开种植技术交流大会，培训乡村科技致富带头人、种田能手。大力推广选育良种、测土配方施肥、保护性耕作、设施农业、水肥一体化等农业先进技术。以鸿兴镇、新兴乡、乌兰花镇等为中心，大力发展棚膜经济，发展无公害、绿色、有机蔬菜，建设蔬菜生产基地，打造特色农业发展示范园区，保障"菜篮子"供应，到 2025 年，建设棚膜温室 300 亩以上。提高农业机械化水平，推进玉米、水稻全程机械化，到 2025 年，主要农作物耕种收综合机械化率达到 75% 以上，农业科技进步贡献率达到 65%。

抓实"藏粮于水"。狠抓水利这个通榆农业发展的最关键因素，下功夫克服抗旱能力不强这个弱项，坚持不懈补齐水利设施不足这块短板，加强农田水利基础设施建设，加快井电配套和打井扩量进程，大力推广膜下滴灌、水肥一体化技术，提高灌溉用水利用效率。到"十四五"期末，通榆县农田抗旱井增加到 2.1 万眼，农业旱作节水技术推广面积达到 200 万亩，旱涝保收农田面积占耕地面积 65% 以上，实现粮食稳产高产。

抓实"藏富于特"。利用通榆县土地资源优势，坚持高起点、大融合、全链条，发展特色种植业，引导特色农产品向无公害、绿色、有机方向发展，形成特色鲜明、规模适度、优质高效的特色农产品优势区。依托单氏米业、鹤乡米业等龙头企业，建立谷子、绿豆、高粱、藜麦等杂粮杂豆生产基地，依托天意公司建立辣椒、白菜生产基地。依托开通镇、边昭镇、鸿兴镇、什花道乡等重点乡镇建立油料、瓜果等生产基地。推广杂粮杂豆优良品种，使草原地区特色农业产品品种、品质、品相和市场占有率得到全面提升。到 2025 年，特色作物良种在农业增产中贡献率达到 50% 以上。

优化牧业内部结构，重点发展牛羊渔产业，稳步发展生猪产业。加快推进生猪养殖。依托牧原集团，重点在团结乡、瞻榆镇、新华镇、边昭镇建设生猪规模化养殖场，到 2025 年，生猪达到 600 万头规模。推进肉牛扩大养殖规模。依托吉运农牧业有限公司发展安格斯肉牛，采取规模饲养和公司＋农户的方式，增加肉牛存栏量，到 2025 年，肉牛养殖发展到 50 万头。提高肉羊养殖良种化水平。利用胚胎移植技术进行种羊繁育，加快良种繁育进程，改善肉羊品种结构，提高肉羊养殖效益，2025 年，全县羊养殖发展到 300 万只，出栏 140 万只。加快发展渔业。统筹安排资金项目，推动各类生产要素流向休闲渔业产业流动，支持引导传统捕捞、养殖渔民向休闲渔业转移，创建通榆渔业品牌和精品休闲渔业示范基地。到 2025 年，全县畜牧业产值达到 35 亿元。

转变畜牧业发展方式，推进畜牧业规模化发展与草原载畜量相协调。发展舍饲化养殖，实施养殖小区统一圈舍、统一品种、统一防疫、统一饲料、统一销售、统一饲养标准、分户饲养管理的"六统一分"模式，完善免疫、病死畜禽无害化处理、动物疫情报告、动物检疫申报、进出人员管理、隔离观察、免疫标识管理等制度，推进 106 个村级舍饲养殖基地建设。加快建设标准化、规模化的养殖场和养殖小区，加强科技培训，推广标准化、规范化饲养管理技术，保障畜禽产品安全饲养。到 2025 年，打造省级牧业现代农业产业园 3 个以上，建设标准化养殖场 200 个以上、省级以上畜禽标准化示范场 30 个、新建标准化牧业小区 300 个。

推动庭院经济精细化、特色化、品牌化发展，鼓励有劳动能

▌庭院经济

力的农户根据当地实际科学选择种植品种，自筹生产资金、自主经营发展庭院经济。探索"龙头企业（合作社）＋农户"订单模式，为农户解决优良品种选择、产品价格波动、市场预期变化等问题，确保农民增收。对无劳动能力或外出务工农户，通过签订协议，委托第三方经营管理发展庭院经济，避免庭院土地资源浪费。做好典型示范，创建和认定一批带动能力强的庭院经济示范户、示范组、示范村。到2025年，"一乡一业"特色乡镇实现庭院种植面积在300平方米以上的农户全覆盖，"一村一品"特色村达到庭院种植面积在300平方米以上的农户全覆盖，全县庭院经济累计种植面积达到20万亩。

通榆县在抓好物质基础的同时，还将精准地抓好乡村振兴的文化建设。

培育乡村振兴新载体。完善农业经营体制机制，培育乡村振兴载体。形成以家庭承包农户为基础，专业种养大户、家庭农场和农民专业合作社、农业产业化龙头企业为骨干，其他组织形式为补充的新型农业经营主体，积极在特色农牧业、冷链物流、农副产品质量追溯和绿色有机认证等领域加强企业联盟建设，鼓励农户以土地承包经营权作价入股农民专业合作社，支持引导农业龙头企业、专业合作社和家庭农场将流转的土地进行统一规划，实现农业规模化经营。到 2025 年，新增各类新型经营主体 2000 个，力争培育市级以上示范性合作社 30 个、示范性家庭农场 20 家。

探索乡村振兴新模式。重点围绕杂粮杂豆、辣椒、肉牛、藜麦、甜瓜等优势特色农牧业，加快建设现代农业产业园、特色产业小镇、田园综合体、土地规模化经营示范镇等乡村振兴的新载体，推进一二三产业深度融合、农村生产生活生态协调发展。力争在"十四五"期间，完成辣椒、肉牛省级现代农业产业园认定工作，创建生猪、马铃薯省级现代农业产业园，创建八面乡谷子、兴隆山镇藜麦、双岗镇西瓜和瞻榆镇辣椒特色农产品优势区；探索建立盐碱地种植水稻生态治理模式和粮经饲统筹、种养结合循环农业试验区。以涉农商标为培育重点，实施"品牌兴农、商标兴企、质量兴县"战略，积极培育具有鲜明地域特色的地理标志商标，以品牌带动地域特色农业产业化，形成一批有影响力、有文化内涵的农业牌，提升全县优质农畜产品的市场美誉度和综合竞争力。严格企业质量主体责任，开展质量提升行动，

▌红火的日子

发挥优势企业的质量示范作用。加强和改善质量监督管理，实现综合监管、智慧监管，以高质量实现高效益。到 2025 年，全县有效商标达到 1300 余件，地理标志证明商标达到 13 件，充分发挥品牌效应。

扎实推动各项强农惠农富农政策农垦全覆盖，重点加大对农垦高标准农田建设、垦区基础设施建设、黑土地保护、保护性耕作、节水灌溉、农机具购置及农用航空作业补贴、现代农业产业园区、农产品加工及食品质量安全、大宗农产品政策性收储、现代农业信息技术应用和农业政策性金融保险等方面的支持力度。加大调解农垦国有土地使用权纠纷处理力度，耕地占补平衡交易收入、农垦国有农用地融资和占地补偿款收入，用于支持农垦改革发展和农垦现代农业建设。解决农垦企业职工社保历史遗留问题，改善垦区民生和基础设施建设，垦区场镇等职工聚居区公共租赁住房、危房改造、饮水安全、道路建设、电网改造、管网修建、扶贫攻坚等建设项目纳入财政资金支持范围。

塑造美丽农村新风貌。综合考虑全县村庄演变规律、集聚特点、现状分布和人口流动规律，分类推进村庄建设，引导集聚提升类村庄向种养业、工贸等专业化村庄发展，推动城郊类村庄积极发展城郊农业，促进特色保护类村庄发展具有文化底蕴的休闲农业，推进搬迁撤并类村庄通过生态宜居搬迁等方式融入农民生活圈，统筹布局乡村生产生活生态空间，合理配置公共资源。以农村厕所革命、垃圾污水治理、饮用水保护和村容村貌提升为重点，全面推进农村环境综合整治和村庄清洁行动，改善农村基础设施和公共服务质量，治理农村生态环境和人居环境方面的突出问题。开展美丽乡村、干净人家和"四好模范"家庭评选活动，推进卫生县城、卫生乡镇、卫生村屯等卫生创建工作，高标准建成一批环境美、田园美、村庄美、庭院美的"四美"乡村和宜居宜业美丽乡村。到2025年，创建美丽庭院干净人家6000户。

展现乡风文明新气象。提升农民文明素养，在全县广泛开展爱国主义、集体主义教育，完善乡村公共文化服务体系，培育文明乡风、良好家风、淳朴民风。建立农民群众文化需求反馈机制，及时准确了解和掌握群众文化需求，提供适宜的文化产品和服务，形成乡风文明新气象。开展中国特色主义和中国梦文明创建活动，推进"通榆好人·引领风尚"主题实践活动、"四好"

318

模范家庭评选活动，组织开展寻找"最美家庭"，共建"文明村屯干净人家"专题活动，夯实乡风文明建设基础。加强农村诚信体系建设，落实《通榆县社会信用体系建设实施方案》，倡导农民树立信用意识，提高农民的整体素质。

站在"十四五"开局的起点上，让通榆"美丽起来、富裕起来、强大起来"的号角已经吹响。在"强农业、富农民、美乡村"的蓝图感召下，通榆37万人民开始谱写乡村振兴的壮美赞歌，"十四五"规划大幕正在徐徐拉开。

这扑面而来裹挟春风的壮丽"十四五"是一场什么舞？在充满仙鹤灵性的36万通榆儿女心目中，那就是家乡热土上，中华墨宝园里挥毫写出的龙飞凤舞；是火炬广场小康生活里休闲健身怡情大妈们的广场舞；是校园里少男少女们的青春如火的激情

脱贫有钱了

原创歌曲
《小康之路》

舞；是杏花节里馨香四溢的花仙舞；是黄榆林中树钱儿的轻歌曼舞；是蓝色天空中丹顶鹤诗情画意的排云舞；是科技种田弱碱沃土里唱出的丰收舞……

仰望星空，北斗指引航程。奋发向上的通榆儿女如期向党中央、全国人民和世界减贫事业交出圆满的通榆试题答案后，继续把解决好"三农"问题，作为今后工作的重中之重。在习近平新时代中国特色社会主义思想指引下，向着乡村振兴的宏伟目标，昂首阔步行进在这片充满传奇与希望的田野上……

脱贫攻坚真如铁，乡村振兴从头越；

喜看山河盛新装，鹤舞九霄朝天阙。

通榆县获国家、省级脱贫攻坚奖情况

李德明　全国脱贫攻坚先进个人、吉林省脱贫攻坚贡献奖

徐宝山　国家脱贫攻坚创新奖、吉林省脱贫攻坚创新奖

于海娟　吉林省脱贫攻坚奉献奖

许明祥　吉林省脱贫攻坚贡献奖

陈　辉　吉林省脱贫攻坚奉献奖

通榆县住建局　吉林省脱贫攻坚组织创新奖

通榆县脱贫攻坚大事记

2018年1月16日 《一个贫困村的蝶变——关于三项改革试点加速了陆家村整体脱贫的调研报告》得到景俊海省长的批示肯定。近年来，通榆县易地扶贫搬迁工作经验在央视播出4次，新华网、新华每日电讯、吉林日报等省级以上媒体报道15次。

2019年通榆县"爱心超市"做法获评2019年全省宣传思想文化工作创新奖，工作经验得到了中宣部和吉林省委的充分肯定，《"四道"评选助农踏上脱贫致富康庄道》被确定为2018年度"吉林省宣传思想文化工作创新案例"，经验在全省推广。

2019年8月22日，通榆县作为仅有的5个县之一，在全省农村饮水安全工作视频会议上，介绍了饮水安全工作经验。

2019年8月29日，通榆县农村人居环境整治工作专题片在省委、省政府县市双周重点工作调度和工作交流会上播放。

2019年9月4日—9月6日，水利部对通榆县进行专项检查后，给予了充分肯定。

2019 年 9 月 12 日，通榆县作为仅有的 2 个县之一，在省住房安全保障工作推进组第二次全体会议上介绍了危房改造工作经验。

2019 年通榆县被列为全省建档立卡大病兜底保障和医疗救助结算系统试点县。

2019 年向海蒙古族乡党委副书记李艳玲同志被省委组织部评为担当作为乡镇干部先进典型。

新华镇农林村第一书记毕水同志被省委组织部评为全省最美第一书记；

新发乡六合村驻村干部孙永忱被评为全省劳动模范；

推荐扶贫一线干部获得省级以上表彰奖励 50 多人次，受到了白城市和通榆县的表彰奖励 400 多人次；

孙文明等 50 名事业单位扶贫干部被省委组织部、省人力资源和社会保障厅、省扶贫开发办公室给予脱贫攻坚个人记功嘉奖。

2020 年 3 月 31 日，通榆县在省住房安全保障、饮水安全保障工作视频会议上作为唯一一个县介绍了住房安全保障工作经验。

2020 年 5 月 5 日，通榆县被列入国务院 2019 年落实有关重大政策措施，真抓实干成效明显的地方名单。

2020 年 5 月 11 日、5 月 12 日、6 月 9 日，全省常态化疫情防控下做好基本医疗有保障、义务教育有保障专项工作推进电视电话会议上，作为全省五个县市（区）之一、白城唯一一个县，介绍了健康扶贫、教育扶贫和医保扶贫工作经验。

2020 年 9 月 15 日，通榆县的贫困劳动力就业工作在全省脱贫攻坚视频会议上，作为全省六个县市（区）之一做典型发言。

2020 年 9 月 17 日，全省农村安全饮水现场会也在通榆县召开；通榆县危房改造档案作为模板在全省进行推广。

2020 年全省第一个按照《关于积极应对新冠肺炎疫情影响切实做好光伏扶贫促进增收工作的通知》"2020 年光伏扶贫发电收益 80% 用于贫困人口承担公益岗位任务的工资和参加村级公益事业建设劳务费用支出"完成的县，受到省扶贫办张宝才主任点名表扬。

2020 年在"全省扶贫产品展示展销会"上被表彰为优秀组织奖。

2021 年 2 月，县委书记李德明荣获全国脱贫攻坚先进个人称号。

后 记

  吉林省通榆县是省内两个国家级深度贫困县之一。在脱贫攻坚的进程中，在省委、省政府的坚强领导下，通榆县委、县政府用习近平总书记扶贫工作重要论述武装头脑、指导实践、推动工作，坚定不移地贯彻落实好党中央决策部署，积极克服一切不利因素。在攻坚拔寨最后的冲刺阶段，通榆县以"行百里者半九十"的危机感、以火烧眉毛的紧迫感、以不获全胜决不收兵的坚定信心，全面打胜、打赢脱贫攻坚这场战役。2020 年 4 月，通榆县实现了农村贫困人口全部脱贫、全部摘帽，向党和人民交上了一份圆满的答卷。

  通榆县委宣传部组织采写的这部《鹤鸣九皋闻于天》纪实性报告文学，力求充分体现习近平总书记关于扶贫开发系列重要讲话的精神，充分体现关于脱贫攻坚的决策部署，充分体现通榆县脱贫攻坚的现实，特别是一线干部及贫困群众的实践探索和精神风貌。以真诚和理性构筑了一个个真实的故事，讲述的是乡村百姓如何脱真贫、真脱贫，展示了通榆人民与贫困抗争、创造幸福生活的美好追求，也反映了通榆县扶贫工作中存在的困难。既揭示了通榆深度贫困的原因，又描绘出了通榆县实施精准扶贫计划之后的巨大变化，浓墨重彩地书写了各级领导干部的担当、奉献和群众的拼搏精神。

采写组一行利用不足 4 个月的时间分头采访、撰写，并紧紧围绕通榆贫困乡村里的人和事，围绕着贫困农民的精神和灵魂进行采写，尽管都是一桩桩扶贫、脱贫的小故事，却反映了党的扶贫政策给贫困乡村，以及农民的思想带来的深刻变化。本书不仅凝聚着采写者对脱贫攻坚这一历史使命的理性思考，也凝聚了采写组对乡村百姓的深厚情感。通过聆听乡村百姓的心声，反映通榆农村扶贫、脱贫的全过程，尤其是通榆农村精准扶贫现状，最终为扶贫工作留下一份有情感、有情怀、有温度的扶贫报告，这也是采写组人员采访、创作的初衷。应该说，报告文学是行走的文学。在创作中，著者不仅被采访到的故事深深地打动，同时也感受到了农村百姓在艰难奋争中渴望脱贫的愿景和力量。

通过挖掘脱贫攻坚过程中的小人物、小故事，全景反映了吉林省通榆县精准扶贫、精准脱贫的全进程，这不仅体现了党的十八大以来精准扶贫攻坚的精神，也叙写了扶贫攻坚取得的成绩，呈现了扶贫过程的艰巨性和复杂性，凸显了通榆脱贫攻坚在中国脱贫史上的时代价值和历史意义。

在艺术形式上，本书既保持了传统章回体中定场诗的民族文化传统，赋予作品以文化自信的内涵。值得说明的是，本书采用全新融媒体的时代技术与艺术有机结合的手法，利用扫二维码的方式，将脱贫攻坚过程中的视频新闻清晰地呈现在读者面前。

与其说这是一份厚重的"通榆脱贫答卷"，倒不如说它是以农民为主体的一桩桩牵动人心，在扶贫、脱贫过程中的具体小故事。虽然没有惊天动地的大事，看似平凡，却展现了一幅幅通榆县乡村百姓脱贫攻坚的生动画面，为通榆脱贫留下了一部鲜活的形象史，也体现了通榆县对中国减贫事业作出的应有贡献。在此，采写组感谢吉林大学以及通榆县委、县政府在本书撰写过程中给予的全力支持，感谢提供相关素材和资料的汤文庭、周骁勇、方卫东、徐立华、张宏伟、陈静德、吴珍、李明、谷学忠、宋丹丹、于海新、陈雨薇、刘壮、盖盛学、王孟平、肖飞、李娜、袁帅、胡海学、赵玉花、王国鑫、杨雪美、杜森、付林、李国凡、李向南、吴艳华、王化坤、康城、孙琳琳、王茹、田袁、刘营等。因本书出版时间紧迫，采访时间仓促，在采写的过程中难免出现一些疏忽和纰漏，敬请谅解。

本书采写组

2021 年 5 月

责任编辑：陈佳冉
装帧设计：王欢欢

图书在版编目（CIP）数据

鹤鸣九皋闻于天：一份来自通榆县的脱贫报告／中共通榆县委宣传部
　组织编写．—北京：人民出版社，2021.12
ISBN 978－7－01－023842－5

I.①鹤…　II.①中…　III.①报告文学－中国－当代　IV.① I25

中国版本图书馆 CIP 数据核字（2021）第 203816 号

鹤鸣九皋闻于天
HEMING JIUGAO WEN YU TIAN
——一份来自通榆县的脱贫报告

中共通榆县委宣传部　组织编写

人民出版社 出版发行
（100706　北京市东城区隆福寺街 99 号）

北京盛通印刷股份有限公司印刷　新华书店经销

2021 年 12 月第 1 版　2021 年 12 月北京第 1 次印刷
开本：710 毫米 ×1000 毫米 1/16　印张：21.75
字数：247 千字

ISBN 978－7－01－023842－5　定价：60.00 元

邮购地址 100706　北京市东城区隆福寺街 99 号
人民东方图书销售中心　电话（010）65250042　65289539